Jean-Pierre Castelain

La gujanaise disparue

Roman

Éditions Amalthée

Ce livre est une œuvre de fiction. Les noms, les personnages et les événements sont le fruit de l'imagination de l'auteur et toute ressemblance avec des personnes vivantes ou ayant existé serait pure coïncidence.

Consultez notre site internet

Pour tout contact :
Éditions Amalthée – Centre Chester Carlson
ZAC du Moulin des Landes – 2 rue Gutenberg,
44980 Sainte-Luce-sur-Loire
www.editions-amalthee.com

Autres ouvrages du même auteur :

Les Fontaines d'Olomouc, tome I & tome II :
France Europe Éditions

Le Manuscrit de Nicétas,
Éditions Singulières (1re édition)
Nouvelles Presses du Languedoc (2e édition)
Éditions Amalthée (3e édition)

Fulgurances – Éditions Amalthée

Caprices de Faucheuses – Éditions Amalthée

Le Pavot & l'Orchidée – Éditions Amalthée

La Pinasse Mauve – Éditions Amalthée

La Dernière Impro – Éditions Amalthée

La Planète Mère – Éditions Amalthée

Le Sabotier de la Divette – Éditions Amalthée

Les Amants de Samarcande – Éditions Amalthée

Friture sur la Petite Mer – Éditions Amalthée

Suger de Saint-Denis, L'Apôtre de la Lumière – Éditions Amalthée
« Prix Fulbert de Chartres 2019, qui consacre
un ouvrage sur le Moyen-Âge ».

Au temps des fofolles – Éditions Amalthée (3e)
La Saga Quervennec. Des Légendes aux Chouans – Éditions Amalthée

Mademoiselle Hilde, Au temps de La Hanse et des Peintres Flamands
– Éditions Amalthée

Merci à notre cher Bassin d'Arcachon…

1

Le 2 mai 2017.

Une date symbolique pour Arcachon et pour tout le Bassin : le jour de la célébration du cent-soixantième anniversaire de la création de la ville, par décret impérial[1]. Des célébrations animées, avec des personnages en tenue d'époque, autour du maire de la ville. La place Thiers est « gavée de monde » et dans cette foule on peut trouver quelques Thillet-Bordes et quelques Vercoutre qui ont amarré la Pinasse Mauve plage des Arbousiers. Thierry Vercoutre, ostréiculteur des années difficiles, s'offre un zeste de bon temps en compagnie de son épouse Sarah et de son fils cadet Stéphane. Les accompagne, Michel Thillet-Bordes, le cousin de Thierry. Ce dernier observe son fiston de dix-neuf ans à peine, et qui est supposé lui succéder un jour prochain, ès-qualité d'ostréiculteur. Stéphane semble accroché à une très jolie fille au regard délicieux. Thierry s'approche

1 – Au Temps des Fofolles, commence le 2 mai 1857.

d'eux en affichant en direction de la jeune fille son sourire le plus avenant :

— Bonjour, vous êtes camarades d'études à Bordeaux, demande-t-il sans quitter son sourire ?

— Euh, oui, répond Stéphane. Je te présente Léa, qui suit elle aussi des études de gestion, et que j'ai rencontrée en classe de seconde lorsque j'ai rejoint le lycée de Gujan. Léa, comme nous, adore le Bassin, et à la moindre occasion elle ne manque pas de s'y rendre. Ses parents sont des viticulteurs appréciés, non loin de Pauillac.

— Oh, très bien ! Bonjour mademoiselle grand cru, bonjour Léa, lance Thierry avec un ton malicieux.

La jeune femme pouffe avant de répondre :

— Bonjour monsieur Vercoutre.

Vraiment, cette Léa étale un charme fou. Thierry comprend son fils tout en espérant que ces deux-là ne brûlent point les étapes. Un militaire de l'armée impériale de Napoléon III les interrompt en lançant un discours sur « l'indépendance d'Arcachon voulue par l'empereur ». À la fin du discours Thierry reprend :

— J'imagine, mademoiselle, que vous savez que mon fils va prochainement me succéder en tant qu'ostréiculteur. Il ne fréquentera plus bien longtemps l'université, à Bordeaux.

— Oui, Stéphane m'en a informé, mais cela sera pour moi une occasion supplémentaire pour revenir sur ce merveilleux Bassin. Et je suis ravie pour Stéphane car depuis quelques années la situation des ostréiculteurs s'est tout de même quelque peu améliorée. Vous, monsieur Vercoutre, avez dû souffrir, à cette époque pas si lointaine, de l'absence de naissain, de cet horrible test dit de la souris et…

— … et des vols dans les parcs, poursuit Thierry. Oui j'ai subi tout cela avec l'envie, plus d'une fois, de tout plaquer et chercher un autre job. Aujourd'hui le métier revit, même si les vols dans les parcs, dont les miens, persistent, en particulier en fin d'année. Cela, pour fournir en quantité des restaurants avec des prix alléchants ! Mais bon, je ne tiens pas à vous ennuyer avec toutes ces histoires.

— Je les connais ces histoires, monsieur Vercoutre. J'ai vécu à Gujan-Mestras, chez ma grand-mère, pour ne pas importuner mes parents qui s'efforçaient de développer un cru de grande qualité. Je n'ai quitté le Bassin que pour entamer ma vie universitaire à Bordeaux. Mon grand-père était un petit armateur apprécié, mais je l'ai à peine connu, hélas ! Aujourd'hui c'est mon oncle qui dirige cet établissement.

Thierry ne lui répond rien mais lui accorde un sourire bienveillant et laisse les deux jeunes de leur côté. Retrouvant Sarah, il lui glisse :

— Ton fils Stéphane me paraît accroc à une jolie fille, une jolie gujanaise. Du genre à séduire tous les garçons de son université. Mais elle semble tenir à Stéphane. Sans exagérer, j'en arrive à penser qu'elle pourrait postuler au titre de Miss France.

— À ce point !

— Oui ma chérie. Peut-être même l'as-tu déjà croisée au lycée, à Gujan ?

— Une potentielle Miss France, non, je m'en souviendrais. Sans doute devait-elle être trop gamine à l'époque.

— Ses parents sont des viticulteurs de renom, près de Pauillac. Moi je favoriserais bien volontiers ce jeune couple.

— Quoi ! Tu plaisantes ? Stéphane n'a pas encore dix-neuf ans, et elle non plus, je suppose.

— Certes, mais au moins cela ferait cesser cette relation agaçante avec sa cousine Vanessa.

— Cette relation, comme tu dis, n'est plus… vivace. Plus du tout comme il y a trois ou quatre ans.

En effet, dès les fêtes de Noël 2012, qui s'étaient déroulées comme toujours à la villa M., la villa familiale en ville d'hiver, Stéphane avait déclaré sa flamme à sa cousine Vanessa[2]. Il affichait quatorze printemps et elle dix-huit. Vanessa adorait son petit-cousin, son chéri. Une idylle aussi irréelle qu'irréaliste, selon les parents. Et qui commença à prendre l'eau – c'était le cas de le dire – lorsque le jeune Vercoutre, en 2016, avait décrété qu'il deviendrait ostréiculteur, en briguant, pourquoi pas, la succession de son père. Pas franchement du goût de la cousine, même si leur relation restait poignante et pathétique.

Thierry imagine déjà la tête de sa nièce lorsqu'elle rencontrera ce superbe brin de femme dont son Stéphane s'est entiché. Et lorsqu'avec Sarah il rejoint la Pinasse Mauve aux Arbousiers, il est surpris de retrouver Léa et Stéphane qui semblent les attendre.

— Papa, peux-tu nous emmener à bord ? C'est un temps idéal pour apprécier la Petite Mer. Passe par les cabanes tchan-

2 – Lire « Friture sur la Petite Mer ».

quées avant de longer la côte du Cap vers Arès. Léa n'a plus fréquenté le Cap Ferret depuis au moins cinq ans. J'aimerais tant lui proposer quelques piqûres de rappel, comme un arrêt à la Pointe aux Chevaux, à l'Herbe et sur la butte de Claouey.

— Mon fils, c'est d'accord. Je peux vous déposer, mais pas vous attendre.

— Je sais, je sais. Dépose-nous au niveau de la Pointe aux Chevaux. Ensuite nous nous débrouillerons, et ce soir pourras-tu nous récupérer au port d'Arès ?

— … Euh… oui… d'accord. Mais pas avant dix-neuf heures. Et encore heureux que la marée nous soit favorable.

À son tour, Sarah est séduite par cette superbe jeune femme. Alors elle lui demande :

— Tu as le même âge que Stéphane, je suppose ?

— Oui madame Vercoutre, juste quelques mois de plus. Aussi me doit-il un immense respect !

Ils rient de bon cœur tous les quatre.

— Et tes parents habitent Pauillac ?

— Oui, tout près, dans leur propriété au sud de la ville. Passez-y dès que vous en aurez l'occasion. Ce n'est pas un grand château mais il s'agit d'une propriété assez typique du Médoc.

Passant devant les cabanes tchanquées, Léa admire le site… « plus que jamais, leur précise-t-elle. »

Les deux jeunes gens sont déposés au pied de la Pointe aux Chevaux. Il leur faut y monter, mais cela en vaut tellement la peine. En amoureux, fous de bonheur, l'épreuve n'existe même pas et Léa est soudain subjuguée par ce lieu magique et par la vue exceptionnelle dont ils bénéficient. Les deux jeunes s'embrassent tendrement, cent fois peut-être... En chemin vers le village de l'Herbe ils profitent de la lumière exceptionnelle qui illumine la dune du Pilat, complétement à droite. Une fois dans le village ils s'arrêtent pour boire un canon[3] avant de rebrousser chemin pour une longue marche vers Claouey en passant par le Canon et Piraillan, entre autres. Léa a beaucoup de mal à quitter ces belles ruelles de l'Herbe.

— Il faut y aller, insiste Stéphane, car le Cap c'est grand, c'est tout en longueur, et de l'Herbe à Claouey il y a quelques kilomètres. On en a pour deux bonnes heures.

— Même dix, si c'est avec toi, ça me convient !

Stéphane sourit, l'embrasse une nouvelle fois et lui dit :

— Pourrait-on envisager vivre ensemble un jour ?

— Naturellement mon Stef ! Mais avec un mariage à l'appui, sinon mes parents nous mettraient des bâtons dans les roues.

— Mais Léa, nous sommes bien jeunes pour nous marier.

— Oui, peut-être, mais pas pour nous fiancer. Et pas pour que tu prennes rapidement le relais de ton père et commences à gagner ta vie.

Tout en continuant de se confier l'un à l'autre, ils marchent d'un pas décidé. Heureux. Heureux d'être à deux et de profiter du Bassin de la sorte. Ils traversent le Canon, Piraillan et Le Piquey. Un tantinet fatiguée tout de même, Léa arrive sur la butte de Claouey, s'assied à même le sol et prend le temps d'admirer. À gauche, le fond du Bassin, magnifique. En face, les pinasses, les plates et la côte au sud d'Arès, et à droite

3 – Le village du Canon est juste au nord de celui de l'Herbe !!!

l'ouverture sur le sud du Bassin. Stéphane a bien raison, cet endroit est magique.

— Je t'avoue, lui dit-elle, que de Gujan nous ne sommes allés que très rarement au Cap et, de mémoire, pas une seule fois ici. Il faudra y emmener mes parents, même si eux connaissent déjà, quoique cela m'étonnerait. Ici c'est un petit paradis, ils l'auraient évoqué devant moi. C'est un morceau du grand paradis qu'est le Bassin.

— Tu as bien raison, Léa, et il en existe beaucoup de ces petits paradis, tu le sais. Rien qu'à Arcachon je peux te citer la ville d'hiver, la butte des Abatilles à côté du Tir au Vol et l'Aiguillon… et j'en oublie.

— Oh que oui, tu en oublies! j'aime le port de Larros, j'aime celui de Biganos et celui de La Teste, tu sais, avec toutes ces chères pinasses bien alignées.

— C'est vrai qu'on pourrait en citer des dizaines…

Ils restent un long moment scotchés l'un contre l'autre à admirer ce petit bout de paradis. Mais il leur faut reprendre le chemin d'Arès, où ils arrivent cinq minutes avant dix-neuf heures. Thierry est déjà présent, sur sa pinasse mauve. Alors, ensemble, ils filent jusqu'à Gujan.

— Monsieur Vercoutre, dit Léa, merci, mille mercis. Grâce à vous Stéphane m'a remontré ou fait découvrir des merveilles. Seriez-vous opposé à ce qu'un jour prochain on vous parle mariage?

— Opposé, certainement pas. Mais vous êtes encore si jeunes, l'un comme l'autre. Léa, pensez d'abord à vos études de gestion.

— Dans un sens je vous comprends, mais je dois vous préciser qu'une simple… euh… une simple fréquentation risque de… de courroucer, oui, c'est le terme, mes chers parents. Alors, peut-être pourrions-nous convenir de fiançailles, avant la fin de l'année, et d'un mariage un peu plus tard ?

— Vous n'y allez pas par quatre chemins, mademoiselle Léa ! Je dois d'abord en parler à mon épouse, et vous, à vos parents. Et si nous admettons tous cette idée, alors ma femme et moi nous prendrons rendez-vous avec vos parents. Avez-vous déjà un frère ou une sœur mariés ?

— Hélas non, monsieur Vercoutre, je suis fille unique. Ma mère a dû subir une opération après ma naissance. Elle est trop discrète pour évoquer sa douleur dans le détail, mais de fait, elle n'a pas pu avoir d'autre enfant. Vous imaginez comme je suis choyée… et surveillée à la fois ! Cela dit, monsieur Vercoutre, votre épouse et vous-même êtes les bienvenus à la propriété. Et vous savez, ce rendez-vous se terminera par la dégustation d'un très bon cru !

— Décidément Léa, vous m'amusez beaucoup. Et vous paraissez si sûre de vous.

— Bof, c'est probablement dû à mes cours de gestion. Surtout le cours de méthode, qui est supposé nous apprendre à nous sentir à l'aise dans les contacts et les négociations en affaires. Et je vous avoue que c'est mon cours préféré.

— Bien. Stéphane, tu nous tiens au courant et tu tiendras au courant Léa dès que nous saurons quoi proposer comme date de rencontre.

— Merci monsieur Vercoutre. Nous sommes chanceux, Stéphane et moi. Nous avons des parents exigeants, à coup sûr, mais si compréhensifs et positifs.

À Gujan, Léa se sépare de Stéphane, les larmes aux yeux. Thierry, en secret, apprécie ces larmes, une preuve de sincérité des sentiments chez cette jeune fille… belle comme une Miss France. Une fois chez lui, Thierry avise Sarah qui acquiesce sans barguigner et qui déclare à son fils, avant d'aller se coucher :

— Tu vas rêver de ta future Miss France, à coup sûr !

— Peut-être rêver de Léa, mais pas de Miss France. Arrête avec ça, s'il te plaît ! Cela ne nous attirerait que des ennuis. Ma future femme ne sera point une femme publique, surtout pas !

— Bon, mon petit Stéphane, poursuit-elle, Léa n'est pas encore ta femme. Nous irons, ton père et moi, rencontrer ses parents et nous pourrons discuter fiançailles, ça je l'admets et j'y suis même favorable. Je n'imagine pas un seul instant les parents de Léa comme des m'as-tu vu, des gens mal éduqués.

— D'accord, merci, et je préviens Léa qui demandera à son tour une date pour une rencontre.

— De préférence un dimanche, tu comprends, n'est-ce pas ?

— Oui, par rapport au métier c'est le meilleur jour, en effet.

Les évènements ne traînent guère. Début septembre – il fallait trouver un créneau avant les vendanges pour les viticulteurs, et pas au moment du possible deuxième naissain pour les ostréiculteurs – Sarah et Thierry se rendent dans le Médoc. Sans leur fils. Un fils qui doit maintenant s'expliquer avec son grand frère Fabrice et l'épouse de ce dernier, Camille. Et plus encore avec sa cousine Vanessa. Fabrice encourage son petit frère et Camille le félicite. Par contre la discussion avec la cousine adorée devient vite orageuse et même tempétueuse. Stéphane lui appartient, c'est son jouet vivant. Et cette Léa veut lui voler son plus beau jouet. Impensable, impardonnable ! Cette fille est une beauté, à ce qu'on en dit, mais une beauté artificielle, à l'évidence !

— Encore une fille issue du milieu snob, poursuit-elle, furibarde ! Elle va te tuer à petit feu ou plus rapidement encore !

Stéphane la surprend. Il semble complétement ignorer ses remarques et sa colère. Déjà envoûté ?

— Vanessa, pense ce que tu veux. Pour moi tu restes ma cousine chérie, la grande sœur que j'aime comme une grande sœur. Point. Léa sera ma femme. Et me voir heureux devrait te rendre heureuse plutôt que jalouse et aigrie. Toi, si tu te maries, je serai vraiment heureux pour toi.

— Toi aussi pense ce que tu veux. Mais moi je te prédis les pires enquiquinements avec cette fille.

— Du genre ?

— Du genre que certains hommes seront séduits à leur tour par cette beauté artificielle et ne reculeront devant rien pour se l'approprier.

— Que d'autres soient séduits, je peux le comprendre, bien sûr. Mais chaque fois Léa saura me prouver que c'est moi qu'elle aime.

— Crois ce que tu veux, mon pauvre petit naïf !

La propriété des Fontebry, au sud de Pauillac, plaît immédiatement aux Vercoutre par sa sobriété et par sa fraîcheur. Des murs blancs, pas d'étage au niveau de la façade principale, et juste un étage sur les côtés. Une fois à l'intérieur ils ressentent qu'il y règne ordre et organisation. Sans doute une explication dans le choix des études de Léa. Après quelques premiers échanges un peu froids et distants, la chaleur monte lorsque Thierry vante le Bassin, parle de son charme et évoque la villa M., la villa familiale en ville d'hiver.

— Cette ville d'hiver, souligne madame Fontebry, c'est un rêve permanent. Ces « fofolles » des années 1880 sont toutes merveilleuses et chacune d'elles représente un rêve, une folie. Sincèrement, je les adore toutes. La vôtre se situe où dans la ville d'hiver ?

— Vous voyez la place Brémontier, madame Fontebry, vous connaissez ce nom ?

— Oui, tout à fait, c'est à proximité de la villa Montesquieu, une de mes chéries.

— Exactement, conclut Thierry. Et la villa M. est dans ce quartier.

La discussion s'engage alors sur la vie et le caractère de Léa et de Stéphane. Au final les parents s'accordent avec joie pour fixer des fiançailles, ici même, pendant les fêtes de Noël, et en petit comité. Quant à la date pour un mariage éventuel, il sera bien temps d'en reparler, pourquoi pas le jour des fiançailles, justement.

— Voyons d'abord comment nos deux jeunes vont se comporter et s'apprécier. Mais attention, poursuit Audrey Fontebry, ils doivent rester raisonnables et maîtres de leurs pulsions. Donc il ne faudra point trop attendre pour fixer une date malgré tout. Je sais notre fille très attirante, et le comportement de votre fils doit être exemplaire. Vous me comprenez, n'est-ce pas ?

— Tout à fait, lui répond Sarah. On enfoncera bien le clou auprès de notre fils !

Puis les Fontebry leur font visiter leur propriété.

— Voici la salle-à-manger, une belle et grande pièce, parfaite il me semble, pour célébrer ces fiançailles, précise Robert Fontebry. À la condition, j'insiste sur ce point, de ne pas envisager plus de dix-huit convives maximum. Ensuite, venez, je vais vous montrer deux de nos chambres. L'une sera pour vous le soir des fiançailles et la plus petite pour Stéphane. Une chambre assez loin de celle de Léa, je m'empresse de le préciser !

Thierry et Sarah apprécient les deux pièces. Comme ils apprécient, un peu plus tard, l'excellent cru bourgeois qui accompagne un repas improvisé mais délicieux et très médocain.

En quittant le Médoc, Sarah et Thierry réalisent que le sort en est jeté. Quelque part ils perdent un fils mais ils gagnent la plus jolie des belles-filles. Ainsi qu'un collaborateur heureux, pour travailler sur les parcs.

2

Thierry, en chemin vers Pauillac, réalise mal que son gamin va se fiancer. Tout va si vite, tout va trop vite. L'épisode Léa lui paraît d'une fulgurance incontrôlable. Mais les deux jeunes paraissent sincèrement amoureux et tellement épris l'un de l'autre, qu'il faut croiser les doigts et ne voir qu'une union réussie. Sarah garde le silence tandis que Stéphane profite du trajet pour donner à ses parents quelques informations sur la famille Fontebry. Des viticulteurs incontestablement aisés mais qui n'ont jamais ménagé leur peine. Les trente-cinq heures, ce n'est pas du tout leur lot hebdomadaire, ce serait plutôt les soixante-dix heures, à l'instar d'une majorité des travailleurs de la terre. Bref, le gamin admire et adore déjà ses futurs beaux-parents, et c'est très bien ainsi. Avoir donné naissance à une fille aussi jolie, et pour Stéphane par-dessus le marché, prouve qu'il s'agit bien d'un couple formidable !

L'arrivée à la propriété s'effectue vers midi, comme escompté. Par un froid de gueux ! Les parents de Léa viennent accueillir les Vercoutre avec de grands sourires de circonstance.

— Presque tous les invités sont arrivés, précise Audrey Fontebry. De notre côté la grand-mère est bien présente. La tante Mathilde et le parrain de Léa, venus tout spécialement de La Rochelle, sont bien présents également. De votre côté, Fabrice et Camille sont arrivés il y a quelques minutes. Et donc, ne manquent plus que votre sœur Claudine, monsieur Vercoutre, son mari et leur fille Vanessa. À propos de Vanessa, j'ai cru comprendre qu'il s'agit de l'ancienne chérie de Stéphane, malgré leur écart d'âge ?

— C'est exact, madame Fontebry, mais je vous en prie, ne parlons plus de ce sujet. Et je suis convaincu, poursuit Thierry, que l'attitude de Vanessa suffira pour vous faire toucher du doigt le sujet qui blesse et une situation pénible pour elle. De mon côté, je vous avoue être un peu triste de l'absence de mon père et de sa deuxième épouse, Sandrine. Mais mon père est vraiment trop fatigué par les temps qui courent. Vous le rencontrerez au plus tard pour le mariage. Car je compte bien, avec votre accord, naturellement, rassembler tout notre petit monde à la villa M. à l'issue de la cérémonie religieuse, en l'église Saint-Maurice de Gujan-Mestras.

— Oh oui, monsieur Vercoutre, quelle excellente idée, lui répond Audrey Fontebry. Mais tous les invités pourront-ils tenir dans la villa ?

— Nous disposons d'une belle salle au rez-de-chaussée où nous avons déjà fêté quelques mariages, par le passé. Et nous pouvons également nous répartir entre la salle-à-manger et les deux salons, à l'étage. Deux salons que vous allez apprécier, nous en sommes convaincus.

Arrivent alors Claudine, Bernard et Vanessa. Devant le visage renfrogné de cette dernière, Audrey Fontebry comprend aussitôt qu'une prédatrice perd sa proie. Mais au moins ne manifeste-t-elle point sa rancœur. À peine une subtile embrassade avec le cousin, et un baiser en l'air, adressé à Léa... Règne malgré tout dans la propriété une atmosphère chaleureuse. Et Vanessa découvre rapidement à quel point son Stéphane et cette Léa sont épris l'un de l'autre. Et quelque part elle se sent vaincue. Momentanément, peut-être, mais vaincue. Alors elle préfère les ignorer et se concentrer sur l'excellence du repas et sur la qualité du vin, en ne dépassant pas deux petits verres malgré tout.

Au dessert, dans la liesse générale, les parents de Léa arrachent à ceux de Stéphane une date pour le mariage : en juin de l'année suivante. Le samedi 23 juin 2018, précisément. Un mariage en l'église Saint-Maurice de Gujan, donc. Avec, suite à la cérémonie religieuse, les agapes en la villa M. Catastrophée, Vanessa rumine que se marier à vingt ans c'est beaucoup trop jeune. Les quatre parents sont fous ou inconscients. En attendant il lui faut chercher – et trouver – un nouveau jouet. Surtout un petit jeune, bien plus jeune qu'elle, c'est son critère !

Le lendemain, Sarah, Thierry et Stéphane quittent le Médoc. Le jeune fiancé est en larmes. Son père fait alors digression et l'engage à trouver du temps pour présenter Léa à la famille avant juin et pour rencontrer, lui, la famille Fontebry. Pour cette dernière tâche cela ne doit pas poser de difficultés car cette famille paraît plutôt réduite. Les grands-parents ont presque tous disparu, Léa n'a ni frère ni sœur mais seulement un oncle, deux tantes et deux cousins.

Léa, en visite, adopte aussitôt le petit Maxime, le fils de Fabrice et de Camille et son futur neveu. Un gamin qui lui rend bien, en câlinant de plaisir dans ses bras. Sandrine et Jean-Marie sont séduits à leur tour, époustouflés par la beauté de cette jeune fille. Du pain béni pour leur petit Stéphane. Quant à Claudine et Bernard, ils apprécient déjà Léa depuis le jour des fiançailles. Vanessa toujours pas, et même moins que jamais. Devant la future femme de son Stéphane elle reste correcte, distante mais correcte. Quant à Michel Thillet-Bordes, qui avait entrevu la promise aux célébrations du cent-soixantenaire d'Arcachon, il voit surtout un futur lien familial avec des viticulteurs du Médoc !

La date fixée pour le mariage s'approche inexorablement. Et visiblement Stéphane se met déjà dans la peau d'un ostréiculteur. Ostréiculteur et mari comblé, de surcroit. Certes, il va terminer son année d'études de gestion, mais il sait pertinemment qu'il ne reprendra pas en septembre. Une forme de séparation avec Léa que cette dernière n'apprécie qu'à moitié, même si elle comprend le choix de son fiancé. De son côté elle envisage de continuer, sans certitude absolue, malgré tout. C'est un peu frustrant, d'autant plus qu'ils apprendront rapidement qu'ils sont admis en troisième année tous les deux.

Dans l'attente de ce samedi 23 juin qu'elle espère sacrément mémorable, Léa s'arrange pour retrouver le Bassin d'Arcachon le plus régulièrement possible. Pour partager plus de temps avec Stéphane, et pour le partager dans un cadre unique et enchanteur. Elle tient à ce que son futur mari lui fasse connaître tous ces fabuleux recoins qu'elle n'a pas encore pratiqués. Et Stéphane, en guide adulé, ne s'en prive guère ! Ils passent ensemble tous les week-ends entre Noël 2017 et la mi-juin 2018. Ainsi se promènent-ils à la pointe du Ferret, au Canon, au Grand-Piquey et à Piraillan par un temps beau et froid. Puis c'est au tour d'Arès, d'Andernos et des sentiers du littoral jusqu'à Taussat. Et cela, avant Audenge et sa cabane bleue qui accueille tant d'artistes. Au début du mois de mai ils profitent de la Plage aux Écrivains[1] pour faire des rencontres passionnantes… avec des passionnés. Sans oublier la ville d'hiver avec la villa M. au menu. Et Léa devient une accro à la vue offerte depuis le Tir au Vol et tout autant à celle depuis le sud de la dune du Pilat, au niveau du départ des parapentistes, au-dessus de la plage Robinson. Ils profitent même d'un coucher de soleil inoubliable avec des reflets de chaque côté du banc d'Arguin. Quelle découverte pour Léa ! Après ces moments merveilleux elle en arrive à trouver que le jour du mariage arrive trop vite !

*

Il débarque bien vite, en effet, ce samedi consacré au mariage. L'église Saint-Maurice de Gujan-Mestras est pleine à craquer. Dommage pour les fidèles coincés au fond car ils ne peuvent pas admirer son merveilleux retable polychrome ni le deuxième, consacré à la Vierge, la patronne des marins.

1 – Fameux salon du Livre d'Arcachon.

Mais sans doute une majorité connait-elle déjà ces œuvres incontournables de l'église. Et ils se consolent tous en profitant de l'orgue célèbre qui leur distille sa belle sonorité et donne de la noblesse à cette cérémonie. Que d'émotions ! Plus belle que jamais dans sa robe blanche joliment ornée de dentelles, Léa dit « oui » avec des larmes plein les yeux. Puis Stéphane dit oui à son tour, le cœur débordant de bonheur. Un cœur qui bat à cent vingt pulsations minute. À cent vingt pour Léa. Dans son sermon, le curé vient de vanter de façon poignante le métier d'ostréiculteur et également celui de viticulteur. Deux professions tellement caractéristiques de leur magnifique Gironde. Et deux professions pour lesquelles l'aide de Dieu s'avère indispensable et permanente :

— Merci Seigneur, vous nous comblez. Ce couple est donc typiquement girondin. Alors, prions tous ensemble pour vous remercier de protéger nos travailleurs si courageux. Et protégez également Léa et Stéphane.

Un peu plus tard le jeune couple sort de l'église, radieux et acclamé par la foule des grands jours. Après mille embrassades, Stéphane, qui a obtenu de faire une virée à bord de la pinasse mauve avec sa chérie avant de rejoindre la villa M. pour les agapes, entraîne donc sa toute jeune dulcinée jusqu'au port de Larros, pour embarquer. Quelle journée exceptionnelle pour bénéficier des lumières du Bassin ! Ils effectuent un tour de l'Île aux Oiseaux absolument sublime avant de venir s'amarrer aux Arbousiers. Léa réalise alors qu'elle ne peut plus se passer de la pinasse mauve. À pied, très remarqués par les gens du quartier des Abatilles et par les premiers touristes de l'été, ils rejoignent la ville d'hiver et la villa M. où les invités ne les ont pas attendus pour se ruer sur l'excellent buffet. La villa déborde de monde. Stéphane entraîne alors sa jeune épouse jusqu'au petit salon, au premier étage. Ce joli salon dont la véranda offre une vue directement sur la Petite Mer. C'est un lieu emblématique pour tous les Thillet-Bordes et autres Vercoutre. La proche famille tente alors de se rassembler dans cet endroit magique pour célébrer les jeunes mariés, un verre de champagne ou de Médoc à la main. Et aussitôt les parents de Léa tombent amoureux de ce salon et de sa vue sur le Bassin entre les pins.

— Le salon du bonheur, lance Audrey Fontebry en trinquant au bonheur du jeune couple et à celui de tous les présents.

Seule Vanessa manque à l'appel, restée à distance de l'autre côté, dans le grand salon. Depuis sa véranda elle aperçoit les bois, en ville d'hiver et au-delà. Les bois au-delà du cimetière de la ville, et elle pense aussitôt qu'elle enterre son idylle de plus de cinq ans avec son Stéphane. Dans le petit salon le jeune marié en profite pour présenter à sa tendre et douce quelques proches qu'elle n'a pas encore rencontrés. Telle Cécile Thillet-Bordes, la fille de Michel et de Béatrice, une passionnée et une professionnelle reconnue, architecte déléguée aux Monuments Historiques. Puis c'est au tour d'Olivier, le frère jumeau de Cécile. Un exceptionnel compagnon tailleur de pierre, un véritable bâtisseur. Et – à ne jamais oublier – l'homme qui a sauvé toute la famille d'un épouvantable carnage dans la villa M.[2]

---

2 – Lire Friture sur la Petite Mer.

— Regarde Léa, regarde ton chéri le petit Maxime. Sans Olivier il ne serait sans aucun doute pas ici, aujourd'hui. Et je serais à coup sûr absent également ! Merci à Olivier qui a tué un des deux gangsters introduits dans la villa, et ensuite, merci à mon père qui a pu tuer le second.

— Mais… mais Stéphane, que me racontes-tu là ? C'est quoi cette histoire horrible ? Une histoire vraie ?

— Oui, absolument, et je te la raconterai, même si cela me fait encore mal aux tripes, rien que d'y penser et de revoir la scène. En attendant, Olivier mérite tous nos remerciements. Jamais nous ne pourrons assez le remercier.

Un peu plus tard, abandonnant une assemblée repue, Stéphane entraîne Léa dans le jardin et lui conte l'histoire d'Olivier et ce drame dans la famille. Le garçon est homosexuel et complétement rejeté par sa mère. De ce fait il s'est recentré sur son travail, sur l'ouvrage, dans la région de Saintes. Mais un jour il décide de s'inviter à une fête de famille à la villa M. Bien entendu sa mère ne l'a pas convié, mais il s'y présente malgré tout, prenant le risque d'une terrible altercation. Alors qu'il s'approche de la villa, il aperçoit deux malfaiteurs armés qui s'introduisent de force dans la propriété. Deux méchants dont l'un venait pour se venger d'un Thillet-Bordes. Alors Olivier, très adroit dans le maniement des armes, attend le moment propice pour intervenir. L'un des deux bandits emmenant Jean-Marie à l'étage, Olivier fracasse une vitre et lance son couteau qui transperce le cou de celui qui surveillait les présents dans la grande salle. Un bruit qui interpelle le second malfrat, en quête de billets et qui fouille dans les chambres. Alors il redescend en courant tandis que Thierry se saisit du pistolet mitrailleur du mort et se cache derrière la porte d'entrée. Le bandit aperçoit le corps de son collègue allongé au sol, un couteau planté dans son cou. Furibard, il s'apprête à tirer sur la famille lorsque Thierry intervient et vide le chargeur, ne laissant aucune chance au gangster.

Léa se met aussitôt à trembler. Elle se jette dans les bras de Stéphane, faisant sourire les invités qui la regardent, depuis l'étage. Consciente alors de cet horrible drame qui aurait pu se transformer en tragédie, elle décide d'aller embrasser une nouvelle fois Olivier ainsi que son beau-père Thierry. Dans l'escalier qui mène à l'étage des deux salons elle se retrouve en face de Sandrine et de Jean-Marie, le grand-père. Un Jean-Marie qui frise les quatre-vingts ans et qui ne cache pas son bonheur d'avoir assisté à cette union pour son petit-fils. Un sourire malicieux aux lèvres, il lui dit :

— J'en connais une qui regrette déjà de n'avoir point assisté à la cérémonie.

— Qui donc ?

— La pinasse mauve, pardi !

— Oh, mais vous le savez bien, nous avons effectué, Stéphane et moi, un tour sublime du Bassin, sur la pinasse mauve, avant d'arriver à la villa. Et je suis aussitôt devenue une fan de la pinasse familiale.

— Y manquerait plus que ça !

— Oh monsieur Vercoutre, quel bonheur de parcourir le Bassin sur cette si jolie pinasse ! Un bonheur et un symbole.

— Bravo ma petite Léa ! Mais je te demande de ne plus m'appeler « monsieur ». Ni Jean-Marie, d'ailleurs. Utilise plutôt « papy », ce sera mieux, et en plus j'aime bien.

— Oh merci mons… euh, merci papy !

Et elle l'embrasse une nouvelle fois. Puis, en se tournant vers Sandrine, elle lui demande :

— Puis-je donc vous appeler mamie ?

— Mais non Léa, je ne suis pas mamie. Alors appelle-moi Sandrine. Stéphane m'appelle par mon prénom, alors, toi aussi.

En arrivant dans le petit salon, Léa se rue sur son beau-père et l'embrasse chaleureusement. Un beau-père fort surpris jusqu'à ce que son fils lui explique qu'il vient de conter à sa jeune épouse ce terrible drame de la villa et le rôle fantastique d'Olivier ainsi que le sien.

— Léa, répond alors Thierry avec un grand sourire, c'est surtout Olivier le grand artisan de ce sauvetage. Et donc c'est lui qu'il faut remercier.

En entendant son nom Olivier s'approche et Léa l'embrasse en lui disant merci, tandis que Stéphane lui glisse quelques mots à l'oreille. Alors Olivier s'adresse à Léa :

— L'essentiel aujourd'hui est que vous viviez heureux tous les deux, que vous ayez de beaux petits et que vous ne croisiez jamais ce genre de sinistres personnages.

Thierry, tout sourire, observe les deux jeunes, ces deux gamins, commencer leur vie de couple. Sous les meilleurs auspices :

— Quand on songe qu'ils vont séjourner pendant quinze jours au Maroc pour leur voyage de noces, ils sont bien loin d'être les plus malheureux ! Alors, vivement qu'ils reviennent, vraiment enchantés, et que Stéphane m'assiste un an ou deux avant que je ne lui lègue mes parcs.

En effet, le fiston, tout juste marié, a clairement décidé qu'il devait travailler. Et travailler, pour lui, sur le Bassin, c'est devenir ostréiculteur, forcément. Pour succéder à son père et pour profiter quotidiennement de la Petite Mer. Léa, de son côté, hésite encore. Ce serait trop bête de laisser tomber ses études gestion. Il sera toujours temps d'aviser s'il lui arrive d'attendre un bébé… sans se presser pour autant, même si elle l'espère malgré tout du plus profond de son cœur.

*

Seulement quinze jours après le mariage de Léa et Stéphane, alors que les tourtereaux sont encore au Maroc, Vanessa s'entiche d'un jeune bordelais de presque cinq ans son cadet ! Un écart d'âge qu'elle apprécie, à l'évidence. Exactement le profil qu'elle recherchait : un gamin docile, et très heureux de trouver une compagne… avec de l'expérience. Sébastien connait Stéphane car il suit, lui aussi, des études de gestion, avec une année de décalage. Vanessa, satisfaite, se dit avec un sourire grinçant :

— Allez, que mon Stéphane passe du bon temps au Maroc et n'importe où bon lui semble, avec sa gamine. Aujourd'hui je sais que Sébastien le vaut bien. Et celui-là, je m'engage à mieux le retenir !

3

Stéphane semble satisfait de son périple, concocté grâce à Internet. Une petite agence de Casablanca vient de lui envoyer le voyage commandé. Dès l'arrivée à Rabat, un minibus prend quelques personnes en charge, pour tout l'itinéraire, restreint mais fascinant : Rabat – Casablanca – Marrakech – Fès – Meknès et Rabat. Certes, il manque Tanger au nord et la région autour de Ouarzazate jusqu'à Agadir, au sud. Mais Thierry fit comprendre à son fils :

— Les bonnes choses ont une fin. Tu seras heureux, j'en suis persuadé, et moi je serai satisfait que tu viennes m'aider sans tarder.

Léa scrute l'itinéraire sur l'écran de son ordinateur. Pour elle il manque Agadir, et elle le manifeste à Stéphane.

— Ma chérie, lui répond-il, même si je comprends ta réaction, question bord de mer ne crois-tu pas que nous sommes assez gâtés comme ça ? Très gâtés, même. Franchement, au Maroc je préfère visiter – et en ta compagnie, bien sûr – les villes les plus réputées plutôt que de se pavaner sur une plage. Tu sais, Gérard, le grand échalas parmi nos copains de Bordeaux, il connaît bien le Maroc. Et pour lui, dans le cadre d'un séjour court, de moins de dix jours, pas question de manquer ni Marrakech ni Fès, et pour bien en profiter il faut y consacrer au moins trois jours à chacune. Même si, selon lui, tout le Maroc vaut vraiment la peine. Et pour apprécier pleinement ce pays superbe, il faut y séjourner un mois. Et donc, pour nous deux, ce sera court mais beau ; et avec toi, inoubliable !

Léa embrasse son homme et conclut :

— Tu as raison, mon amour.

Le jour du départ, Stéphane apprécie un avantage imprévu, du fait de leur absence de seulement neuf jours : la taille modeste de leurs deux bagages. Après un vol tranquille ils atterrissent à Rabat par trente degrés à l'ombre. Mais les deux amoureux ne veulent retenir que le ciel bleu, intégralement bleu. Leur chauffeur les attend, arborant une petite pancarte portant le nom de l'agence. Et visiblement il n'est pas le seul dans ce rôle. Dans le minibus ils se retrouvent à seulement deux couples. De bon augure. En chemin vers l'hôtel, le chauffeur leur précise, dans un excellent français :

— Nous ne resterons que vingt-quatre heures à Rabat. Nous partirons dès demain, en fin d'après-midi pour Casablanca. Je vous sais tous les quatre en vacances, alors permettez-moi de vous donner deux ou trois conseils, deux ou trois suggestions de visites. Allez découvrir la kasbah des Oudayas, la tour Hassan bien sûr, ainsi que le mausolée de Mohammed V. Et à tout moment, profitez-en pour vous plonger dans la médina, vous aurez un avant-goût du Maroc authentique, avant Marrakech et Fès. Nous voilà arrivés à votre hôtel, et donc, messieurs dames, rendez-vous ici-même, demain à dix-sept heures trente. Bagages en main ! Bon séjour !

Léa et Stéphane font alors plus ample connaissance avec Anne et Claude, deux quadras adorables, originaires de La Rochelle. Ils fêtent leurs quinze ans de mariage.

— Nous nous offrons un petit voyage tous les cinq ans, précise Claude. Ainsi, pour nos dix ans, avons-nous visité la Norvège et les fjords. Pour nos cinq ans c'était Venise. Et pour notre voyage de noces, comme c'est votre cas aujourd'hui, nous avions choisi l'Égypte. Inoubliable, d'autant plus que le pays était plutôt tranquille à l'époque.

— Et pour vos vingt ans, demande Stéphane avec un air malicieux ?

— Oh là, là, répond Claude, ne précipitons pas les évènements. Savourons d'abord notre échappée belle au Maroc ! Cela dit, je sais déjà qu'Anne rêve du Mexique et de l'Ouzbékistan. Oui les jeunes, le Yucatan d'un côté, et Samarcande et la route de la soie, de l'autre. Et moi j'ai un faible pour Saint-Pétersbourg. En fin de compte, si le bon Dieu nous prête vie, nous parviendrons à connaître tous ces pays. Mais comme je le dis toujours, profitons au mieux du jour d'aujourd'hui !

Visiblement ravi de pouvoir partager du temps avec un jeune couple magnifique et tout juste marié, il leur précise :

— Attention les jeunes ! Ne jouez pas aux câlineux dans la rue. Nous sommes dans un pays musulman, je vous le rappelle, et même si le Maroc est assez tolérant et peu radical, restez sages et sachez vous tenir. Même si j'admets que c'est parfois difficile. Au Caire, par moments, je ne rêvais plus que de l'hôtel. Car oui, c'est facile de se rattraper la nuit !! Mon Anne s'en souvient bien, pas vrai ?

Anne acquiesce, avec un petit sourire contrit…

— Ici, le jour, continue Claude, profitez des sites, on m'en a dit le plus grand bien. Allez, on vous laisse. À demain soir, les jeunes.

Léa et Stéphane quittent leur chambre, plutôt luxueuse, pour dîner. Avant cela, ils décident d'une petite marche apéritive jusqu'à la tour Hassan. La kasbah des Oudayas, le mausolée Mohammed V et la médina, ce sera pour le lendemain. Avec, peut-être, un arrêt à la plage…

La tour Hassan les impressionne. Par sa taille et par l'ancienneté de ce minaret de mosquée. Plus de quarante mètres de haut. De la place, on aperçoit justement le mausolée, beaucoup plus récent, où reposent le roi et ses deux fils. La tour est le véritable emblème de la ville. Près de l'hôtel, ils entrent alors dans le restaurant recommandé par le responsable de la réception. Un établissement aussi cossu que typé. Ainsi sont-ils installés dans une niche bordée de petites colonnes. De quoi être tranquilles pendant tout le repas. Léa apprécie le décor et les mosaïques colorées. Le maître d'hôtel vient leur vanter le couscous maison. Stéphane acquiesce mais Léa, pour le soir, se satisfait de brochettes.

Dès le matin le jeune époux regarde le ciel, découvrant le même bleu et la même lumière que la veille. Et, à parier, bientôt la même chaleur. Ils ne s'attardent pas et filent vers la kasbah des Oudayas. En haut d'un escalier, la porte d'entrée monumentale jouxte, à droite, des remparts impressionnants.

Le couple apprend que la forteresse, construite au XIIe siècle par les Almoravides, fut une base militaire, point de départ pour les armées musulmanes en conquête de l'Andalousie et de toute l'Europe. Léa tombe très vite sous le charme des jardins. Des jardins splendides, teintés d'exotisme et sacrément bien entretenus. Tous les deux apprécient la vue sur l'océan, alors ils rêvent de plage et de baignade… pour se rafraîchir. Puis ils quittent la kasbah pour aller visiter le mausolée Mohammed V. Un petit bijou de marbre blanc, rutilant sur fond de ciel bleu[1]. La mosquée étant strictement réservée aux musulmans, Léa et Stéphane se contentent du mausolée et ne le regrettent pas. La quantité des mosaïques et la beauté de la coupole, vue de l'intérieur, les laissent sans voix. Pas étonnant que ce monument soit inscrit au patrimoine mondial de l'Unesco.

— Il débute vraiment bien notre deuxième voyage de noces, glisse Léa d'un air coquin.

— Comment ça, répond Stéphane en la regardant, circonspect ?

— Oui mon amour. Tu le sais bien, notre premier voyage de noces correspond à nos merveilleuses balades sur le Bassin. Comme celle en amoureux, sur la pinasse mauve, le jour de nos noces, justement.

— C'est juste, tu as raison, et ces deux voyages de noces seront inoubliables, l'un comme l'autre.

— Faut l'espérer, vraiment. Et ça démarre fort.

---

1 – Construit entre 1961 et 1971.

Grand classique chez les amoureux, le temps passe trop vite : la montre de Stéphane indique treize heures trente lorsqu'il songe au déjeuner.

— Je te propose d'entrer dans la médina, dit-il à Léa, nous y trouverons bien un petit resto pour se faire plaisir sans faire d'agapes. Tu es d'accord ?

— Bien entendu. Et si la chaleur persiste on ira se baigner.

— Oui, pourquoi pas.

L'entrée dans la médina transfigure Léa qui, pour la première fois depuis le départ de Bordeaux, se dit totalement dépaysée. Carrément plongée dans un autre monde. Ce marché l'impressionne. Il lui paraît sans fin. Les étals proposent certes, des produits connus, mais au moins autant de denrées inclassables pour elle. Chaque petite boutique déborde de produits. Tout juste si les marchands disposent d'une petite place pour s'asseoir. Les allées sont pleines de monde. Un monde marocain, essentiellement, même si, par-ci par-là, ils aperçoivent quelques touristes. Stéphane remarque alors une entrée plus dégagée en bordure de la médina. C'est une entrée dans un riad. Un riad avec restaurant, c'est bien précisé. Sur le coup Léa fait un peu grise mine, mais lorsque la personne de l'accueil les emmène jusqu'à un merveilleux patio où déjeunent plusieurs familles et un couple d'Européens, alors elle perd toute forme d'inquiétude. L'endroit est charmant et typique. Leur hôte aperçoit la transformation sur le visage de la Française. Il lui sourit et dit :

— Attendez le thé ou le café, je vous réserve une autre jolie surprise.

Pour le repas, ils ne se compliquent pas la vie, c'est couscous pour les deux. Au poulet pour elle, à l'agneau pour lui. Et le Boulaouane[2] leur convient bien. Effectivement, une fois le repas terminé, le responsable de l'établissement les guide dans un couloir étroit jusqu'à – quelle surprise – une terrasse qui donne sur l'océan.

— Vous prendrez un thé à la menthe, ou autre chose, demande-t-il ?

— Pour moi un thé, oui, s'il vous plaît, répond Léa.

— Pour moi, excusez-moi, dit Stéphane, je prends un café, sinon je vais m'endormir.

En quittant l'établissement, et après une dernière balade dans les allées de la médina, ils renoncent à la plage. Il leur faut être prêts à dix-sept heures trente. Aussi décident-ils plutôt d'une petite sieste, mais pas crapuleuse pour deux sous !

Ils retrouvent Anne et Claude devant l'entrée de l'hôtel, ravis eux aussi de leur journée. Le chauffeur arrive, tout sourire, quelques minutes plus tard. Ils atteignent Casablanca en une heure et demie.

La ville leur paraît immense. Quel changement soudain en quittant la route du bord de mer. Et que de monde ! Cela grouille de partout, même si la cité moderne leur semble être une ville aérée.

— Dans la vieille ville, lance Claude au chauffeur, cela doit être gavé de monde !

2 – Vin rouge local.

— Oui on peut dire ça, répond ce dernier, amusé par les mots de son client. Casa est la métropole la plus peuplée du Maghreb.

Les quatre nouveaux amis passeront deux nuits à Casablanca. Le premier soir ils décident de dîner ensemble. Lui, Claude, est expert-comptable et Anne, mère au foyer.

— Euh, pas pendant ces dix jours, souligne-t-elle en riant. Nos deux garçons sont chez ma mère, à Vannes. Je suis Bretonne et Claude, Rochelais.

La discussion se poursuit alors sur les beautés de l'Atlantique… au moins entre Arcachon et le Morbihan !

La journée suivante leur offre à nouveau un temps radieux et légèrement plus frais. Les deux jeunes mariés admirent les murailles de l'ancienne ville et ses portes magnifiques. La tour de l'horloge, construite en 1911 par les Français, puis reconstruite en 1993, leur plaît beaucoup également. Mais la perle de la journée, pour Léa, sera la mosquée Hassan II[3], avec madrasa[4] et musée. Sa situation merveilleuse en bord de mer imposa moult contraintes qui sont répertoriées dans le musée. Quant à Stéphane, il apprécie encore davantage le magnifique Palais Royal, construit lui aussi par les Français en 1920. Car, derrière les remparts, il est subjugué tant par ses cours aux arcades élégantes que par ses jardins luxuriants. Ils terminent la journée dans l'ancienne médina pour, à nouveau, changer de monde.

3 – Construite de 1986 à 1993.

4 – On dit également médersa, école coranique.

Une nuit douce et câline suit leur belle journée ô combien instructive. C'est qu'il faut se lever tôt car leur chauffeur craint la grosse chaleur sur la route jusqu'à Marrakech.

— Comme il avait raison, souffle Anne après une heure de route ! On est envahis par la chaleur. Et je pense que la climatisation du minibus est aux abonnés absents. Encore heureux qu'on ne traîne pas.

— Savez-vous s'il y a la clim à notre hôtel, demande Claude au chauffeur ?

— Bof… même si votre hôtel n'est pas la Mamounia[5], je pense que oui, tout de même.

Après deux heures et demie de route, les passagers semblent plus épuisés que le chauffeur. Lui rit de les voir décomposés, surtout Anne. Claude demande alors :

— Vous nous aviez recommandé des endroits essentiels et splendides à visiter à Rabat et à Casa. Pourriez-vous nous donner quelques suggestions pour Marrakech ?

— Avec plaisir, mais la liste est longue.

— Pas grave, on y est pour trois jours.

— Alors, visitez la médina, naturellement. Le jardin Majorelle, que vous allez adorer, et dans lequel se trouve le musée d'art islamique. Ensuite, l'incontournable place Jemaa-el-Fna, c'est le centre névralgique de la ville, avec la médina. N'oubliez pas non plus de passer devant la mosquée la Koutoubia et de visiter la medersa Ben Youssouf. Enfin, s'il vous reste un peu de temps, voyez le Palais de la Bahia et faites une balade à dos de chameau, dans le désert.

— Oh oui, s'exclame Léa, visiter le désert !

5 – Hôtel le plus célèbre de Marrakech.

— Très peu pour moi, lui répond Anne…

— Alors, demandez au réceptionniste, il vous orientera vers un point de départ avec guichet. Moi je ne peux pas vous emmener, car pendant ces trois jours je véhicule d'autres touristes à Fès, et de Fès, d'autres à Meknès. Mais pas d'inquiétude, comptez sur moi vendredi matin à dix heures, ici-même. Bon séjour !

Après un déjeuner presque léger au restaurant de l'hôtel, ils s'accordent tous les quatre une petite sieste, avant de partir, toujours ensemble, au jardin Majorelle.

Ils découvrent alors un lieu magique, un jardin merveilleux, au point qu'Anne et Léa ne veulent plus en partir ! Le bleu des façades[6] – et même sur les pots de fleur – agit comme un aimant qui, associé aux fleurs, aux arbres fleuris, aux arcades et aux mosaïques, en fait une étape de rêve. Un lieu béni pour des jeunes mariés et pour ceux qui fêtent leur mariage. Après une courte visite du musée d'art islamique, fort intéressant, ils retournent très vite dans le jardin pour s'imprégner de beauté et faire quelques nouvelles photos. Merci Jacques Majorelle[7], merci Yves Saint-Laurent[8]. Ils se recueillent un instant devant le mémorial Yves Saint-Laurent et sa jolie colonne de pierre, puis ils quittent ce lieu de rêve à regret, et dînent sobrement aux abords de la médina. Ils décident de se réserver la place Jemaa-el-Fna pour le lendemain.

---

6 – Intitulé « bleu Majorelle ».

7 – Créateur du jardin en 1931.

8 – Jardin racheté par Yves Saint-Laurent et Pierre Bergé en 1980.

— Quel pays fascinant, glisse le soir même Léa à l'oreille de son chéri. Merci mon amour, merci pour ce choix aussi exceptionnel qu'inoubliable.

La place Jemaa-el-Fna, au sud-ouest de la médina, a vraiment de quoi impressionner. Léa va jusqu'à dire :

— Mais, c'est aussi grand que notre cher Bassin !

Stéphane rit de bon cœur et lui répond :

— Tu exagères juste un tout petit peu. Et puis, scrute bien, on n'y voit pas de pinasses !

— C'est tout de même une cour des miracles. Oh, regarde ! Des… des charmeurs de serpents ! Et là, qui sont ces hommes avec des chapeaux indescriptibles ?

— Des porteurs d'eau, si, si, avec des outres et des coupes en métal pour proposer de se désaltérer sur place.

— Et c'est dingue le monde qui circule ici.

La chaleur écrasante fait qu'ils n'ont pas franchement faim. Alors, en guise de promenade ombragée, ils entrent dans le souk et y achètent quelques fruits et autres denrées légères pour déjeuner.

— Tu te souviens des recommandations du chauffeur ? Que peut-on voir d'autre avant la balade dans le désert ?

— Ma chérie, la balade à dos de chameau je la suggère pour demain à la fraîche. Donc, cet après-midi, allons apprécier la mosquée la Koutoubia[9] qui est un peu le monument symbolique de la ville.

Cette mosquée leur paraît immense. Son minaret culmine à soixante-dix mètres. Quel dommage qu'elle soit exclusive-

9 – Mosquée de 1162.

ment réservée aux musulmans. Même si, selon le chauffeur, sa sobriété intérieure n'attirerait pas vraiment les touristes. Alors, ils filent jusqu'à la medersa Ben Youssef, l'école coranique qui date de la fin du XVIe siècle. Ils adorent le bâtiment. Surtout cet ensemble en pierre rose qui surplombe un bas de façade en mosaïque bleue. Vraiment très élégant. Et le soir, avec Anne et Claude, ils s'accordent pour dire que Marrakech vaut le déplacement et le séjour.

Le lendemain matin, Stéphane s'adresse à la réception pour connaître les possibilités de visite du désert à dos de chameau.

— Allez jusqu'au niveau de l'entrée du Palais de la Bahia, un peu au sud d'ici, et vous y trouverez un départ. Les chameaux – des dromadaires en réalité – vous attendent un peu plus loin. Et au retour, profitez-en pour visiter le palais. Sa cour d'honneur est exceptionnelle.

De fait, ce palais vu de l'extérieur leur paraît vraiment attirant. Stéphane n'aperçoit guère de dromadaire, mais il repère une sorte de stand et s'en approche. Le Marocain présent lui précise que le lieu de départ est à cinq cents mètres plus au sud.

— Mais les billets, vous les prenez ici. Cent dirhams pour deux[10], c'est franchement pas cher.

Ils marchent tous deux dans un quartier totalement marocain pendant cinq bonnes minutes, et ils parviennent effectivement à un départ de promenades, puisque dix dromadaires sont affalés en attendant les touristes. Stéphane sourit : au-delà des animaux il distingue une colline de sable. Et derrière… il

---

10 – Environ cinq euros le billet.

devine le désert. Léa réalise aussitôt combien c'est judicieux de partir tôt… Un guide prend leurs tickets et leur demande de s'installer sur deux dromadaires. Installation facile. Mais lorsque l'animal se dresse, l'opération est autrement périlleuse. Léa pousse un cri et fait rire le guide. Elle comprend alors la réticence d'Anna. Ils attendent trois à quatre minutes et d'autres touristes arrivent pour les accompagner. Et enfin, ils pénètrent dans le désert. Une autre séquence de dépaysement radical, après les médinas.

— Tu ne me dis pas ma chérie, que la dune du Pilat est minuscule ?

— Non. Mais non, c'est complétement différent.

Au loin, quelques palmiers attirent l'œil. Mais le plus intéressant selon eux, c'est le retour : apercevoir et admirer la ville depuis le désert. Une vision tout africaine, toute saharienne. Les minarets, quelques grandes bâtisses anciennes et des immeubles modernes s'imposent, se posent en spectacle, affichant une noblesse certaine. Marrakech a poussé dans le désert, on le ressent vraiment.

Ravis de cette excursion découverte, ils marchent vers le centre pour aller visiter le Palais de la Bahia. Ils y retrouvent Anne et Claude complétements ébahis, bluffés par la cour d'honneur exceptionnelle de ce palais. Immense, construite avec style et harmonie, elle fait partie des lieux incontournables de Marrakech. Et cela, même s'ils s'accordent ensuite pour retourner au jardin Majorelle pendant une heure. Afin de clôturer en beauté ce séjour très réussi.

Le lendemain matin leur guide est ponctuel. Il s'enquiert immédiatement de l'intérêt de ces trois jours. Encensements unanimes. Alors, tout sourire, il leur répond :

— Ce séjour est bien monté, sincèrement. Car vous serez surpris qu'après Marrakech, Fès va vous séduire tout autant, si pas plus. Et pour moi Fès c'est le bijou de nos bijoux, au Maroc. Allez, on y va ?

— C'est parti, répond Claude, enjoué.

4

En route vers Fès, Léa s'adresse à Anne :

— Vous m'aviez demandé quel souvenir je gardais de la balade dans le désert, à dos de dromadaire. Pour vous montrer mon degré d'appréciation, et comme j'adore écrire, je vais vous lire à haute voix, si vous en êtes d'accord, le dialogue entre nos deux dromadaires.

Elle sort alors quelques feuilles gribouillées.

— Mais, lui dit Stéphane, passablement interloqué, tu as écrit ça quand ?

— Cette nuit.

— Cette nuit ?

— Oui, tu dormais comme un ange. Bref, voici le dialogue entre Léon et Albert, nos deux dromadaires.

Albert : mate un peu, Léon, v'là les toutous ! J'crains l'pire. J'en ai la bosse qui frémit. Autant de gazelles que de gazous, c'est pas bon signe.

Léon : vise les deux gazelles, là, tu vas voir qu'elles sont pour nous !

Albert : ah non, pitié. Elles sont apeurées, c'est les pires ! Elles serrent les fesses et après une heure t'as la bosse comme le Vésuve ! Bon, alors ? Ah zut, je m'farcis une gazelle. Et toi… oh veinard, t'as un gazou.

Léon : courage, vieux. Faut dire que du temps de notre arrière-grand-père, avec la légion c'était aut'chose. S'il nous voyait il nous traiterait de dégénérés, lui qui portait allégrement des légionnaires avec leur barda pendant des jours et des jours… mais eux, ils savaient monter. Et du coup il ignorait ce qu'était une bosse en lave volcanique après vingt minutes de serrage des fesses. On va s'plaindre au syndicat.

Albert : t'es syndiqué, Léon ? Savais pas. Quelle centrale ?

Léon : à la CFDT, la Confédération des Frangins Dromadaires Transporteurs.

Albert : oh que t'es ringue mon pauvre ami… T'obtiens plus rien avec ceux-là. Va plutôt à la CGDM, la Confédération Générale des Dromadaires Marocains, les frangins de l'oued.

Léon : et qu'est-ce qu'elle a de mieux ?

Albert : en plus de la grève du zèle tu peux faire la grève de la gazelle ! Et le patron n'peux rien te dire.

Léon : attention Albert, la v'là qui monte.

Albert : aïe ! Ah, ça promet… Je devrais faire la grève dès maintenant.

Léon : tu sais, à la CFDT ils nous fournissent des boules quies, et c'est pas du luxe avec ces gazelles pâlottes.

Albert : j'ai une idée, je vais lever le croupion, subrepticement, comme ça. Ah, ça y est, elle hurle ! Et paf, le patron me cogne mais je m'en fiche. Et j'parie qu'au lever elle va hurler, qu'on l'entendra jusqu'à la place Jemaa el Fna !

Léon : allons-y. Mon gazou ne hurle pas mais… mais il a failli basculer.

Albert : ah voilà, elle serre les fesses la bougresse. Ma bosse va commencer à chauffer.

Léon : dis donc, la chaussure de ta gazelle, je l'ai à portée de bouche. Tu veux que j'y mette un p'tit coup, histoire de…

Albert : ouais, mais doucement, sinon je la perd en route et on va encore se faire rosser.

Léon : ah, ah, ah, t'entends-ça ! Si j'mords plus fort elle va réveiller tout Ouarzazate !

Albert : attention, le patron s'approche. Oh, tu entends ? Il l'appelle la gazelle Hollande. Mais toi, t'as pas le François sur ta bosse, à ce que j'vois.

Léon : bon, p't'êt qu'on devrait rester peinards…

Albert : bof, des gazelles, le François il en a d'autres ou il en trouvera d'autres !

Applaudissements nourris de tous les passagers du minibus, chauffeur compris ! Claude est littéralement écroulé, et il conclut :

— À la prochaine occasion je fais la balade à dos de chameau et j'aurai votre sketch en tête !

— Dites, Léa, demande Anne, pouvez-vous m'en donner une copie ?

— Oui, bien sûr, je vais le recopier et le dédicacer.

— Oh, et moi aussi, s'il vous plaît, implore le chauffeur.

— Oui, avec plaisir, répond Léa avec un grand sourire. Mais pour la dédicace, veuillez me donner votre prénom.

— C'est Hamid. Et je pourrai le lire à des collègues ?

— Bien sûr Hamid, vous ferez ce que vous voudrez, ce ne sera pas publié !

Grâce à cet intermède gratiné de la part de Léa, l'arrivée sur Fès semble imminente. Juchés sur une colline ils aperçoivent Fès, en effet. Hamid arrête le minibus. Une vue époustouflante. Fès donne l'impression d'être une médina de la taille d'une belle ville. Hamid leur précise que sa ville chérie fut la première non-européenne à bénéficier du classement au patrimoine mondial de l'Unesco.

— Fès, poursuit-il, est à la fois une médina millénaire, la ville aux fontaines par centaines et, bien sûr, une ville profondément religieuse. Sur vos trois jours, et si cela vous convient, je me propose de vous accompagner et de vous guider une journée entière. Mais d'abord, pénétrons dans la cité pour trouver votre riad, tout près du Jardin El Alouiyine. Pour vous le situer, il est juste au nord-est du centre.

— J'y pense, Hamid, venez avec nous le premier jour, lui demande Claude. Cela nous offrira une belle idée de la ville et ainsi les deux jours suivants nous pourrons mieux nous débrouiller.

— D'accord, répond le chauffeur-guide, je vous retrouve ici demain, vers quelle heure, vers dix heures ?

— Plutôt neuf, rétorque Claude, qu'on puisse en profiter un maximum.

— Va pour neuf heures. Allez, à demain.

Tous les quatre décident malgré tout d'une petite marche de reconnaissance. Ils filent vers le sud et sont aussitôt surpris par les ruelles étroites et leurs bâtiments richement décorés de mosaïques à chaque portail. Et les portes d'entrée dans la médina ont des allures d'arcs de triomphe. Deux originalités les percutent aussitôt. Dans ces ruelles étroites ils croisent des ânes et des mulets chargés de produits qui débordent sur leurs flancs. Et donc ils doivent se faire tout minces pour les laisser passer. Pas toujours évident, et cela n'arrête pas les ânes et les mules pour autant. La deuxième surprise c'est la beauté des portails. Ils découvrent que certains sont même des entrées de mosquées. Et de ce qu'ils parviennent à apercevoir, des mosquées de belle taille. À voir avec Hamid. Au retour, ils apprécient leur riad et sa cour qui doit certainement dater de plus d'un siècle : un patio de taille modeste, mais joliment décoré de colonnettes et de mosaïques bleutées superbes. Leur courte visite les fait s'impatienter. Vivement la journée avec le guide ! Et merci à Claude d'avoir proposé le premier jour à Hamid. Le soir, Léa recopie son sketch en deux exemplaires.

Hamid est ponctuel, et le soleil tout autant. Comme la veille, ils se dirigent vers le centre. Première halte, Hamid leur fait découvrir la mosquée Qaraouiyne. Un démarrage pied au plancher ! Même si la mosquée est interdite aux non musulmans, merci Hamid ! En effet, en habitué du quartier il les emmène dans un restaurant voisin, d'où la vue sur la mosquée médersa est somptueuse. Tandis que nos quatre touristes se chargent d'images, Hamid leur précise que cette mosquée fut fondée par une femme. Il termine son discours en évoquant la bibliothèque Qaraouiyne, réouverte en 2016. Elle contient les corans les plus anciens de tout le monde musulman. En sortant de l'établissement il évoque et leur montre des fondouks, qui sont les caravansérails de la médina. Ces fondouks abritent toujours des marchands et servent également d'entrepôts. En sillonnant les ruelles et les placettes, leur guide d'un jour leur fait admirer quelques-unes des soixante-dix fontaines publiques. Fascinant. Ensuite il les fait entrer dans la médersa d'Attarine. Une merveille, un joyau architectural. Des patios de rêve avec colonnes, sculptures et mosaïques dans des tons gris bleus apaisants. Claude s'esclaffe :

— Ici on dirait un petit cloître, mais richissime. Allez-vous nous faire découvrir des lieux plus inoubliables encore ?

— À Fès tout est possible, monsieur. La médersa Bou Inania vaut le détour, elle aussi. Vous me direz…

Et de fait cette médersa, pourvue d'un minaret, offre à nouveau une cour cloître truffée de mosaïques et de sculptures aux pieds des colonnes et au niveau des chapiteaux. Elle affiche son caractère propre tout en restant dans le style marocain.

— Encore un bijou de Fès, en effet, insiste Claude. Et je commence à comprendre votre amour pour cette ville. Quelle accumulation de merveilles, et de merveilles de caractère !

Ils apprécient cette journée en découvrant, uniquement dans la vieille ville, une bonne douzaine de patios qu'ils n'auraient jamais pu admirer sans leur guide. Aussi lui proposent-ils de le retenir pour le dîner. Hamid les remercie mais il leur explique que cela n'est pas envisageable, d'autant moins qu'une bonne amie l'a invité pour les deux soirs. Et en chemin il leur montre un restaurant :

— Celui-là c'est le meilleur et le plus célèbre du vieux Fès. Avec un cadre, un patio justement, superbe. Et une cuisine, comment vous dire, succulente, et des musiciens locaux de grand talent.

— Oh, dit Claude, qu'en pensez-vous Léa et Stéphane ? Pourquoi pas y déjeuner tous les quatre pour notre dernier jour à Fès, après-demain, et célébrer notre voyage réussi ?

Moues dubitatives des deux dames. Alors Claude glisse quelques mots à l'oreille d'Hamid. Celui-ci sourit puis fronce les sourcils et affiche une bouche coincée avant de sourire à nouveau, pour conclure :

— Alors oui, c'est impératif de réserver, mais ça je peux m'en charger maintenant. Question prix, il me semble qu'il faut compter au minimum soixante de vos euros par personne. Quant aux plats, entrons, je vais demander un menu.

— Stéphane, lance alors Claude, soixante-dix à quatre-vingts euros, c'est bon pour vous ? Et notez que c'est moi qui réglerai le vin.

— Pour célébrer tous les quatre ensemble notre merveilleux voyage, oui, ça marche. Et merci pour le vin.

Ils entrent et découvrent une fois encore un patio à colonnes, exceptionnel. Avec une jolie fontaine. Tout autour, dans la galerie, sont installées des tables et des banquettes. Des tables pour cinq personnes au maximum. Rien qu'en apercevant le décor, Anne opine du chef, complétement séduite, et Léa lui sourit. Un sourire approbateur. L'affaire est vite bouclée : une réservation pour quatre, à treize heures le surlendemain. Le maître d'hôtel leur montre même leur table.

— Et vous le constaterez, ajoute Hamid, la clientèle, ici, est véritablement très haut de gamme.

— Oh là, la, nous risquons de déparer, de faire tache, répond Claude en rigolant !

— Nooon… mais vous croiserez peut-être un grand chef d'entreprise européenne, un ministre ou même un émir du Golfe. Bon, pour demain je vous laisse vous débrouiller. Allez voir, par exemple, les quartiers des tanneurs et des dinandiers, le palais Al Glaoui et, si le cœur vous en dit, montez sur la colline, juste au nord de votre riad, au niveau des tombeaux des sultans, et vous jouirez – vous dites comme ça, vous jouirez ? – d'une vue unique sur la médina. Encore plus belle que celle qu'on a apprécié en arrivant hier. Vous reverrez les minarets, bien sûr, mais également les belles terrasses au-dessus des bâtiments car ici les toits sont plats, en grande majorité. Allez, passez deux très bonnes journées et on se retrouve lundi à dix-huit-heures pour partir à Meknès.

Une fois dans la chambre, Stéphane inspecte son appareil photo et constate que pour cette seule journée à Fès il a dépassé les cent clichés ! Un sacré indicateur…

Le lendemain matin, Anne et Léa ne restent qu'une petite minute chez les tanneurs, envahies par une odeur… rebutante. Anne surtout, qui ne comprend pas comment des hommes peuvent travailler dans de telles conditions au quotidien. Un travail que les deux époux, eux, apprécient à sa valeur. Par contre le quartier des dinandiers les séduit tous les quatre. Ce travail du cuivre, du laiton, de l'étain et même de l'argent, donne une image merveilleuse de l'artisanat local. Complétement fascinées, Anne et Léa achètent chacune une théière et un petit plateau de cuivre, joliment marquetés. Conquis, ils fouinent pour retrouver quelques patios, ces cours… miracles. Ils parviennent à en apercevoir deux ou trois.

L'après-midi est consacré à la colline où se trouvent les tombeaux des sultans. Effectivement, Hamid a raison, le spectacle est garanti et Stéphane mitraille. Dès le lendemain matin ils discutent de leur déjeuner et décident, avant de se rendre dans le restaurant, de flâner encore dans la médina. Sans aucun regret car cette ville est véritablement époustouflante.

— Il nous faudrait Hamid ou quelqu'un comme lui pour l'ensemble des trois jours. Au bout du compte je me demande si je ne choisirai pas de m'installer à Fès, conclut Claude.

Peu avant treize heures ils arrivent devant ce luxueux établissement local. Ils y sont reçus comme des princes. Un serveur les guide jusqu'à la table qu'ils avaient effectivement choisie. Bien située, en bordure d'arcade comme la majorité des autres tables, mais avec une vue bien profonde sur le patio et sa fontaine… miraculeuse. Quelques autres tables sont déjà occupées. Léa aperçoit deux petits groupes, presqu'en face d'eux. Le maître d'hôtel leur apporte des menus et aussitôt Claude l'enjoint de les conseiller.

— Je suppose, mesdames messieurs, que vous avez déjà apprécié nos couscous marocains ?

— Oui, absolument, répond Claude, enjoué.

— Donc, pour aujourd'hui je vous propose plutôt nos variétés de tajines.

— Oh oui, intervient Anne, c'est une idée excellente.

— Alors, voici ce que je vous propose : un tajine de veau au citron, un tajine d'agneau aux épices, ainsi qu'un tajine de coquelet aux olives.

— Et le plus typique de votre établissement ?

— Le tajine d'agneau aux épices, incontestablement.

— Alors, va pour l'agneau aux épices, conclut Claude.

— Également, ajoutent Léa et Stéphane.

— Euh… moi, je préfère le veau aux citron.

— Et il est préparé comment ce plat, s'enquiert Léa ?

— L'essentiel, madame, tient dans la cuisson lente au charbon de bois.

— Et les épices ?

— Des épices aromatiques. De la coriandre, de la cannelle et également des amandes grillées.

— Et pour le dessert, demande Anne ?

— Nous proposons, entre autres, des crêpes aux oranges confites, des cornes de gazelle et du briouate de Fès.

— Du quoi, interroge Claude ?

— Du briouate, une pâte feuilletée, en triangle, avec du sucre, de l'eau de fleur d'oranger et des amandes pilées. La corne de gazelle s'en rapproche un peu, mais avec une pâte sablée très fine.

— Je prends le bri… chose, décide Anne, suivie aussitôt par Léa.

Quant aux hommes, ils ne peuvent résister à l'appellation cornes de gazelle, assurément !

Pendant l'échange avec le maître d'hôtel, Léa remarque que trois hommes, à la table de l'autre côté du patio, n'arrêtent pas de les observer. Et lorsque Stéphane prend son appareil photo pour immortaliser ce déjeuner avec trois des quatre participants et le patio en décor magique, l'un des trois hommes s'approche d'eux. En anglais, il s'adresse à Stéphane :

— Moi faire photo tous les quatre, d'accord ?

— Oh oui, pourquoi pas. Merci beaucoup.

Stéphane se rassoit et l'homme fait trois ou quatre photos avec l'appareil de Stéphane. Puis il montre son téléphone portable :

— Moi faire encore une.

Et il clique une première fois, puis touche à son portable et en fait une deuxième. Il dit merci, les quatre le remercient également, et il s'en retourne à sa table. Une fois revenu à sa place il montre les deux photos aux deux autres, et celui qui semble apparemment le chef fait une petit signe amical en direction du quatuor français, avec un grand sourire. Léa, d'instinct, se persuade que le second cliché est un gros plan sur elle. Avec l'arrivée des tajines cette scène passe aux oubliettes. Les quatre se régalent, d'autant plus que le maître d'hôtel leur a servi – après accord de Claude – un Guerrouane des Celliers de Meknès. Un excellent vin rouge qui tient bien la route face aux épices. Au moment du dessert, la tablée, euphorique, reçoit la visite des trois hommes, souriants, et qui leur souhaitent un excellent séjour. Et, ô surprise, le chef, un grand homme au nez aquilin et au regard de braise autant qu'intimidant, caresse les cheveux de Léa, en disant :

— Very beautiful young girl[1].

---

1 – Très jolie jeune fille.

Avant de les quitter le photographe demande s'ils sont de simples touristes au Maroc.

— Oh non, pas seulement, lui répond Claude dans un anglais fort convenable. Nos jeunes amis sont en voyage de noces et nous deux nous célébrons nos quinze ans de mariage.

Léa est persuadée avoir aperçu un frémissement de grimace sur le visage du chef arabe. Tous les quatre se remettent à déguster leur excellent dessert. Quel repas ! Avant de quitter cet endroit béni, Claude reparle des trois hommes :

— Celui qui me semble être le patron des deux autres m'a paru magnétisé par vous, Léa. Et, entre nous, je le comprends… un peu. Je précise « un peu » sinon Anne va quitter la table !

Et il éclate de rire. Alors, en partant, Stéphane demande au maître d'hôtel qui sont ces hommes. Le Marocain esquisse une moue dubitative et appelle son patron. Ce dernier, tout en restant évasif, admet qu'il a déjà reçu ce trio à plusieurs reprises. Il pourrait s'agir, pour le chef, d'un émir important et fort riche. Sans doute en provenance de l'un des émirats des Émirats Arabes Unis. Même si cela n'est pas certain. Les Français se rendent comptent que le propriétaire du célèbre restaurant ne veut point trop en dire…

Un groupe musical se met en place et donc nos quatre touristes vont se rasseoir. Un petit concert pour seulement deux tables, deux tables d'Européens qui apprécient ces musiques marocaines un peu lancinantes mais tellement mélodieuses. Entre deux morceaux Stéphane glisse à l'oreille de Léa :

— Tu as bien sûr remarqué l'effet que tu as produit sur l'émir. Je le crois séduit, vraiment.

— T'inquiètes. Tout puissant sultan qu'il puisse être, je ne risque pas de le revoir.

— Ouais, je préfère ça, en effet.

Le soir même, Hamid les conduit à Meknès. Et le lendemain ils visitent une ville bien belle, elle aussi. Moins dense en richesses que Fès, mais vraiment attirante. Une petite cité impériale bâtie par Moulay Ismaïl, un sultan local[2]. Ils visitent le splendide mausolée à son nom, puis une autre merveille marocaine, la porte Bab Mansour, au niveau des fortifications. Un véritable condensé de l'art du pays. Sans oublier le palais Dar Jamaï. Tous des sites recommandés par Hamid, évidemment.

Puis, après un nouvel arrêt à Rabat, il leur faut quitter ce cher Hamid et reprendre l'avion pour Bordeaux. Dans une atmosphère à la fois enthousiaste et maussade : enthousiaste, parce que les souvenirs du Maroc resteront inoubliables, avec en plus le plaisir d'avoir rencontré deux personnes très attachantes ; mais maussade parce qu'ils ne savent pas s'ils pourront revenir dans ce pays merveilleux un jour, même s'ils en rêvent déjà. Juste après l'enregistrement pour le vol de Bordeaux, Léa attrape un coup de chaud : elle est persuadée avoir aperçu furtivement un des trois Arabes croisés au restaurant de Fès. Et persuadée qu'il avait le regard braqué sur eux. Ils montent dans l'avion et Léa pense à nouveau au beau voyage. Pendant le vol ils évoquent les meilleurs moments de ces dix jours et ils s'échangent leurs adresses, numéros de téléphone et mails. À Bordeaux ils se quittent, très émus, et s'embrassent comme des amis de toujours.

2 – À la fin du XVIIe siècle.

5

Dur, dur, le train-train quotidien après une telle escapade. Le couple, fringant et exalté, se remémore le Maroc à longueur de journée. Heureusement, avant la rentrée universitaire pour Léa, Stéphane l'embarque régulièrement à bord de la pinasse mauve. Ainsi découvre-t-elle les parcs à huîtres tout en profitant d'un décor idyllique. Différent de celui de Fès, certes, mais inégalable dans son genre. Thierry, qui sait que sa belle-fille va reprendre bientôt ses cours, laisse la bride sur le cou à son fils durant toute la fin de l'été. Un fils qui, juste avant la reprise pour Léa, participe à la préparation des vendanges chez ses beaux-parents, à côté de Pauillac. Un vrai bonheur : une découverte, et en présence de son épouse ! D'une façon bizarroïde pour lui, il trouve que sa femme a tendance à culpabiliser. Elle se considère comme trop privilégiée et elle recherche le moyen d'aider des gens plus démunis. Cela fait partie de son tempérament et il faut l'accepter comme tel, d'autant plus qu'il s'agit d'un travers… fort louable. Systématiquement, Stéphane essaie de l'entraîner vers d'autres sujets, comme de la titiller sur leur voyage de noces :

— Par quelle ville restes-tu la plus marquée ?

— Je les aime toutes, mais comme ce cher Hamid j'ai un gros faible pour Fès.

— Et à Fès, poursuit Stéphane tout en barrant la pinasse mauve en direction des cabanes tchanquées puis de Claouey, qu'as-tu préféré : la grande mosquée intégrée dans la médina, ou bien le souk des tanneurs, ou encore, le charme de ton cher émir ?

Et il éclate de rire.

— Oh ne soit pas bête, gros ballot ! L'émir je l'ai vite oublié, et le souk des tanneurs, même mon nez ne s'en souvient plus. Je revois régulièrement dans ma tête toutes ces cours merveilleuses dans la médina. Mais elles ne me font pas négliger le plaisir – et le privilège – d'apprécier le décor d'aujourd'hui, celui de ce Bassin unique. Tu sais, Stéphane, je vais reprendre mes cours, mais franchement je me demande si j'ai raison, et je vais même plus loin, je me demande si j'en ai le droit.

— Comment ça ?

— Tu me connais un peu, tout de même. Je finis par être profondément gênée d'être une privilégiée. Je souhaite pouvoir aider des catégories de citoyens délaissés.

— Épouse d'un ostréiculteur, c'est un privilège à ce point ?

— Non, pas spécialement, je l'admets. Mais épouse d'un ostréiculteur installé sur le Bassin d'Arcachon et dont le grand-père possède une jolie villa en ville d'hiver, ajoutés à fille de viticulteurs bordelais aux crus réputés, oui, cela fait de moi une privilégiée. Sans oublier cet exceptionnel voyage de noces… Aussi, dans ma tête, je le répète, je ne vais pas tarder à avoir honte d'oublier les plus démunis. Et Dieu sait qu'il y en a dans notre pays. Mais je suppute que beaucoup de riches se voilent la face… Si au moins je pouvais montrer ma bonne volonté et mon soutien, alors je me sentirais mieux. Et j'oserais plus facilement me regarder dans un miroir.

— Tu ne pousses pas la caricature un peu loin ?

— Je n'en sais rien, même si je pense que oui, il existe beaucoup de démunis. Et je te confirme que quelque part j'ai plutôt mauvaise conscience.

Léa n'imaginait pas, lors de ce dialogue avec son chéri, et devant les cabanes tchanquées, que deux mois plus tard allait démarrer un mouvement protestataire qui, au départ, se construirait contre des mesures jugées injustes et contre l'octroi d'avantages et de privilèges : le mouvement des gilets jaunes[1].

Et comme un appel du pied, Gujan-Mestras et son rond-point Césarée allaient devenir le symbole du mouvement sur le Bassin. Et de fait, bien tentée par un ancien camarade du lycée qui habite Gujan, un certain Roland, Léa décide de se libérer – à sa façon – de certains cours, pour soutenir ce tout jeune mouvement fort sympathique et rencontrer ses membres au rond-point Césarée. Très vite elle juge nécessaire de retrouver les représentants de ce mouvement plus régulièrement. Elle abandonne donc ses cours à Bordeaux, au grand dam de ses parents et de son mari.

— Quelle gabegie, dira même son père !

1 – Apparu en octobre 2018.

Léa s'informe sur le mouvement – aux idées encore un peu floues – à travers les réseaux sociaux puis, très vite, avec des gilets jaunes du rond-point, comme Laurence et Fred. Autour d'eux elle ressent la constitution d'un groupe de partage, si pas encore d'amitié. Pour elle, la question de la réduction de la vitesse[2] sur les routes n'a aucun intérêt. La lutte contre l'augmentation des prix des carburants, déjà beaucoup plus, et celle contre la politique fiscale encore plus. Roland continue de l'interroger sur Stéphane, sur son métier d'ostréiculteur, et pourquoi ne l'accompagne-t-il pas ici, le samedi ?

— Non Roland, répond-elle, tu dois le comprendre. Il exerce un métier particulièrement exigeant.

— Alors, tu le représentes ?

— On peut dire ça, si tu veux. Toi tu as fait ce qu'il fallait pour m'entraîner jusqu'ici. Moi j'en suis ravie, mais je sais que Stéphane t'en veut un peu.

— Il veut que tu deviennes ostréicultrice ?

— Non. Enfin… je ne crois pas. Ce qui le désole le plus c'est que je ne poursuive plus mes études de gestion avec assiduité.

Léa revient régulièrement au rond-point Césarée, plutôt fière et avec le sentiment de servir à quelque chose. Pour la célébration de Noël en famille à la villa M., et après le déjeuner, c'est le grand-père Jean-Marie qui la prend à part :

— Pourquoi cette fréquentation des gilets jaunes, Léa ?

— Parce que j'ai besoin d'être utile, tout autant que d'avoir ma liberté. Vous ne le savez sans doute pas, mais je suis un

---

2 – De 90 km/h. à 80 km/h.

peu en froid avec mes parents. Avant de connaître votre petit-fils, ils avaient envisagé pour moi un mariage avec l'héritier de propriétaires d'un très grand cru de Saint-Émilion. Or le garçon en question me déplut immédiatement : prétentieux, hautain, esclavagiste et, j'en suis convaincue, fainéant !

— Est-il au moins beau gosse, lui renvoie Jean-Marie en riant ?

— Bof... pas vraiment. En tout cas il souffrirait de la comparaison avec Stéphane ! Non, son principal intérêt, et c'est bien le mot, réside dans la fortune de la famille et la notoriété de celle-ci chez les grands bourgeois bordelais. Ma mère a beaucoup insisté, beaucoup trop, même, et ce fut sans doute le point de départ de ma volonté de raboter certains privilèges et de faire que tous les Français puissent donner et recevoir.

— Veux-tu dire là que ta mère pense que ton mariage n'est pas au niveau qu'elle souhaitait ?

— Chez ma mère, même si elle trouve Stéphane bien gentil, il y a un peu de ça, sûrement. Quoiqu'aujourd'hui sa réaction est en train d'évoluer car elle considère votre petit-fils, courageux et au grand cœur.

— Ta volonté de penser aux plus démunis t'honore, mais sois vigilante : fais attention à ce que ce mouvement garde son authenticité et fasse preuve d'un minimum de reconnaissance. Cela dit, je comprends malgré tout ceux qui regrettent que tu arrêtes tes études. Bon courage à toi. Et surtout n'entre pas dans le cycle de la violence et des casseurs.

— Oh non, pas question ! Je m'investis pour construire, surtout pas pour démolir.

— Alors j'insiste, ma chère petite Léa : fais très attention car j'ai bien peur que ton cher mouvement des gilets jaunes se fasse phagocyter par d'autres, plus radicaux, plus violents et donc destructeurs, et qui risquent de dénaturer tout ce que tu apprécies chez les authentiques.

Et Jean-Marie embrasse l'épouse de son petit-fils en lui souhaitant de bonnes fêtes, un bon réveillon et une très bonne année 2019.

Au milieu du mois de mars, alors qu'à Paris les rassemblements de gilets jaunes dégénèrent de plus en plus, en grande partie à cause de ces diables de blacks blocs qui saccagent la capitale, Léa s'étonne et s'insurge de voir à la télévision des gilets jaunes applaudir les blacks blocs. Elle demande à Roland :

— Comment est-ce possible de s'accorder avec des démolisseurs, des nihilistes ? Le mouvement des gilets jaunes vaut mieux que ça, tout de même.

— Dans un sens tu as raison, Léa, lui répond Roland. Mais pour se faire entendre, certains d'entre nous considèrent qu'il faut passer par la radicalisation extrême. Or les blacks blocs n'hésitent jamais à aller au front. Mais tu le constates, ici, nous n'en sommes pas là.

— Oui, mais si ceux qui sèment le chaos s'infiltrent un jour chez nous, moi je ne remettrai plus les pieds au rond-point. Et puis, imagine que ces anarchistes révolutionnaires se mettent à porter des gilets jaunes, eux aussi, on fait quoi ?

— Sais pas, mais je crois que c'est déjà le cas à Paris.

— C'est terrible, ça. Tu ne peux pas nier que ces casseurs font perdre la crédibilité des gilets jaunes ?

— Oui et non. Lorsqu'il faut combattre il faut s'associer et aller loin.

— Si c'est pour détruire, alors je quitterai le mouvement sans hésiter, tiens-le toi pour dit.

— Bon… Ah, voilà Herbert, notre nouveau. Il ne vient pas très régulièrement. Tu verras, il a des points communs avec toi. Il considère qu'il appartient à la catégorie des privilégiés, aussi souhaite-t-il participer au mouvement pour que les choses puissent changer pour les plus démunis. Bonjour Herbert, je te présente Léa, une Gujanaise qui nous soutient par conviction, alors qu'elle appartient à une famille très aisée. Léa, Herbert est citoyen allemand, mais il vit à Pessac pour son travail. Et lorsqu'il a découvert le Bassin il ya deux ans, c'est ça? oui, alors toutes les occasions étaient bonnes pour s'en rapprocher.

Léa trouve cet individu étrange. Il travaille dans une société de service au sud de Bordeaux, mais il reste évasif quant au domaine concerné. Et il lui ressasse :

— Majeur pour moi rencontrer et encourager ceux qui défendent les faibles, les oubliés et les plus misérables. Et comme je peux faire ici, au bord du Bassin d'Arcachon, *das ist* génial !

Un argument un peu spécieux, songe Léa. Rapidement Herbert ne jure plus que par Léa, et du coup il devient un assidu du mouvement des gilets jaunes, à Gujan, alors qu'il pourrait se mêler aux manifestants de Bordeaux !

— Cette jeune femme est d'une beauté hors du commun, songe-t-il en l'observant. C'est même surprenant de la rencontrer ici, parmi les gilets jaunes.

En réalité, on l'apprendra un peu plus tard, Herbert choisit de s'incruster quelque part pour faire des rencontres. Et plus particulièrement des rencontres avec des gens insatisfaits. Et ici, parmi les gilets jaunes, c'est forcément le cas. Une aubaine, surtout si proche du Bassin ! Son rôle est d'orienter ses proies vers une vie nouvelle en faisant miroiter du neuf aussi attirant que… l'or ! Herbert, gilet jaune de circonstance, est un entremetteur. Un fieffé malin prêt à tout pour engranger des dizaines de milliers d'euros, voire des centaines, au noir bien entendu, et sans le moindre impôt. Au contact des gilets jaunes il espère trouver quelques proies faciles. Car l'Allemand se doute bien qu'en dehors de leur radicalisme contre le système en place, beaucoup de ces gens sont avant tout des faibles. Des faibles qui peuvent dire qu'ils ne lâcheront rien et ainsi se donner le sentiment d'être forts ! Et pour Herbert, ce mouvement des gilets jaunes, a priori vraiment sympathique au début, devient pourri par infiltrations. Et même si au plus profond de lui-même, il n'en a cure.

À nouveau il fixe Léa, une véritable Miss France. Alors il décide d'en savoir un peu plus sur elle. Est-elle mariée, travaille-t-elle, parle-t-elle plusieurs langues ? Car dans sa caboche de Teuton proche de l'extrême droite, une petite idée est en train de germer. Prématurée, à coup sûr, mais il n'arrête plus d'y penser. Et il veut en parler à Dimitri, son correspondant russe. Mais en l'instant il s'adresse à la jeune femme, il la complimente et lui pose des questions très générales. Léa le trouve soudain charmant et avenant, très différent de lors de leur premier contact. Elle apprend qu'en dehors de son domicile de Pessac – et pas n'importe lequel – il dispose d'une petite maison à Taussat ! Pas n'importe quel logement à Pessac, en effet, puisqu'il se trouve dans la cité Frugès-Le Corbusier, classée au patrimoine mondial par l'Unesco !

— Oh le pauvre petit gilet jaune, songe Léa. Puis elle lui répond : vous aussi vous êtes tombé amoureux du Bassin. Impossible autrement, n'est-ce pas ?

— Sûr, petite madame. Vous savez, je viens d'Allemagne – et j'aime mon pays, attention – mais entre Stuttgart et Munich les paysages n'ont pas cet aspect… euh… aérien du Bassin. Oui, maritime et aérien à la fois. Et vous, connaissez-vous l'Allemagne et d'autres pays ?

— L'Allemagne, juste un tout petit peu, lui répond-elle. J'ai effectué un stage en entreprise à Düsseldorf il y a deux ans. Et depuis l'an dernier je connais un peu le Maroc, un pays merveilleux, et exceptionnel pour un voyage de noces ! Ah, j'oubliais, j'ai effectué deux stages linguistiques dans le centre de l'Angleterre. Et je parle à peu près correctement l'anglais, mais pas du tout l'Allemand, c'est regrettable.

Le soir, toujours à Gujan, une fois Léa rentrée chez ses beaux-parents, chez qui le jeune couple réside provisoirement en attente de trouver un logement propre, Stéphane et le beau-père expriment leur exaspération quant à la participation de la jeune épouse au mouvement des gilets jaunes. Cela, après qu'elle eut rapporté les propos, tant de Roland –

que Stéphane connait bien – que de cet Herbert venu d'Allemagne. Devant un véritable dialogue de sourds, Sarah reste muette. Son fils, lui, insiste lourdement sur le côté vain du soutien de sa femme à ce mouvement, même si sa démarche, à l'origine du moins, l'honore. Le soir même, Thierry, Sarah, Stéphane et même Léa sont épouvantés par toutes les destructions perpétrées à Paris et pas seulement, et rapportées dans le journal télévisé. Et ils apprennent également qu'à Bordeaux ça commence à chauffer. Alors, à la fin du journal, Stéphane, soutenu par ses parents, demande à Léa de cesser ses encouragements au mouvement des gilets jaunes. Mais Léa leur répond qu'à Gujan l'esprit est tout autre et que tous les présents au rond-point Césarée restent crédibles dans leurs revendications. Néanmoins elle leur promet que si la situation devait dégénérer sur le Bassin, comme à Paris et désormais dans bon nombre de grandes villes, alors elle tirerait sa révérence. Déçue, forcément, mais contrainte au nom de ses propres convictions :

— Participer à des mouvements bâtisseurs, j'y tiens, vous le savez bien. Mais me retrouver parmi des démolisseurs, pas question !

De son côté, Herbert est monté à Paris pour y rencontrer Dimitri le Russe, avec lequel il est régulièrement en cheville. Dimitri fouine, lui aussi, dans les milieux protestataires pour y trouver ce qu'il recherche : des proies féminines, des jolies filles révoltées et qui n'ont rien à perdre à le suivre. Car il propose toujours des conditions de vie et des rémunérations alléchantes. Au cours de leur dîner – loin des Champs-

Élysées pour être en toute tranquillité – Herbert en arrive à évoquer Léa, cette jeune femme magnifique et qui pourrait même faire une Miss France haut de gamme ! Dimitri écoute et, un peu plus tard, lorsqu'Herbert lui précise que cette jeune femme, qui vit en bord de mer non loin de Bordeaux, rêve encore de son voyage de noces au Maroc, le Russe explose :

— Quoi, lance-t-il ? Vous êtes certain de ce que vous m'annoncez-là ?

— Oui, absolument. Je revois son regard perdu dans les nuages lorsqu'elle m'a parlé de Fès, une ville enchanteresse pour elle. Mais pourquoi cette question ?

— Est-ce que vous savez à quelle époque elle y séjournait ?

— Précisément non. Au début de l'été dernier, il me semble. Ne me dites pas qu'elle vous intéresse pour… pour votre commerce ?

— Bon, Herbert, je vais m'arranger pour venir à Bordeaux. Vous viendrez me chercher à l'aéroport et nous irons ensemble là où vous manifestez avec ces gilets jaunes, d'accord ?

— Oui, si vous y tenez…

— Pendant ce temps je me renseigne un peu plus auprès d'un de mes clients les plus fidèles. Et puis, j'y pense, ce sera pour moi l'occasion de visiter ce coin, qui s'appelle le Bassin de Cauchon, il me semble ?

Herbert éclate de rire et lui précise :

— Non, pas du tout ! C'est le Bassin d'Arcachon. Et je vous confirme qu'il s'agit d'un petit paradis, au sud-ouest de la France. J'ai fait là une découverte fabuleuse, au point d'y avoir acheté une petite maison.

6

Pendant le trajet entre Mérignac[1] et Gujan, Dimitri évoque son mandat avec un richissime émir du Golfe. Ce n'est d'ailleurs pas son premier contrat avec cet homme. Un client intéressant qui le règle toujours rubis sur l'ongle, et le plus souvent en centaines de milliers de dollars. Avant d'arriver au rond-point Césarée, Dimitri sort son portable et lui montre une photo. Aussitôt Herbert quitte la voie rapide et s'arrête dès que possible. Il scrute alors le portable du Russe. Incroyable, cette photo correspond parfaitement à Léa, aucun doute possible. Herbert, qui est pourtant un homme vénal, est tout de même effondré. Cette fille ne mérite pas le sort que Dimitri lui réserve. Mais lorsque ce dernier lui propose cinquante mille euros en échange de sa coopération et, encore plus, de son silence, Herbert ne sait résister. Dimitri expose alors son plan et lui remet un flacon pour usage prochain. Les deux hommes repartent alors jusqu'à Gujan-Mestras. Dimitri en profite pour préciser à Herbert que son client, un émir, donc, installé sur un territoire proche d'Abou Dhabi,

1 – Mérignac : L'aéroport de Bordeaux se situe à l'ouest de Mérignac.

l'a contacté pour justement retrouver cette fille rencontrée à Fès et qui vit près de Bordeaux. Depuis cette rencontre la jeune femme illumine toutes les nuits de l'émir, au point qu'il délaisse les sept femmes de son harem !

— Mais cette Léa est mariée, elle, précise Herbert.

— Moi je peux vous répondre que l'émir n'en a rien à faire. Ce n'est pas écrit sur son corps qu'elle est mariée !

Herbert gare sa voiture au supermarché tout proche et les deux hommes se rendent au rond-point Césarée. Léa est bien présente et, au plus profond de son esprit, Herbert le regrette presque. Il fait les présentations, explique que Dimitri admire ce mouvement qu'il serait louable d'exporter en Russie et, qu'en prime il est ravi de découvrir le Bassin. Le Russe est aussitôt fasciné par Léa. Doublement fasciné, même, puisque d'abord il s'agit bien de la même personne que sur la photo envoyée par les sbires de l'émir, et qu'ensuite, effectivement, cette femme est d'une beauté à couper le souffle. Il revoit l'émir lui parler, au Caire, il y a quelques semaines déjà. Ce richissime personnage avait l'air pathétique, et ses trémolos dans la voix le mutaient en jeune homme amoureux. Insensé de la part d'un quadra presque quinqua !

En cette fin avril il fait plutôt chaud, et comme tout paraît calme autour du rond-point, Herbert propose à Léa de faire découvrir à Dimitri quelques-unes des merveilles du Bassin. Entre la dune et Taussat, puisqu'Herbert leur propose un apéritif chez lui, avant de ramener Léa à Gujan. Heureuse comme tout de pouvoir jouer la guide sur son petit paradis, Léa accepte sans discuter. D'autant plus que dans sa tête l'itinéraire est déjà en place. Dès le premier arrêt, au port de Larros, les deux hommes semblent ravis, même si Dimitri paraît plus encore captivé par sa guide que par le décor qu'elle propose. Au port de La Teste – à marée haute, c'est leur chance – elle leur montre toutes ces belles pinasses si symboliques du Bassin d'Arcachon. Puis c'est l'Aiguillon et ensuite le Tir au Vol, aux Abatilles, pour admirer cette vue exceptionnelle sur le Bassin et sur le Cap-Ferret à travers les pins. Les deux hommes la remercient, et pour la première fois ce Dimitri cesse de reluquer sa guide ! Incontestablement ils apprécient le lieu. Et que dire ensuite, lorsqu'elle les fait marcher pour aboutir au sud de la dune, au niveau des parapentistes. Là, c'est Herbert qui paraît décomposé et qui a beaucoup de mal à quitter cet endroit divin. Il se promet même d'y revenir pour assister à un coucher de soleil sur le banc d'Arguin. Au retour vers Taussat, et après un bref arrêt au rond-point, Léa les guide jusqu'au petit port de Biganos. Les deux hommes adorent. Puis le dernier arrêt avant Taussat est pour la jetée de la cabane bleue à Audenge. Un célèbre artiste peintre de Biganos y expose ses œuvres, dont beaucoup d'encres. Puis c'est au tour d'Herbert de devenir son propre guide jusqu'à Taussat. Un peu plus tard, lorsqu'il coupe le moteur, Léa est estomaquée par ce qu'il a appelé, un peu plus tôt, « son pied à terre de Taussat ». Il s'agit en réalité d'une villa magnifique avec vue sur le port et sur le Bassin. L'intérieur est un tout petit peu décevant, sans aucun doute parce qu'Herbert n'a que peu d'occasions pour s'y consacrer et personne pour le faire à sa place. Néanmoins, le canapé du salon s'avère bien confortable. En apéritif, Herbert propose un Lillet blanc avec quelques apéricubes. Il laisse alors Dimitri seul avec

Léa quelques instants, prétextant préparer le tout en cuisine. Dimitri, captivé par la jeune femme, la remercie une fois encore – toujours en anglais – pour cette superbe balade sur le Bassin.

— Une prochaine fois, lui répond-elle, je vous ferai connaître l'autre versant, de Taussat jusqu'à la pointe du Ferret.

Dimitri continue de parler des beautés du Bassin et établit même un parallèle avec Saint-Pétersbourg. Elle juge certaines de ses réflexions un peu catégoriques, un peu « brut de fonderie » et devine que cet homme doit être intransigeant en affaires. Puis Herbert revient, avec trois verres de Lillet et une coupe d'apéricubes. Il place les verres devant chacun et envoie un petit clin d'œil en direction de Dimitri. Ils trinquent, heureux de cette belle journée. Mais très vite Léa se sent prise de frissons, et quelques secondes plus tard, elle tourne de l'œil.

*

Après une journée harassante sur les parcs, les deux ostréiculteurs Vercoutre rentrent à Gujan. Il se fait tard et la nuit tombe. Ils trouvent Sarah dehors, devant la maison, avec un regard sombre :

— Léa n'est toujours pas rentrée, leur annonce-t-elle.

— Encore un coup des gilets jaunes, maugrée Stéphane. Bon, je vais passer au rond-point. J'imagine que tu as essayé de la joindre sur son portable ?

— Oui en effet, et par trois fois depuis six heures et demie. Mais j'ai eu droit au répondeur à chaque fois.

Stéphane fait la grimace et décide de téléphoner aux parents de Léa. Mais ces derniers n'ont pas vu leur fille. Ils lui précisent que si jamais elle arrivait chez eux, ils l'appelleraient aussitôt. Très agacé, Stéphane emprunte la voiture de son père et fonce jusqu'au rond-point. Mais pas de gilets jaunes ce soir-là. Il se promet de revenir aux aurores le lendemain matin, si Léa n'est pas rentrée d'ici-là. Par dix fois au moins il tente le portable de sa femme, sans le moindre succès. Après un petit-déjeuner vite expédié, il retourne au rond-point Césarée. Deux gilets jaunes sont présents, qui répondent bien volontiers à ses questions.

— Léa était parmi nous hier, effectivement, jusqu'à deux heures de l'après-midi environ. Herbert est alors arrivé, avec un ami russe, un certain Dimitri, qu'il nous a présenté. Puis, comme tout était calme, ici, Léa et Herbert ont décidé de faire visiter le Bassin à ce Russe. En commençant par la dune, si je me souviens bien, pour terminer chez Herbert, à Taussat.

Circonspect, Stéphane songe aussitôt se rendre à Taussat, mais pour chercher où ? Il demande à son interlocuteur si lui ou un autre gilet jaune connaît l'adresse de cet Herbert à Taussat.

— Non, sans doute pas. Par contre je sais qu'Herbert vit à Pessac, dans la cité Le Corbusier. Ce sera donc facile de repérer son logement car cette cité n'est pas très grande.

— Oui, vous avez raison, répond Stéphane. Lorsque vous reverrez Herbert, dites-lui bien que Léa n'est pas rentrée hier soir et que ce matin nous n'avons toujours aucune nouvelle.

— D'accord. Au pire Herbert reviendra samedi, mais j'espère que vous aurez récupéré Léa bien avant. Au fait, donnez-moi votre numéro de portable pour vous appeler, si nécessaire, et surtout pour vous transmettre le numéro de portable de l'Allemand. Il me semble bien que notre collègue Maryse a noté son numéro.

— Ah oui, excellente idée, merci beaucoup. Et voici le mien.

Deux jours plus tard Stéphane n'en peut plus, il se sent au bord de la déprime.

— Qu'a-t-il bien pu se passer, un accident ? Si c'était le cas la police ou les pompiers nous auraient informés, et au plus tard hier matin. Sinon, quoi ?

À force de ressasser et de ruminer, Stéphane, qui exclut la fugue du domaine des possibilités, en arrive à croire à un enlèvement. Mais pourquoi ?

— Si c'est un enlèvement je vais forcément recevoir une demande de rançon.

Et il continue de soliloquer :

— Ce n'est tout de même pas une décision de sa part de m'abandonner ? C'est impossible car je l'aime, et elle sait que je l'aime. Et je suis persuadé qu'elle m'aime aussi. Bon, c'est vrai que je n'apprécie guère ses chers gilets jaunes, mais c'est avant tout parce qu'à cause d'eux elle a abandonné ses études. Et j'en reviens donc automatiquement à l'enlèvement. Misère, je n'en peux plus.

Le soir, lorsque Thierry rentre des parcs, son fils lui demande :

— Papa, à ton avis, quand faudra-t-il appeler la police ?

— À ta place je contacterais les flics dès aujourd'hui. Cela fait tout de même trois jours qu'elle a disparu. Et en admettant qu'elle réapparaisse, ils ne pourront pas nous en vouloir.

Stéphane appelle alors ses beaux-parents qui sont toujours sans nouvelle et qui, eux aussi, l'incitent à faire une déclaration à la police au plus vite.

Chez les Vercoutre tout le monde est bientôt consterné par cette disparition. Peut-être Vanessa un tout petit peu moins que les autres. Et en dehors de Stéphane, celui qui apparaît le plus affecté est le petit Maxime, le fils de Fabrice et de Camille, qui adore sa tante Léa. Le gamin n'arrête plus de pleurer, même si ses parents lui ressassent en permanence qu'elle va rentrer bientôt.

En chemin vers la gendarmerie, Stéphane reçoit un coup de fil de son contact du rond-point. Lorsqu'il peut s'arrêter il écoute le message et s'empresse de rappeler :

— Oui, Stéphane, je vous donne le numéro du portable d'Herbert.

— Merci beaucoup, je vais essayer immédiatement.

Stéphane essaie ce numéro mais n'obtient aucune réponse. Par contre il écoute un message qui est à la fois en français et en allemand. Donc, il s'agit bien du numéro d'Herbert. C'est déjà un point positif.

Un peu inquiet, il est finalement fort bien reçu à la gendarmerie. Un adjudant connaît bien son père depuis l'épisode de la villa M. Aussitôt le policier écoute, prend note et appelle un collègue d'Andernos – pour l'adresse de Taussat – mais sans résultat immédiat. Puis il contacte la gendarmerie de

Pessac. Son collègue le rappelle dix minutes plus tard avec les coordonnées de cet Herbert Schwarz. Qui, effectivement, loue depuis dix-huit mois un soixante mètres carrés dans la cité Frugès Le Corbusier. Quant à Dimitri, le Russe, impossible pour l'instant de trouver la moindre trace en Gironde. Peut-être à Paris, mais en cherchant où ? Des Russes à Paris, il en existe des milliers.

— En conclusion, demande Stéphane, pouvez-vous envisager de démarrer un enquête ?

— Oui, cela doit être possible. J'ai bien noté tous les éléments fournis par vous et je vais voir avec les inspecteurs. Mon collègue d'Andernos, de son côté, va répertorier aujourd'hui-même les éventuels accidents entre Taussat et Gujan et contacter tous les hôpitaux et toutes les cliniques des alentours.

— D'accord, merci beaucoup. Et je vous recontacte, vous ?

— Dans un premier temps, bien entendu, mais à coup sûr, si une enquête démarre, je vous mettrai en contact avec le commissaire ou l'inspecteur chargé de cette affaire. La décision ne devrait pas tarder.

*

Les enfants ne réalisent pas, ne se figurent pas qu'ils peuvent disparaître. Disparaître ou mourir. Ils se sentent invulnérables. Stéphane, jusqu'à ce jour maudit d'avril 2019, est resté un grand enfant, et Léa presque tout autant. Lui qui rêvait et qui rêve encore d'avoir trois garçons et deux filles avec sa chérie, il ne sait plus quoi penser, complétement à la dérive. Très vite il est mis en rapport avec un inspecteur de Bordeaux qui, sans répit, lui apprend différentes choses :

— Aucune trace de votre épouse dans un hôpital ou une clinique de la région. Bordeaux compris. Aucune trace non plus de cet Herbert, ni à Taussat, ni à Pessac, alors que ses voisins de la cité Frugès le croisaient trois ou quatre fois par semaine. Donc cela implique à coup sûr un lien entre deux disparitions simultanées de deux personnes vues ensemble pour la dernière fois. Au domicile de Pessac, aucun indice. Dans la villa de Taussat, quasiment rien, si ce n'est une trace d'apéritif pour trois personnes. Bref, je vous informe qu'un collègue de Paris est désormais sur le coup pour retrouver les coordonnées et les traces de ce Dimitri dont on ne sait absolument rien pour l'instant. Sans doute un faux prénom.

— À vous entendre vous pensez donc déjà à un enlèvement ?

— Je n'exclus rien, excusez-moi. Un assassinat ou une disparition corps et bien, c'est envisageable, mais le contexte et surtout le flou concernant les deux hommes me font plutôt penser, oui, à un enlèvement. D'autant plus que votre épouse est une très jolie femme.

— Mais comment en arriver là ? Et va-t-on me contacter pour une rançon ?

— Encore une fois, monsieur Vercoutre, je n'exclus rien. Une demande de rançon est possible, mais pas certaine.

Stéphane baisse la tête, effondré. Il n'ose pas dévoiler ses pensées profondes comme celles liées à la beauté de Léa qui, en effet, inquiète déjà ses proches. Comme les contacts entre sa femme et ce Herbert, qu'elle jugeait, les tous premiers jours, comme un faux gilet jaune. Au point qu'aujourd'hui Stéphane admet que cet Allemand est investi d'une mission. Peut-être en cheville avec ce Dimitri.

— Quand va-t-on en savoir plus sur ce dernier, grogne Stéphane ?

— Cela ne saurait tarder, lui répond l'inspecteur. Une équipe recherche trois passagers, deux hommes et une femme, dans un aéroport. Une femme malade, aphone ou amnésique.

— Quoi ? Cela signifie qu'il l'emmèneraient à l'étranger ?

— C'est plus que probable, pour, au moins, fuir les premières recherches. Bon je vous tiendrai au courant.

— Peut-être à Moscou, puisque ce Dimitri est russe ?

— Peut-être, en effet, mais c'est loin d'être certain. Laissez-nous chercher et je reviendrai vers vous.

Stéphane quitte Bordeaux en s'attendant à des journées épouvantables, mais aussitôt il songe que la situation pour sa pauvre gujanaise doit être pire encore.

Deux jours plus tard, le jeudi 2 mai, Stéphane reçoit par téléphone une convocation dans un commissariat parisien. Pour le lendemain dans l'après-midi. Il questionne son interlocuteur qui ne veut rien dévoiler au téléphone, sauf son nom : inspecteur Durieux. Alors Stéphane s'entend répondre :

— Euh, oui, d'accord pour demain vendredi. Oui, quinze heures, et même plus tôt si vous voulez.

— Non, quinze heures, je confirme, et vous confirmerai par SMS. Vous demanderez le commissaire divisionnaire Beaujard. Si vous venez en métro, c'est la station Courcelles. Alors à demain, car je serai présent, moi aussi.

— Mais… mais, vous avez une piste ?

— Dépêchez-vous de vous rendre à Paris, monsieur Vercoutre, nous parlerons de tout ça demain. Bon voyage.

Stéphane en parle aussitôt à ses parents, et son père lui fait juste un commentaire :

— Tu sais, mon fils, avoir affaire à un commissaire divisionnaire, un divisionnaire, c'est sérieux, très sérieux. Bon, je t'emmène à la gare de Gujan sans tarder. À Paris je connais un hôtel pratique et abordable tout près de la gare Montparnasse. Je t'en donne les coordonnées tout de suite.

Dans la gare de Gujan, Stéphane a du mal à se retenir de pleurer, se retrouvant seul au monde. Une fois dans le T.G.V. Bordeaux Paris il trouve le temps long, désespérément long. Comme si ce train se traînait à plaisir. Pourtant il arrive pile à l'heure… L'hôtel recommandé dispose d'une chambre libre, à son nom. Son père a réservé en fin d'après-midi. Stéphane passe une nuit blanche, malgré tout. Tôt le matin, son frère Fabrice l'appelle pour l'encourager. Alors il en profite pour demander à son frère de mettre les parents de Léa au courant de son déplacement à Paris, car lui ne s'imagine pas avoir le courage pour les appeler. Une fois la liaison terminée, il se demande ce qu'il va faire entre dix et quinze heures. Comme le soleil brille, il décide de faire le chemin à pied en passant par les Invalides, par l'Élysée et par La Madeleine. En réalité ces trois étapes ne le sortent pas de sa torpeur ni de son cauchemar. Il grignote un tartare excellent dans un bistro Romain, avant de s'annoncer au commissariat. Il y est reçu pile à l'heure par deux hommes, le commissaire divisionnaire Beaujard et l'inspecteur Durieux.

— Monsieur Vercoutre, commence le divisionnaire, nous avons de bonnes raisons de croire que votre épouse a été effectivement enlevée. Nos services, aux aéroports, ont épluché les listes de départs pour aboutir à un trio suspect qui pourrait bien correspondre aux trois personnes recherchées.

— Et pour quel pays ?

— Je vais y venir, patientez. D'abord je vous livre un premier nom, Boris Podorov. Nous sommes presque convaincus qu'il pourrait s'agir de ce Dimitri. Il est trop tôt pour le confirmer. Et cet homme voyage en compagnie de deux autres personnes, Olga Podorova, sa fille, inscrite comme telle, en tout cas, et un autre homme, Herbert Schumann. Pas Herbert Schwarz, donc, mais on peut y penser. Bref, ce trio nous intéresse, et l'inspecteur Durieux, ici présent, était à Charles de Gaulle ce matin même. Il a interrogé une hôtesse d'enregistrement – après une quinzaine d'autres – qui se souvient fort bien avoir aidé un trio pour enregistrer et émettre leurs billets dans l'enregistreur automatique. Et cela d'autant plus que la jeune femme – très belle selon l'hôtesse – semblait très malade et très faible. C'est un point que l'on retient pour poursuivre. Monsieur, disposez-vous d'un photo de votre épouse Léa Vercoutre ?

— Oh oui, bien sûr. Sur papier ou sur portable ? J'ai les deux.

— Les deux ne seront pas de trop. Alors, inspecteur, appelez l'aéroport et demandez si cette hôtesse est présente aujourd'hui ou demain matin.

— Monsieur le commissaire divisionnaire, me direz-vous enfin la destination du vol ? Est-ce Moscou ?

— Non, monsieur Vercoutre, ce n'est pas Moscou, même si ces Podorov s'affichent russes. Il s'agit d'un vol pour Belgrade. Et à ce stade ne me demandez pas pourquoi Belgrade. Ce que je souhaite maintenant, c'est que cette hôtesse reconnaisse – ou pas du tout – la jeune femme sur vos photos. Une très jolie femme en effet.

— Commissaire, intervient l'inspecteur Durieux, C.D.G. me confirme que l'hôtesse sera bien présente demain matin. Monsieur Vercoutre, vous m'accompagnez ?

— Oui, bien sûr.

Alors à demain. Rendez-vous ici même à neuf heures et demie.

7

À Roissy l'inspecteur Durieux retrouve sans peine l'hôtesse déjà interrogée par lui-même la veille. Il lui présente Stéphane et demande à ce dernier de lui montrer les deux photos de sa femme Léa. L'hôtesse ouvre alors des yeux énormes et répond, sidérée :

— Oh oui c'est elle, c'est bien elle ! Et je la trouve même plus jolie sur ces deux photos. L'autre jour, avec les deux hommes, elle avait l'air malade, muette et malade.

— Merci, nous en savons plus, désormais, conclut Durieux. Même si pour vous, monsieur Vercoutre, cette nouvelle a quelque chose de bouleversant. Car on peut donc confirmer nos pressentiments, il s'agit à coup sûr d'un enlèvement. D'autant plus que ce voyage s'est effectué sans consentement puisque la victime, à l'évidence, était droguée.

Stéphane, qui nourrissait encore un infime espoir, plonge dans un cauchemar anéantissant. Il doit s'asseoir sur un banc, entre deux voyageurs, et il se met à pleurer. Léa a donc bien été enlevée, et peut-être pas pour une rançon. Ce qui signifie une disparition définitive, sauf succès de la police… Durieux lui précise alors que pour tirer des conclusions sur le motif c'est, aujourd'hui encore, prématuré.

— Mais inspecteur, bredouille Stéphane, c'est donc soit la rançon, soit la traite des blanches, n'est-ce pas ?

— Probablement, sauf existence d'une troisième raison que nous n'appréhendons pas à ce jour.

Stéphane se met à trembler comme un épileptique et les deux voyageurs à côté de lui s'éloignent aussitôt.

— Rentrons au commissariat, voulez-vous, mon chef nous y attend.

Pendant le chemin du retour vers Paris, Durieux, plein de tact, évite de poser la moindre question à Stéphane. Le divisionnaire Beaujard s'en chargera. Et en effet ce dernier demande d'emblée :

— Monsieur Vercoutre, seriez-vous capable de reconnaître cet émir ou l'un de ses sbires que vous avez croisés à Fès ?

Sidéré, Stéphane écarquille les yeux.

— Cher monsieur, ajoute le divisionnaire, j'ai profité de votre déplacement à Roissy avec l'inspecteur Durieux pour reprendre l'intégralité des informations que vous aviez fournies au collègue de Bordeaux. Et comme je soupçonne ce Dimitri, un mafieux russe, je suis prêt à le parier, je pense automatiquement à la fourniture de marchandise pour des sultans richissimes. Or vous mentionnez, dans la partie qui concerne votre récent voyage de noces, avoir croisé un émir avec deux de ses acolytes. Vous confirmez bien, n'est-ce pas ?

— Oui monsieur le commissaire divisionnaire. Cela d'autant plus que ces trois hommes paraissaient tous les trois comme aimantés par Léa.

— Donc, j'en reviens à ma question : seriez-vous capable de reconnaître ou de décrire cet émir ou l'un de ses sbires ?

— L'émir lui-même, cela m'étonnerait. Mon souvenir est trop flou. Un nez un peu courbe, une personne grande et mince. Peut-être la cinquantaine. Mais franchement tout cela est plus que flou. Par contre j'ai des images plus précises et donc plus fiables concernant celui qu'avec ma femme nous appelons le photographe. Un homme corpulent, presque gros, qui portait une magnifique djellaba blanche et qui nous souriait sans cesse. Mais un sourire carnassier et, j'y pense aujourd'hui, pas franchement rassurant. Oui, celui-là je pense être en mesure de le reconnaître.

— Bref, monsieur Vercoutre, nous sommes désormais certains que ce trio, incluant votre épouse, est passé par Belgrade. Il est donc indispensable d'en savoir plus sur ces deux hommes, ce Dimitri et cet Herbert. Retournez, tous les deux, interroger ces gilets jaunes de Gujan-Mestras, tandis que de mon côté j'informe les autorités serbes en leur donnant les trois noms figurant sur leurs billets. Il est indispensable de savoir s'ils sont encore à Belgrade ou déjà ailleurs. Donc, de votre côté essayez d'en savoir plus sur les deux lascars, y compris leur description physique. Surtout à propos de ce Dimitri. Il me faudrait deux portraits robots pour aider mes collègues étrangers.

Dès le samedi matin l'inspecteur Durieux, en compagnie de Stéphane, se rend jusqu'au rond-point Césarée. Stéphane indique immédiatement à l'inspecteur la personne qui l'avait renseigné et donné le numéro de portable d'Herbert. Ce Raymond, devant un représentant de la police, se montre moins avenant et beaucoup moins coopératif qu'avec Stéphane seul, quelques jours plus tôt. Pour lui, gilet jaune, cette visite d'un inspecteur est une intrusion nocive.

— Vous allez me tanner combien de temps, commence-t-il ? Ne me dites pas que vous êtes pires que les C.R.S. qui veulent nous chasser de Césarée ?

— Monsieur, répond Durieux sans se démonter, je ne suis pas ici pour parler des gilets jaunes, je laisse cette tâche à d'autres. J'essaie d'œuvrer pour que monsieur Vercoutre puisse retrouver sa femme disparue, et si possible, saine et sauve. Elle a été enlevée, nous le savons avec certitude, maintenant, et vraisemblablement par ce Dimitri, bien secondé par Herbert Schwarz. Alors, merci de vous montrer coopératif, au moins pour le mari de votre collègue Léa Vercoutre.

— Bon, grommelle Raymond, Herbert nous l'avons vu sept à huit fois, et je me souviens qu'un jour il nous a parlé d'un ami russe qui envisageait d'acheter une villa en ville d'hiver à Arcachon. Mais je n'en sais pas plus.

— Pas de mention d'une agence immobilière pour réaliser cet achat potentiel ?

— Non, jamais.

— Et pas de mention à propos de sa ville de domicile en Russie ?

— Non plus. En fait nous n'avons vu ce Russe qu'une seule fois, et pendant une petite demi-heure. Il nous a félicités, en anglais, tout en fixant Léa sans discontinuer. Puis Herbert les a entraînés, Léa et ce Dimitri, pour effectuer une balade sur le Bassin.

— Vous pourriez me décrire ce Dimitri ?

— Bof, un cinquantenaire aux cheveux blonds et qui ne devrait pas tarder à devenir chauve. Robuste, corpulent et de taille moyenne. Ce que je retiens surtout c'est son regard d'acier et un sourire qui fait deviner des dents qui mordent !

— Un vrai descriptif de black bloc !

— Arrêtez, inspecteur, moi je connais quelques black blocs, beaucoup plus jeunes, et qui font régulièrement preuve de courage.

— Revenons à Herbert Schwarz. Vous le connaissez un peu mieux, n'est-ce pas ?

— Bof, à peine, car il ne se livrait jamais. Sauf au sujet de sa bicoque à Taussat. Vous avez ses coordonnées en Gironde, alors débrouillez-vous. De toutes les façons on ne le reverra plus ici, plus jamais, c'est évident. Alors, maintenant, lâchez-moi la grappe, on ne peut plus rien vous apprendre sur les deux lascars. Herbert est grand, mince, châtain foncé, et il ne porte pas de lunettes. Visage creux, des yeux sans doute marron… Ah, et puis juste un truc, je m'en souviens tout d'un coup : le Dimitri, il a demandé, toujours en anglais, si Léa était vraiment mariée. Le « vraiment » m'avait un peu surpris. Et en observant son regard carnassier il devait avoir envie d'elle, à tous les coups ! Excusez-moi, monsieur son mari.

— Bon, rentrons, conclut Durieux en rangeant son carnet de notes dans une poche.

L'inspecteur déposa Stéphane chez lui à Gujan avant de rentrer sur Mérignac. Avant la séparation il promit à Stéphane de l'appeler dès le lundi matin.

À peine le pauvre mari entré dans le domicile familial, ses parents lui bondissent dessus :

— Alors ?

— Alors c'est un enlèvement, et à ce jour Léa pourrait se trouver à Belgrade en compagnie de ses deux tortionnaires, Herbert et Dimitri, eux-mêmes en cheville pour une vaste opération. À coup sûr juteuse.

— Ils vont demander une rançon, c'est ça ?

— D'après le divisionnaire c'est peu probable.

— Quoi ? Mais pourquoi, alors, hurle Thierry ?

— … la traite des blanches…

Et Stéphane s'effondre, en larmes.

— Mais, continue son père, ça existe encore, au XXIe siècle ?

Incapable de parler, Stéphane hoche la tête. Puis, il finit par susurrer :

— Rien dans la vie de Léa ne laissait entrevoir une telle tragédie. Pas d'ennemis, une vie simple et exemplaire, un mari amoureux. Seule sa beauté fait des envieux, et je sais de quoi je parle.

Entre les larmes il parvient malgré tout à dire qu'ils auraient dû choisir un autre pays pour leur voyage de noces. Devant l'air surpris de ses parents il parvient à expliquer les supputations des policiers et cette possible chaîne : l'émir rencontré à Fès – Dimitri le mafieux russe – Herbert l'indicateur. À cet instant Stéphane ne parvient plus à contenir ses spasmes et ses tremblements. Alors sa mère le prend dans ses bras pour tenter de le calmer. Et elle pleure avec lui. Au bout de longues minutes de silence, Stéphane ajoute :

— J'ai peur. Maintenant qu'elle est loin de France, j'ai vraiment peur que la police ne se casse le nez et abandonne l'affaire. L'horreur absolue.

— Attends, lui répond son père, la coopération internationale en matière de criminalité existe bien. C'est l'affaire d'Interpol, il me semble ?

— Lundi, l'inspecteur Durieux doit m'appeler. Je lui poserai la question. Mais si j'apprends que la police abandonne l'affaire, je file à Belgrade ou je me tue.

— Ne sois pas fou, hurle Sarah ! La police n'abandonnera pas. Courage, mon fils, courage à toi et courage à Léa.

Le lendemain matin Stéphane se réveille après une nuit enfin correcte, ce qui s'explique dans la mesure où il venait de passer trois nuits blanches consécutives. À peine installé pour un petit déjeuner… sans saveur, voilà qu'apparaît Vanessa. Vanessa, la cousine tant adulée, avant Léa.

— Tu es triste mon pauvre garçon, lui dit-elle, triste et bien malade. Tu vois, tu n'aurais jamais dû m'abandonner. Mais aujourd'hui, sache que je peux te faire une petite place dans mon cœur, et même une grosse.

— Quoi ! Eh, Vanessa, tu as Sébastien, lui répond-il !

— Oui, certes, mais tu sais, un jouet ça peut se casser. Regarde toi, tu as l'air totalement brisé.

— Je le suis, en effet, et on le serait à moins. J'aime Léa et je l'aimerai toujours, quoi qu'il arrive. Toi, je t'aime bien, aussi je te conseille de ne pas démolir ton jouet, comme tu dis. Je trouverai du soutien autour de moi, j'en suis persuadé.

— Comme tu veux, mon petit chéri. Et si un jour tu décides de revenir vers moi, sache que je peux envisager de t'accueillir comme avant. Ou presque.

Vanessa partie, Stéphane souffle, agacé et dépité. Il comprend que ses soutiens, en dehors des parents, seront plutôt Fabrice d'un côté et Olivier de l'autre. Alors il décide d'appeler ce dernier pour lui conter sa tragédie et celle de sa pauvre gujanaise. Olivier l'écoute attentivement et il est soudain effondré.

— Tu sais, poursuit Stéphane, au tout début j'ai même cru que Léa m'abandonnait, puisque la police, après contrôles des hôpitaux, des cliniques et des constats d'accidents, a précisé n'avoir rien trouvé. Pas de trace de Léa Vercoutre. Puis ce furent les présomptions sur deux personnes : un Allemand, un faux gilet jaune que Léa a côtoyé au rond-point Césarée, et un Russe, venu une seule fois au rond-point. Et depuis, Olivier, le ciel m'est tombé sur la tête. Ce Russe serait un entremetteur, un mafieux à la solde d'un ou plusieurs émirs. Et tiens-toi bien, le commissaire en charge de l'enquête soupçonne un émir, effectivement, que nous avions croisé à Fès pendant notre voyage de noces ! Et cet émir va faire de Léa son esclave.

— Stéphane, répond Olivier, garde courage, je t'en supplie. Et si tu souhaites que je t'aide, que je t'accompagne quelque part, tu peux compter sur moi. S'il faut se battre je me battrai à tes côtés, je m'y engage. J'attends juste ton prochain appel et j'arrive.

— Merci Olivier, je savais pouvoir compter sur toi. Je dois d'abord voir avec le commissaire comment il imagine la suite de cette odieuse affaire et je te tiens au courant.

*

Le lundi matin l'inspecteur Durieux appelle comme promis :

— Monsieur Vercoutre, mon chef s'est entretenu avec un collègue d'Interpol à Lyon. Et la décision est prise : Interpol va intervenir et j'ai donc transmis vos coordonnées pour qu'éventuellement un responsable vous appelle ou même vous convoque. Leur procédure est très stricte. Ils doivent, au niveau international et vis-à-vis des collègues étrangers, préparer des dossiers qu'ils appellent des notices. Sans doute vous expliqueront-ils leurs besoins. En outre, il est fort probable qu'une personne soit spécialement affectée à votre dossier et qu'elle puisse se déplacer, après autorisations données par les autorités policières de chacun des pays concernés. Je viens d'apprendre que la police de Belgrade est désormais au courant et qu'elle est impliquée dans la recherche. C'est tout pour aujourd'hui. Alors, bon courage monsieur Vercoutre. Sans doute nos chemins vont-ils se séparer, maintenant.

— Oh merci, inspecteur. Mais n'hésitez jamais à m'appeler.

— Et vous non plus n'est-ce pas. Le dossier est toujours sur le bureau du divisionnaire Beaujard.

Stéphane raccroche et esquisse un embryon de sourire. Quelque part cette nouvelle et cette décision sont positives et lui redonnent un minuscule soupçon d'espoir.

L'appel ne tarde guère. Un soulagement, puisqu'il survient le mardi matin. Il s'agit d'un responsable d'Interpol, à Lyon. L'interlocuteur précise à Stéphane qu'il est indispensable qu'il se rende à Lyon. Alors Stéphane demande s'il peut venir, accompagné par son cousin qui le soutient énormément et qui suit de près l'affaire avec lui. Et que par ailleurs il est prêt à se déplacer et il manie certaines armes avec une incroyable dextérité.

— Non, monsieur Vercoutre, lui répond l'interlocuteur. En tout cas pas dans un premier temps. C'est vous la personne directement victime dans cette affaire, et c'est vous seul que nous tenons à rencontrer. Venez demain mardi, si cela vous est possible.

— Oui, c'est possible.

— Je vous donne nos coordonnées à Lyon. Vous demanderez le divisionnaire Mombert.

— Mombert ?

— Oui, Xavier Mombert, c'est moi-même.

— Ah, merci monsieur le divisionnaire.

Stéphane s'impatiente aussitôt d'être à Lyon. Va-t-il apprendre du nouveau ? En attendant, il prévient ses parents et Olivier.

Ce Mombert n'y va pas par quatre chemins :

— Des Russes mafieux qui trafiquent dans le domaine de la traite des blanches, nous en avons une bonne série dans nos registres. Et comme j'ai bien lu votre dossier, je vous confirme que les plus filous d'entre eux gagnent des millions d'euros grâce à des clients comme des cheiks le plus souvent basés quelque part au Moyen-Orient. Un milieu impitoyable, je vous préviens, pour servir des clients impitoyables. Dans votre dossier, encore, j'ai lu que votre épouse est une femme splendide et, je me permets de vous le dire, une proie facile pour un émir qui l'aurait croisée. Comme à Fès, dans votre cas. Pour moi ce dossier est limpide. Mais, j'ose insister sur ce point : la résolution du problème, elle, sera tout sauf limpide ! Bref, monsieur Vercoutre, je possède une information qui devrait vous intéresser. Ce Dimitri, il est bien fiché chez nous. C'est bien le personnage en question, nous sommes formels, compte tenu des recoupements d'informations. Votre Dimitri s'appelle en réalité Oleg Dimitrov. Boris Podorov est un nom d'emprunt pour un faux passeport. Idem pour sa soi-disant fille, entre Paris et Belgrade. Cet homme n'est pas marié et n'a pas d'enfant. Le troisième personnage n'est pas Herbert Schumann mais bien Herbert Schwarz, le nom qui figure sur un contrat de vente d'une villa à… à Taussat, c'est ça ? Et également sur un contrat de location dans la cité Frugès de Pessac, aux portes de Bordeaux. Mais cet Allemand, fiché lui aussi, n'a eu à ce jour aucun accroc avec les autorités de son pays. Son domicile principal se situe à Stuttgart. Et pour information, celui d'Oleg Dimitrov se trouve à Saint-Pétersbourg. Cela dit, il semble qu'il n'y réside jamais. Monsieur Vercoutre, je me suis entretenu avec un collègue de Belgrade. Pas facile, pas vraiment coopératif, mais tout de même il m'a rappelé pour me préciser qu'à ce jour les trois personnes en question n'ont point leurs noms sur un prochain vol. Mais méfiance, ils peuvent avoir d'autres noms. D'où l'importance des descriptifs physiques. Ce responsable serbe m'autorise à envoyer un responsable français d'Interpol. Je dois m'entretenir avec l'homme choisi et décider si vous l'accompagnez ou pas. Vous, vous seriez partant pour la Serbie ?

— Oh oui monsieur le commissaire divisionnaire, oui bien sûr ! Et dans ce cas je rentre à Gujan ou j'attends à Lyon ?

— Non, non, vous rentrez. Si vous devez être du voyage, mon collègue vous appellera. Mais vous voyagerez de votre côté et votre point de rencontre sera l'hôtel de Belgrade réservé de ce fait par notre représentant. Il vous contactera, quelle que soit la décision vous concernant.

8

Pendant un court intervalle de conscience, Léa essaie de comprendre où elle se trouve. Dans un camion ? Dans un véhicule, c'est certain, et un véhicule plus volumineux qu'une voiture. Elle est ligotée et elle se trouve dans le noir. Elle essaie de se remémorer :

— Oh oui, l'apéritif dans cette belle maison de Taussat. Puis, plus rien d'un seul coup. Le néant. Cela signifie-t-il qu'Herbert et ce Dimitri m'ont enlevée ? Et pourquoi ? Non, c'est absurde. Ah, impossible de bouger, mes pieds sont attachés à une sorte de piquet planté à même le plancher du véhicule.

Elle cherche à se redresser malgré tout, mais elle bascule aussitôt. En basculant elle fait involontairement bouger un rideau très rigide, qui de ce fait laisser filtrer un soupçon de lumière. Elle réalise alors qu'elle se trouve dans une caravane. Elle a envie de hurler, mais elle renonce provisoirement, préférant réfléchir d'abord. Elle revoit Herbert qui lui présente ce Dimitri. Un Russe. Puis elle se remémore cette belle balade sur le Bassin avec les deux hommes. Une promenade rondement menée dans les endroits les plus attrayants et les plus typiques, car Herbert lui avait précisé que Dimitri voulait connaître le Bassin à la perfection avant d'acheter une villa en ville d'hiver à Arcachon. Tout cela semble cohérent. Et puis à Taussat, la divine surprise : une villa magnifique. Et le verre de Lillet, puis soudain le néant. Donc Herbert, parti en cuisine, a dû mettre un somnifère violent ou une drogue dans son verre à elle. Son cerveau continue de chauffer et l'entraîne vers cette conclusion déjà entraperçue : un enlèvement, effectué par deux hommes, Dimitri et Herbert, assurément de connivence. Mais pourquoi cet enlèvement ? Pour une rançon ? Bizarre. Certes sa famille, ses parents, mènent une vie aisée, mais pas du tout dans l'opulence. Beaucoup de grands bourgeois bordelais pourraient leur rapporter des sommes plus considérables. À ce stade de ses réflexions, Léa fatigue et s'agace. Elle ne parvient toujours pas à délier ses liens. Elle n'a pas faim, mais elle commence à avoir soif.

— Si le véhicule s'arrête, alors je crie.

Un peu plus tard, la caravane amorce un virage et s'arrête. Aussitôt Léa se met à hurler et à appeler au secours. Dimitri apparait immédiatement, l'œil mauvais, et l'assomme avec un gros maillet. Et avec l'aide d'Herbert il lui fait absorber un liquide. Une drogue pour la faire dormir encore un long moment. Puis il montre une seringue à l'Allemand :

— Demain matin on lui inocule ce produit-là pour qu'à Roissy elle parvienne à marcher tout en restant inconsciente et quasiment muette.

Lorsque Léa reprend connaissance elle ressent un mal de tête épouvantable. Elle se trouve à nouveau dans le noir, et à nouveau les mains et les pieds attachés. Mais à l'arrêt. Alors elle s'apprête à hurler de nouveau lorsque Dimitri pénètre dans la pièce et allume. Elle découvre ce qui ressemble à un salon abandonné, mais surtout elle fixe une seringue, dans les mains de son tortionnaire.

— Sage, ma belle, dit-il.

Aidé par Herbert qui l'immobilise, Dimitri enfonce l'aiguille en haut du bras droit de Léa. Elle a tout juste le temps de pleurer et de penser que Stéphane va réagir, et elle s'évanouit de nouveau.

Beaucoup plus tard, les formalités de douane et de police dans l'aéroport de Belgrade se déroulent sans anicroche. Dimitri disposant d'un réseau mafieux un peu partout en Europe, il peut séjourner à Belgrade avec sa fille malade en toute sérénité. Il lui faut désormais prévoir deux choses. D'abord, retenir trois places sur un vol pour Amman, en Jordanie, pour quatre ou cinq jours plus tard. En effet, l'acheteur doit y séjourner bientôt et leur a donné rendez-vous à Amman. Pour la livraison du colis… de ce colis dont il rêve depuis des mois. Pour les trois places, Dimitri doit renouveler les pièces d'identité avec des noms d'emprunt nouveaux. Une prudence élémentaire. Avec l'aide de ses contacts locaux, cela ne doit pas présenter de problème. Peut-être même que les trois passeports sont déjà prêts. Ensuite, il va lui falloir amadouer Léa. La rendre docile et surtout, experte au lit si tel n'est point déjà le cas. Car dans le cas contraire l'émir ne sera pas du tout satisfait. Cet homme l'a toujours payé rubis sur l'ongle, mais Dimitri sait parfaitement qu'au moindre

« ratage » il perdra son client. Définitivement. Et ça, ce n'est pas envisageable, absolument pas.

Lorsque Léa se réveille, elle se retrouve dans une chambre. Une chambre confortable mais sans fenêtre. Une petite lampe de chevet est allumée. Dans sa tête elle voit défiler de petites séquences étranges. Deux aéroports. Elle réalise qu'elle marchait, complétement inconsciente. Comme dans un rêve. Mais un rêve qui tient plus du cauchemar pour elle que du rêve. Et donc aujourd'hui elle n'est plus en France, cela lui semble évident. Elle veut crier mais ne parvient qu'à émettre un râle très faible. Vraiment lasse, elle se rendort pour un petit moment. Au réveil suivant elle réalise qu'il lui est impossible de bouger, elle est toujours attachée. Alors elle se remémore quelques films et quelques émissions de télévision qui évoquent des enlèvements de femmes pour la traite des blanches. Ne vit-elle point une fiction ? Cette soudaine révélation lui glace les sangs. Le fait d'avoir été droguée, et plusieurs fois déjà, lui laisse croire qu'ils l'emmènent très loin. Et pour la vendre, donc. À qui ? À une organisation de prostitution ou a un sultan pour son harem ?

— Quelle horreur ! Mais Stéphane et tous les nôtres vont réagir, j'en suis certaine. Comment, je ne sais pas, et peut-être qu'eux non plus, à ce jour. Mais connaissant Stéphane, il va remuer ciel et terre, c'est évident. Ce Dimitri va me vendre comme une vulgaire marchandise. Mais pourquoi donc Herbert est-il mêlé à cette affaire ? Pour toucher de l'argent, lui aussi ? Mais oui, pour payer sa somptueuse villa de Taussat. Oh quel monde, Seigneur ! Ai-je été beaucoup trop naïve ? Mais que pouvais-je deviner ? Rien, vraiment rien.

À cet instant elle se met à pleurer à chaudes larmes. Pleurer à cause de la peur de ne jamais revoir son Stéphane chéri, l'homme qu'elle aime par-dessus tout.

— Et lui, le pauvre, va-t-il me retrouver morte ? Oh non, Seigneur, protégez-moi, au moins pour lui. Il ne mérite pas ça. Et s'il me retrouvait un jour, cent fois violée ? Oh non, j'aurais trop honte. Dans ce cas mieux vaut me suicider. Mon Dieu, j'y pense, la torture ! Pitié, oh non, pas la torture, la mort sera plus douce, au moins pour moi.

Léa comprend et admet que c'est son corps qui les intéresse. Et une personne en particulier, qui a les moyens de se l'offrir. Elle finit par se dire :

— Les filles moches ont une chance qu'elles ignorent… les pauvres.

*

— À Belgrade, explique Dimitri à Herbert, nous sommes plutôt en sécurité. Hors Union Européenne les enquêteurs de Paris ou d'ailleurs risquent de piétiner. Et en plus les Serbes aiment bien les Russes comme moi. Vous allez m'accompagner jusqu'à l'étape suivante. Nous partirons sans tarder pour Amman, en Jordanie. J'ai encore besoin de vous pour m'aider au cas où elle deviendrait violente tout d'un coup. Voyez les choses positivement, Herbert, je double votre dû, et même plus puisqu'une fois à Amman je vous réglerai cent mille euros et non cinquante mille dollars.

— Oui, c'est d'accord, et je vous remercie. Mais vous ne m'ôterez pas de l'idée que quelque part il s'agit-là d'un sacré gâchis. Cette pauvre fille ne mérite pas ce vilain sort.

— Vous vous méprenez, mon pauvre Herbert. Mon client est soucieux du bien-être de toutes ses femmes, en dehors de quelques nuits… bouillantes. Mais en réalité, et d'après ce que j'ai pu comprendre, ce ne sera même pas une nuit par semaine. Car il aurait déjà sept femmes. Certes, celle-ci pourrait bien devenir sa préférée, au moins pendant quelques mois, et je peux le comprendre. Au Caire il m'a raconté sa rencontre de Fès et la géniale filouterie d'un de ses collaborateurs, qui a pris cette fille en photo. Et depuis, je le cite, il ne pense plus qu'à elle et à elle seule ! Ce qui signifie, mon cher, qu'elle n'a pas de prix. Et si j'obtiens un million de dollars, je double encore votre part.

Sidéré, Herbert en perd la voix et tente d'évacuer ses soupçons de regrets les plus humains…

*

Dès l'arrivée à Belgrade – ce qu'elle ne peut pas savoir – Léa joue les insoumises, du moins lorsque l'effet de la drogue ne se fait plus sentir. Et même si une sensation de frayeur et de doute persiste, quant aux effets secondaires sur son cerveau. Apparemment ses deux tortionnaires envisagent de faire d'elle une prostituée de luxe. De plus en plus souvent cet immonde Dimitri procède à des attouchements et lui promet d'être bientôt dans son lit. Léa, épouvantée, refuse de céder à ce gros fou nauséabond. Mais ce dernier devient de plus en plus insistant.

— N'avez-vous point une femme qui vous attend, lui lance-t-elle ?

— Non, et quand bien même… Moi je teste toujours celles que je dois livrer à mes clients.

— Quoi ? C'est quoi cette folie ? Cette vie avilissante n'est pas pour moi, absolument pas. Je préfère disparaître !

— Ma belle, c'est toi qui raconte des idioties. Si tu deviens docile, je te promets une vie formidable avec l'homme qui veut de toi. Un homme richissime.

Et Dimitri lui touche la poitrine. Léa tressaille, bondit et essaie de le gifler. Sans succès.

— Je te le dis, j'ai le devoir – et le plaisir – de tester chacun de mes colis. Alors je vais te tester, c'est obligatoire. O-bli-ga-toire !

— Jamais, hurle-t-elle, jamais !

— Tu me fais rire, beauté. De toute façon tu n'as pas le choix.

— Si, celui de me tuer. Et là, vous perdrez combien, en dollars ?

— Ne sois pas ridicule. Tu pourras, toi, en tant que jolie poupée docile, dépenser des milliers de dollars par mois pour tes tenues et pour tes caprices de femme. À la condition impérative de te montrer soumise avec lui, naturellement. Et cela en vaut la peine, crois-moi. Tu as une chance inouïe, l'homme qui te veut est fou de toi.

— Il me connaît ?

— Oui, mais ne m'en demande pas plus. C'est top secret. Et je te précise qu'il aime les très jolies femmes qui sont tout autant expertes au lit. Mon devoir est donc de te tester et, si besoin, de t'inoculer une bonne dose d'expérience.

— L'horreur absolue, donc… Et pourquoi ne pas demander une rançon, plutôt ?

Dimitri éclate de rire, et il poursuit :

— Parce que l'homme qui te désire est tellement riche qu'une rançon, disons de dix millions de dollars, ne l'intéresse même pas. Pas du tout. Tu sais, il fait partie de cette catégorie d'individus qui règlent leurs suites dans les meilleurs hôtels du monde sans même en regarder le prix. Deux mille dollars la nuit ou vingt-mille, c'est pareil, cela les indiffère.

— Mais c'est qui ce malade ?

— Je te l'ai dit, un homme richissime et qui n'est absolument pas malade, bien au contraire. Bon, trêve de bavardage, maintenant déshabille-toi.

— Non.

— Arrête de dire non, tu n'as pas le choix. Veux-tu terminer bâillonnée et ligotée, avec de toute façon le même résultat. Autant faire ça avec… comment dire… avec aisance, à défaut de parler de plaisir.

Léa pleure, effondrée. Puis elle murmure :

— Vous serez retrouvé et emprisonné pour le restant de vos jours.

— Je connais ce discours, ma jolie, elles me disent toutes cela, au début. Puis, au moins pour survivre, elles font l'effort de s'habituer.

— Quoi, c'est ça votre métier ? Vendre des femmes à des riches ou à des maquereaux ?

— C'est une facette de mon métier, en effet. Et si tu veux tout savoir, tu dois être la quinzième ou la seizième du genre pour moi. Et ton acheteur, pour reprendre tes termes stupides, n'a absolument rien d'un maquereau. Et tiens, justement, je peux te préciser que si en définitive il n'est pas satisfait de toi, alors oui, il te vendra à un maquereau des Philippines ou de je ne sais où. Et là, tu seras prostituée pour trente années. Quelle vie !

— Donc ma seule issue pour éviter tout viol, c'est la mort.

— Issue stupide, je te le garantis. Car si tu… tu t'adaptes, tu auras une vie plus qu'acceptable, intéressante et fortunée. Alors, on t'attache et on te bâillonne, ou tu joues les dociles ?

— On peut attendre un peu, non ?

— Non, car nous allons rencontrer ton amoureux dans quelques jours. Et il m'est impératif de pouvoir le rassurer… sur tes talents.

— Et si j'accepte une fois, c'en sera terminé ?

— Si je suis très satisfait, c'est envisageable, en effet.

— Et si vous ne l'êtes pas ?

— Je serai obligé de procéder à cinq ou six autres séances, des leçons…

— Oh Seigneur, faites que Stéphane me pardonne.

Léa pleure en silence, enfermée dans une belle chambre. Dans un pavillon loin de tout, dans la campagne qu'elle aperçoit à travers des barreaux. Elle pleure, mi-honteuse, mi-soulagée. Elle s'attendait à pire, même si ce Dimitri aurait aimé quelques petites gâteries supplémentaires qu'elle lui refusa, implacable. Mais si elle revoit Stéphane un jour, osera-t-elle le regarder en face ? Sans doute que non, même si les circonstances et le contexte jouent en sa faveur à elle. Car pour l'instant elle préserve sa vie et son intégrité physique.

— Stéphane peut accepter ça, non ? Mal, peut-être, mais au moins le bonheur de se retrouver effacera beaucoup d'horreurs. Je peux l'espérer.

Une bonne heure plus tard Dimitri ouvre la porte blindée de la chambre dans laquelle elle est cloîtrée depuis trois jours. Léa a pris sa douche. Une douche interminable et vraiment symbolique d'une certaine pureté retrouvée.

— Alors, vous êtes satisfait, monsieur le sexologue ?

— Admettons. Admettons que ce fut correct, mais cela mérite tout de même deux à trois séances d'initiation complémentaires. Et je sais que lui, l'homme qui rêve de toi depuis des mois, il obtient toujours ce qu'il demande. Et je suis prêt à parier qu'il te demandera ces petites gâteries dont nous parlions il y a un peu plus d'une heure.

— Arrêtez avec ça ! Je suis un être humain et je tiens plus que tout à ma dignité. Une dignité que vous avez déjà tenté de me faire perdre. Et si je rencontre effectivement votre acheteur, je pense que je saurai lui expliquer. S'il est sincèrement fou de moi, comme vous semblez le prétendre, alors il respectera ma dignité. Point.

— Il va falloir t'y préparer, ma belle, la rencontre est prévue pour bientôt. Sans doute partirons-nous d'ici, tous les trois, après-demain matin.

— Et pour quelle destination ?

— Je n’ai pas le droit ni l’envie de te le préciser. C’est en tout cas l’endroit où nous sommes censés retrouver ton futur patron et amant, qui est déjà épris et amoureux de toi. Ensuite ce sera lui et ses collaborateurs qui t’emmèneront jusqu’à chez lui. Et je parie, dans l’un de ses jets privés. Et moi, triste, je t’abandonnerai.

— Et ici, cette ville que nous allons quitter bientôt, quelle est-elle ?

— Aucun intérêt pour toi. Considère qu’il s’agit d’une étape à oublier. Maintenant repose toi. Et moi je te retrouve ce soir.

— Ce soir, pour le dîner ?

— Oui, et certainement pour un peu plus.

— Oh non ! Vous m’aviez promis…

— Une deuxième et dernière petite séance, une belle petite leçon de chose, et ce sera bon. Pour toi comme pour moi.

Et il se met à rire.

Léa plonge sur son lit, effondrée, désespérée. Ce Dimitri est épouvantable, et il ment comme il respire. Plus que jamais elle se sent perdue, vulnérable et même pire : au plus profond d’elle-même elle se sent vaincue.

9

En réalité, dès le lendemain midi, c'est le divisionnaire Mombert en personne qui rappelle Stéphane :

— Monsieur Vercoutre, bonjour. Deux points à voir avec vous en cette fin de matinée. Tout d'abord, il nous est indispensable de savoir qui est cet émir croisé à Fès. Confirmez-vous que votre déjeuner au célèbre restaurant de Fès s'est bien déroulé le 30 juin dernier vers treize heures ?

— Oui, je suis catégorique, monsieur le divisionnaire, et je confirme cette date.

— Bien. Nous sommes en relation avec les autorités marocaines et j'envoie aujourd'hui une équipe à Fès pour avancer l'enquête de là-bas. Ensuite, deuxième point, êtes-vous toujours d'accord pour partir à Belgrade le plus tôt possible ?

— Oui monsieur le divisionnaire.

— J'y envoie, en accord avec la police serbe, un de mes collaborateurs les plus fiables, Grégory Natel, que vous retrouverez sur place à l'hôtel Centar N° 1. Un hôtel situé à la fois en plein centre-ville et tout proche du Danube et de la rivière Save. De l'aéroport prenez un taxi et demandez cet hôtel, il est parait-il fort connu et prisé des touristes.

Parce que très bien situé. En arrivant vous disposerez d'une chambre réservée à votre nom et vous demanderez Grégory Natel. Un grand gaillard brun. Ne vous fiez pas trop au repérage en ville car les Serbes utilisent l'alphabet cyrillique, même si les panneaux principaux sont également en écriture latine. Tenez-moi bien au courant de vos horaires et de votre arrivée à Belgrade. Et je le répète, faites au plus vite. À l'heure où je vous parle, Natel doit être en train d'atterrir dans la capitale serbe. Au programme vous devrez rencontrer les homologues serbes et voir avec eux si les trois personnes que nous recherchons sont toujours en ville ou s'ils ont déjà fui vers d'autres cieux. Et dans ce cas, rechercher et trouver où.

— Monsieur le divisionnaire, puis-je partir avec mon cousin ?

— Vous faites comme vous voulez, mais dans un premier temps au moins, il n'est pas question qu'il participe à quoi que ce soit sur place avec Natel et vous. Imposez-lui d'être en retrait. À votre place je le tiendrais au courant, mais lui dirais d'attendre concernant un éventuel déplacement de sa part. J'ai du mal à comprendre votre insistance.

— Monsieur le divisionnaire, écoutez-moi. J'ai véritablement besoin de beaucoup de soutien, vous pouvez le comprendre. Or je ne puis en demander ni à mes parents ni à mon frère pour ces voyages, travail oblige. Par contre, en tant que compagnon tailleur de pierre, mon cousin peut se libérer pour une cause majeure, et abandonner un chantier quelques temps. Et j'ajoute, enregistrez bien cela, qu'il est costaud et qu'il sait manier les armes blanches à la perfection. Imaginez un traquenard. Lui seul peut m'en sortir. D'ailleurs, il a déjà sauvé toute notre famille de deux criminels, à Arcachon, il y a quelques années.

— Écoutez, monsieur Vercoutre, cet homme est bien sûr libre de circuler où bon lui semble. Mais pour le moment je ne le veux pas dans les pattes de Natel, et je veux encore moins d'interférences avec les polices locales. Plus tard, au gré de l'évolution de l'enquête, nous pourrons en reparler. Suis-je assez clair ?

— Très clair, oui monsieur le divisionnaire. Je le tiens donc au courant de mon départ, et si la situation venait à se préciser je lui demanderai simplement d'être présent à proximité des lieux où nous nous trouverons, l'inspecteur Natel et moi.

*

Les deux enquêteurs français, une fois dans Fès, se présentent à la police locale qui est informée de leur arrivée et du motif qui les amène. Dans un premier temps les policiers marocains se montrent réservés et absolument pas coopératifs. Le courant ne passe pas du tout. Mais lorsqu'un des inspecteurs français prend son téléphone portable et appelle l'ambassade de France au Maroc pour qu'elle exerce une pression auprès du ministère de l'Intérieur du Maroc, l'atmosphère change radicalement dans le bureau de la police de Fès. Ce sont quatre hommes qui se rendent alors au fameux restaurant. Le propriétaire des lieux, fort surpris, feint de ne pas du tout comprendre la raison de cet interrogatoire. Puis l'un des deux policiers marocains demande aux collègues français de détailler les tenants et les aboutissants de l'affaire qui les amène. Alors, lentement, et dans un français simple pour être parfaitement compris, l'un des deux inspecteurs explique :

— C'est bien connu, monsieur, que chaque année des femmes sont enlevées, soit pour une rançon, soit, plus souvent encore, pour ce qu'on intitule « la traite des blanches ». Un phénomène qui reste discret, très discret. À la fois pour préserver la vie des victimes et également pour respecter les familles concernées. Or, en ce moment précis, nous enquêtons pour tenter de retrouver une jeune femme, une Française, qui a disparu depuis une semaine. Nous avons la preuve qu'elle a été enlevée. À priori par un mafieux russe en cheville avec de richissimes émirs du Moyen-Orient. Or, monsieur, cette jeune femme est venue ici, dans votre établissement, dans le cadre de son voyage de noces. Son mari nous a donné la date précise de ce déjeuner : le 30 juin de cette année.

— Bon, et quel lien avec ce possible enlèvement ?

— J'y arrive, monsieur. Ce même jour, un émir et deux de ses collaborateurs – enfin, que nous présumons comme tels – déjeunaient également dans votre restaurant. Un des deux collaborateurs, un homme très corpulent, est venu prendre le couple en photo avec l'appareil du mari, puis il en a tiré deux autres avec son propre téléphone portable. En tout état de cause, une de ces deux photos montre la jeune femme en gros plan. L'émir et ses hommes ont ensuite quitté les lieux et ils ont salué le couple et leurs deux amis. Et selon le pauvre mari de la disparue, cet émir n'avait d'yeux que pour sa femme.

— C'est bien maigre comme constat.

— J'en conviens. Sauf que cette photo a été transmise au mafieux russe qui a effectué l'enlèvement.

— Franchement, je ne vois pas ce que je peux faire pour vous.

— Nous si. C'est très simple, monsieur. Nous imaginons que vous gardez trace des clients, comme ceux du 30 juin, pendant un bon moment, et donc nous souhaitons au moins connaître le nom de cet émir.

— Oh, mais sachez que je ne conserve pas toutes les traces de réservations ni des formes de règlements. Admettons que je garde un moment celles de mes habitués.

— Oh oui, intervient alors l'un des deux policiers marocains, votre établissement est célèbre, et il le mérite bien. De ce fait vous avez beaucoup d'habitués comme clients, et c'est très bon pour vous, n'est-ce pas ?

— Euh, merci, oui, je l'admets.

— Alors, continue le policier marocain, je vais avec vous pour chercher votre registre. Cela d'autant plus que l'émir aurait dit au jeune couple qu'il était un inconditionnel de ce restaurant merveilleux !

Les deux policiers français apprécient cette intervention de leur collègue. Le propriétaire aurait pu déchirer une ou deux pages pour couper court aux questions. Revenant avec le registre, un document vraiment pas lisible pour les Français, l'inspecteur marocain parcourt les pages et dit :

— Veu… cou… terr… ?

— Oui, Vercoutre, exactement, répond l'un des deux Français. Et les autres, maintenant ?

— Euh, un autre nom européen, Léonard, mais tous les autres sont inscrits en arabe, et doivent être d'origine arabe.

— Aidez-nous, reprend un policier français en s'adressant au propriétaire des lieux. Qui, parmi tous ces clients-là pourrait être sultan ou émir ?

Avec un regard de plus en plus sombre, l'homme lit à son tour sur la liste et finit par dire :

— Celui-là, me semble-t-il, est déjà venu plusieurs fois, et peut-être est-il une personne d'importance dans son pays. Voyez, celui-ci, K. Ben Gourmann.

Merci, merci, répond l'un des inspecteurs marocains. Aucun autre nom n'est susceptible de correspondre à nos recherches sur cette liste ?

— Non, aucun. Je n'en vois aucun. D'autant plus que ces autres patronymes me semblent tous marocains.

— Bon, alors nous notons ce nom, K. Ben Gourmann. Et avez-vous une petite idée du pays dont il serait originaire ?

— Franchement, je n'en ai aucune idée. Sauf qu'il n'est ni marocain ni même maghrébin.

— Et vous ne disposez d'aucunes coordonnées de cet émir ? Et comment vous règle-t-il ?

— Non, pas de coordonnées. Pour le règlement, si c'était par carte ce serait facile à trouver. Mais je vous garantis qu'avec ce genre de personnes, ce sont la plupart du temps les collaborateurs qui règlent, et qui règlent en dirhams, le plus souvent.

— Bon, merci beaucoup, conclut l'un des inspecteurs marocains. Avec ce nom, vous messieurs les Français, et grâce à vos réseaux, il vous sera facile de trouver une piste, c'est certain n'est-ce pas ?

Lorsque les quatre policiers ont quitté l'établissement, le propriétaire du restaurant entre dans une colère noire. Car il le sait, non seulement il va perdre un excellent client, mais certainement beaucoup d'autres dans la foulée, puisque l'émir a toujours recommandé le restaurant à ses relations. Furibard, il ne peut s'empêcher de taper du pied un peu partout sur les meubles et les tables de la grande salle, tout en songeant que oui, ce Ben Gourmann adore les jolies femmes et en particulier les belles européennes aux cheveux blonds ou châtain.

— Ah, marmonne-t-il encore, ces émirs sont décidément prêts à tout !

*

Stéphane atterrit à Belgrade dès le lendemain après-midi après son dernier contact avec le divisionnaire Mombert. Depuis son taxi il observe autour de lui. La banlieue de Belgrade n'affiche rien d'attractif, mais une fois en ville il découvre une cité vivante et de jolis quartiers. Et de fait, les bords du Danube comme ceux de la Save sont eux, vraiment attrayants. La façade de l'hôtel ne lui déplait pas mais l'intérieur lui donne immédiatement la certitude qu'il s'agit d'un établissement de très bon standing. Et à entendre les clients dans le hall, l'hôtel est bondé de touristes étrangers. Sa chambre est effectivement réservée, mais l'hôtesse, à la réception, lui répond que monsieur Natel est en ville.

Stéphane prend alors possession de sa chambre, fort confortable, puis il redescend pour s'installer dans le hall. Rester seul lui devient une épreuve trop cafardeuse. Grégory Natel ne tarde pas et la personne de la réception indique au Français qu'un monsieur assis dans le hall l'a demandé en arrivant. Les deux hommes se saluent et déclinent chacun leur identité. Stéphane ressent une certaine froideur chez le policier d'Interpol. Sans doute tient-il à garder quelques distances. Néanmoins il suggère qu'ils dînent ensemble pour échanger des premiers propos. Aussitôt Natel appelle son chef pour l'informer de la présence de monsieur Vercoutre dans l'hôtel. Puis ils décident d'aller dans un restaurant à trente mètres de l'hôtel pour ne pas se compliquer la vie. Une fois attablé, Grégory Natel demande à Stéphane de lui raconter depuis le début toute cette sombre histoire.

— Pas pour vous faire souffrir, comprenez-le bien, mais pour que je m'imprègne et que j'évite, ces prochains jours, d'éventuels impairs…

Au fur et à mesure des explications et des descriptions contées par Stéphane, Grégory Natel commence à comprendre tout le malheur qui accable son vis-à-vis. Au bout de deux bonnes heures – car le dîner s'éternise – Grégory commence à adopter une attitude nettement plus chaleureuse. Et lorsque Stéphane en a terminé avec son récit, le policier d'Interpol prend le relais pour lui donner quelques informations et quelques explications.

— On peut rencontrer des hommes riches et pervers qui ne sont ni cheiks, ni émirs ou sultans, croyez-moi. Comme il existe beaucoup de ceux-là qui ne sont pas pervers ! Ainsi, songez aux nouveaux riches russes, certains sont gratinés, je vous le garantis. Cela dit, dans votre cas, cette étape à Belgrade m'oblige à penser au sud et donc au Moyen-Orient. D'autant plus que les intermédiaires, comme ce Dimitri par exemple, cèdent souvent la marchandise à leurs acheteurs à Chypre ou en Jordanie. Surtout depuis que cela n'est plus véritablement envisageable en Irak, en Syrie ou même au Liban.

Ensuite Grégory l'informe sur la mafia russe et sa violence impitoyable. Il faut s'en méfier comme de la peste :

— Tuer, pour eux, est logique et naturel pour parvenir à leurs fins. Et si quelqu'un leur met des bâtons dans les roues cela signifie un arrêt de mort. Ce milieu, monsieur Vercoutre, n'accepte ni l'échec, ni le pardon.

Il est plus de vingt-deux heures lorsque les deux hommes quittent le restaurant. En partant, Grégory précise :

— Demain matin, disons vers huit heures et demie, je vous indiquerai la méthode Interpol et je vous lirai les quatre notices de travail dont je dispose. Vous pourrez ainsi me donner votre sentiment. Puis nous nous rendrons chez les policiers serbes qui nous attendent à neuf-heures et demie. Maintenant, passez une bonne nuit, je l'espère, et je vous dis à demain.

— Merci. Bonne nuit à vous également.

Stéphane ne risque pas de s'endormir tel un gros bébé fatigué. Il ressasse sans arrêt la violence des mafieux russes, cette méchanceté inéluctable de Dimitri, et la misère intégrale pour sa pauvre gujanaise.

Dès l'après petit-déjeuner, et avant de sortir pour rencontrer les policiers serbes, Grégory prend le temps de montrer à Stéphane quatre notices qui constituent son dossier à ce jour. Mais avant cela il précise au pauvre mari dont l'angoisse est visible :

— Le divisionnaire m'a appelé ce matin pour m'annoncer que l'équipe envoyée au Maroc, à Fès plus précisément, est revenue avec le nom de l'émir présent dans le fameux restaurant en même temps que vous. En espérant qu'il ne s'agisse pas d'un nom d'emprunt. Dans ce milieu il existe une forme de vantardise, alors espérons qu'il s'agit du bon nom pour faciliter les recherches. Il s'appelle K. Ben Gourmann. Nos équipes s'acharnent depuis lors à localiser son « port d'attache » d'une part, et savoir où il se trouve aujourd'hui, d'autre part. J'en viens maintenant à mes notices. Des notices plutôt concentrées à ce jour sur Oleg Dimitrov. Voyez, monsieur Vercoutre, je dispose ici de quatre notices. Les deux principales sont la bleue et la verte. La rouge me donne une possibilité de faire arrêter la personne recherchée. Et la jaune, elle concerne votre épouse qui a disparu, les circonstances de la disparition, et les prémices des recherches. Pour nous, aujourd'hui à Belgrade, la principale est la bleue. Je vous la lis :

— Oleg Dimitrov, citoyen russe, officiellement basé à Saint-Pétersbourg. En réalité, n'y réside quasiment jamais. Séjourne régulièrement à Paris et à Bordeaux. Un homme qui adore les grands crus. Un codicille me précise qu'il est régulièrement en contact – en particulier à Bordeaux – avec un intermédiaire allemand de Stuttgart, un certain Herbert

Schwarz. Cet Oleg Dimitrov est un homme fortuné qui voyage énormément. Ainsi, rien qu'en cette année 2018 il a séjourné à Paris et à Bordeaux par deux fois et au Caire une fois. Et toujours en utilisant un nom d'emprunt, comme Dimitri Podorov ou Dimitri Oleksiak. Concernant son activité professionnelle, je lis toujours, des activités indéfinissables qui incluent à coup sûr des trafics peu avouables. Et peut-être même des trafics avec des potentats du Moyen-Orient et de l'Extrême-Orient. Un véritable profil de mafieux russe, je cite toujours. Monsieur Vercoutre, sans doute vais-je devoir traduire cette notice aux policiers de Belgrade. Si nécessaire, pourriez-vous m'aider, s'il vous plaît ?

— Oui, naturellement, même si certains termes ne font pas partie du vocabulaire ordinaire.

L'accueil des Serbes déplaît à Grégory. Tout juste si les deux hommes ne sont pas « renvoyés dans leurs foyers » ! Certes les policiers locaux admettent avoir été contactés par la police française et Interpol, certes ils confirment avoir situé les trois personnes recherchées, mais selon eux cette affaire leur semble beaucoup trop nébuleuse pour en faire un véritable dossier de police. Alors Stéphane prend l'initiative de se plaindre et de s'exposer en victime. Il ajoute que tout un réseau de policiers est en travaux de recherches, en Serbie comme en Allemagne, en Russie, au Maroc et, bien entendu en France. Et donc, conclut-il ce serait vraiment dommage que la Serbie soit le maillon faible de cette sinistre affaire.

— D'accord, lui répond l'un des trois policiers serbes, mais concrètement, que peut-on faire ?

— Nous vous demandons seulement, à ce stade, quelques informations élémentaires, reprend Grégory. Et la première, si vous avez réussi à repérer ces trois personnes à Belgrade, en provenance de Paris ?

— Oui, je vous le confirme, dit celui qui semble le plus haut gradé des trois.

— Sont-ils installés dans un hôtel de la ville ?

— Non, pas que nous sachions. Lorsque nous avons été avisés ils étaient déjà arrivés et donc on ne peut pas, à ce jour, les surveiller. Mais je vous confirme qu'ils n'ont pas de chambre dans un hôtel de la ville. Je les imagine bien séjourner dans une maison isolée de banlieue. Cela me parait logique, s'il s'agit effectivement de ceux que vous avez décrits.

— Et pour les contrôles des départs en avion, que comptez-vous faire ?

— Les trois noms sont répertoriés. Mais vous savez comme moi qu'ils risquent d'en changer pour un prochain départ. C'est d'autant plus envisageable que si l'une de ces trois personnes est un mafieux russe, comme vous le prétendez, elle bénéficie à coup sûr de connections, ici à Belgrade, où beaucoup de Russes se sentent comme chez eux. Alors de nouveaux papiers sont certainement à disposition pour eux.

— Aïe. Et pouvez-vous vérifiez les départs éventuels de groupes de trois personnes, deux hommes et une femme ?

— Évidemment, et la consigne est déjà passée.

— Alors, merci beaucoup, tous les espoirs sont permis, conclut Grégory. Et tenez nous au courant, s'il vous plaît. Nous logeons au Centar n° 1, non loin d'ici.

— On vous souhaite un bon séjour à Belgrade, messieurs.

Et les trois Serbes se lèvent comme un seul homme, signifiant la fin de l'entretien.

Une fois dans la rue, Stéphane demande :

— Vous en pensez quoi ?

— Bof, moins pire que ce que je craignais juste après les présentations. Ils ont fait le minimum, mais ils l'ont fait. Et je parie qu'on recevra un coup de fil du genre : « nos enquêteurs confirment que trois personnes, deux hommes et une femme, qui pourraient correspondre aux descriptions apportées, ont pris un vol pour… tel pays. Mais les noms sont différents de ceux que vous nous avez indiqués, même s'il s'agit d'un Russe, de sa fille et d'un Allemand. »

— Monsieur Natel, c'est fou ! Ils ne vont pas les intercepter ?

— Cela m'étonnerait, ils se contenteront de nous préciser la destination du vol. Une bonne manière de botter en touche.

— Quelle honte ! Et si on obtient le lieu de destination, nous y partirons, nous aussi ?

— Oui, c'est plus que probable.

— Et en attendant, ne peut-on pas chercher de notre côté ?

— Pour chercher où ?

— Faire le guet à l'aéroport.

— On peut faire ça, en effet, mais sans garantie. Allons-y, malgré tout.

— C'est épuisant, conclut Stéphane : Léa risque de passer tout près de nous et on ne pourra rien faire. Quelle frustration ! C'est trop dur, et c'est sûrement encore pire pour ma pauvre gujanaise.

10

Les diverses relations mafieuses de Dimitri rencontrées à Belgrade admirent toutes l'incroyable beauté de cette Léa. Et cela en dépit de son air renfrogné et des cernes sur son visage qui témoignent de son inquiétude, plus que de sa fatigue. Un visage et un corps exceptionnels, assurément.

— Une fleur délicate et discrètement colorée. Quelle classe, dit l'un d'eux !

— Tu as rarement transité jusqu'à nous avec une marchandise d'un tel standing, lui précise un deuxième. Imaginez, les amis, qu'elle affiche un regard rayonnant de bonheur. Elle doit être alors irrésistible.

— Oui mon cher, tu as absolument raison, lui répond Dimitri. C'est exactement ce qui s'est produit pour Ben Gourmann. Il a croisé cette beauté alors qu'il déjeunait dans le meilleur restaurant de Fès, au Maroc. La fille, radieuse, jouissait de son voyage de noces avec son tout jeune époux. Imaginez, mes amis, cette jeune femme avec son chéri à ses côtés, son sourire devait effectivement s'avérer irrésistible, et c'est à l'évidence ce qui a fait craquer l'émir.

— Oh comme je le comprends, souligne l'un des sbires serbes, j'aurais réagi comme l'émir. Pas toi, Oleg ?

— Moi je suis chanceux. Comment pourrais-je me plaindre ? Comment oserais-je me plaindre ? Car, comme à chaque fois, cet émir m'a mandaté pour la tester, sexuellement parlant. Cela fait déjà plusieurs nuits que je couche avec elle, et qui plus est, vous le savez, nous allons en tirer un joli pécule en dollars, car Ben Gourmann ne va pas mégoter, je le devine déjà !

Léa, de son côté, incarcérée et coincée dans une chambre poussiéreuse, redoute le pire.

— Et si mon futur tortionnaire s'avérait pire que cet odieux Dimitri ? Je crois que dans ce cas je souhaiterai mourir. Où va-t-il donc m'emmener et m'emprisonner, celui-là ? Un château forteresse dans le désert d'Arabie ? Moi, qui il y a peu encore, rêvait de voyages au-delà de mon Bassin chéri, me voilà servic… mais dans quelles conditions ! De quoi rêver d'être sédentaire dans une petite cité au milieu des terres… comme à Belin-Béliet, par exemple. De quoi retrouver un peu de sérénité. Depuis ce qu'il appelle son test, son tout premier test, Dimitri semble se prendre au jeu, le monstre. C'est effrayant. Et il me faut me soumettre pour survivre. Oh mon Stéphane, si j'ai le bonheur de te retrouver un jour, me le pardonneras-tu ? C'est horrible ce que je suis en train de vivre : la honte ou la mort.

La pauvre victime ferme les yeux. Elle réalise qu'il lui est impossible de jouer les rebelles car il la bat s'il n'obtient pas ce qu'il désire… ou presque tout ce qu'il désire. Depuis quelques jours, pour cette misérable Léa, l'amour devient l'horreur absolue. Et la séance suivante ne tarde guère : Dimitri pénètre dans la chambre et aussitôt Léa, écœurée, l'imagine en train de se lécher les babines :

— Allez, Léa, allez ma belle, encore un effort. Un gros effort cette fois, car sans doute le dernier avec moi. Nous partons demain soir. Tu vas bientôt le rencontrer, et moi je le vois déjà, les yeux fous de joie et d'amour.

Et tout en se déshabillant, il éclate de rire.

Léa n'a pas du tout apprécié cette nouvelle séance nocturne avec ce Dimitri, plus bestial que jamais. Cet homme ressemble à un gros porc et il se comporte avec elle comme un sale porc puant. Elle a bien tenté de lui faire comprendre son dégoût, mais en vain. Elle est juste parvenue à éviter le pire pour elle, la sodomisation. Et lorsqu'il quitte la chambre, à moitié satisfait, selon ses propres termes, Léa s'inquiète des dégâts psychologiques possibles qui pourraient bien être pires que les dégâts physiques. D'autant plus qu'elle imagine déjà « l'acheteur » plus vicieux que Dimitri lui-même… si c'est possible ! Elle n'arrête plus de se parler, confinée dans cette piaule pourrie, loin de toute ville ou même de tout village. Les barreaux à la fenêtre et la porte blindée font de cette pièce une véritable prison.

— Où donc puis-je me trouver ? Sans doute dans la maison d'un mafieux d'ici, une relation de Dimitri. Tous ces mafieux, visiblement, comprennent le russe. Même entre eux, il me semble qu'ils parlent soit le russe ou soit une langue qui y ressemble.

Heureusement pour elle, le cabinet de toilettes comporte une douche. Un endroit providentiel dans lequel elle passe des heures et des heures. Le lendemain elle ne voit ni Dimitri ni Herbert. Ses deux tortionnaires ne réapparaissent qu'en toute fin d'après-midi pour l'informer qu'ils reprennent l'avion le soir même. À destination du lieu de rencontre avec son « futur boss ». Vers huit heures du soir ils embarquent dans un véhicule de type militaire. Léa a juste le temps, pendant les premières minutes, d'apercevoir la campagne environnante, plutôt riante. Au loin, elle devine une bourgade et lorsque leur « blindé », comme elle nomme ce véhicule, franchit une colline, elle parvient à apercevoir une grande ville et ses lumières. Une grande ville traversée par deux rivières. Une ville pleine de charme, à n'en pas douter. Mais une fois plongés dans la pénombre, elle se doute d'un seul coup qu'ils atteignent l'aéroport, puisque Dimitri et Herbert l'immobilisent et la piquent à nouveau. Pour la droguer et faire qu'elle puisse marcher sans s'exprimer, et même pas du regard. Elle a juste le temps de hurler. Et, ô surprise, un véhicule s'arrête devant eux, alerté pas ce cri de détresse. Dimitri n'hésite pas un instant, sort du véhicule et va expliquer en russe au chauffeur de la voiture arrêtée devant eux, l'état très grave de sa pauvre fille :

— Ma fille est grièvement malade, elle accumule les crises, et c'est la raison pour laquelle nous prenons l'avion ce soir pour Francfort, avec l'espoir de diagnostiquer sa maladie, pour la faire hospitaliser, pour lui apporter des soins intensifs et tenter de la guérir. De la sauver, même.

— Ah mon pauvre, répond le chauffeur arrêté, veuillez m'excuser. Je vous souhaite un bon vol, bon courage, et la guérison pour votre fille.

Léa est déjà ailleurs, à savoir nulle part, lorsque cet homme, qui aurait pu lui être providentiel, s'éclipse pour laisser passer le véhicule de la grande malade. Lorsqu'ils arrivent tous les trois dans l'aéroport, le grand hall leur paraît presque vide. S'y trouvent seulement une cinquantaine de passagers en attente, presque tous furibards et exaspérés par le retard annoncé pour leur vol en direction d'Amman, en Jordanie. Un vol qui, à l'origine, était programmé à dix-sept heures dix ! Et il est vingt-deux heures trente. Une hôtesse a pourtant essayé de leur expliquer que le vol en provenance d'Amman accusait, lui, un retard de plus de cinq heures, ce qui explique un départ désormais prévu juste après vingt-trois heures. La réalité est tout autre car les sbires de Dimitri ont obtenu que ce vol ne reparte que peu avant minuit. Cela pour réduire et même éviter les contrôles de police, tant de la part de la police serbe que de ceux qui, en provenance de France ou délégués par Interpol, pourraient être sur cette affaire de la disparition de la Française.

— On n'est jamais assez prudent, explique Dimitri à Herbert. Mettons toutes les chances de notre côté.

Et de fait Grégory et Stéphane ont quitté l'aéroport à vingt et une heure, ce même jour. Ne subsistait plus qu'un seul vol en direction du Moyen-Orient, un vol pour Amman. Mais un responsable de l'aéroport, interrogé par Grégory, a précisé à ce dernier, et de la façon la plus formelle, que ce vol était annulé et reporté au lendemain.

Un vol de nuit pour Amman, donc. Dans un état second, Léa est dirigée vers son siège, en classe affaires. Elle s'affale et se rendort pour deux heures. Lorsqu'elle se réveille, déjà plus consciente mais toujours passablement aphone, elle se rend compte que l'avion a entamé sa descente. Pour où ? Elle aperçoit le gros Dimitri à sa droite et, de l'autre côté de l'allée, Herbert qui semble assoupi. Lorsque le commandant de bord annonce en anglais un atterrissage pour dans une dizaine de minutes, elle essaie de se concentrer pour comprendre où ils atterrissent. Elle réalise mal. Elle entend « Amal » ou « Malle », mais impossible pour elle d'interpréter. De plus, dehors c'est toujours la nuit noire. Une fois sortie de l'avion elle aperçoit un bus de liaison, avec des inscriptions en arabe, en train de se remplir de passagers. Et à côté du bus, une grande voiture, genre grosse Mercedes. Pour le trio, c'est la voiture qui les accueille. Elle a à peine le temps de réaliser que le chauffeur est un arabe que Dimitri et Herbert l'immobilisent à nouveau et lui réinjectent ce produit infernal. Avant son assoupissement les trois hommes n'ont échangé aucune parole. Puis, une fois Léa dans les bras de Morphée, le chauffeur explique en anglais que son patron, l'émir Khaled Ben Gourmann, n'arrivera à Amman que dans deux à trois jours. Il est retardé par une réunion entre les émirs de tout le pourtour d'Abu Dhabi. Néanmoins, deux de ses proches collaborateurs attendent les arrivants de Serbie dans leur hôtel, vers lequel ils se dirigent ce matin, directement. Il n'est que trois heures et demie du matin mais leur arrivée est escomptée et très attendue. De fait, dans le hall presque désert du Four Seasons Amman, deux adjoints de l'émir attendent les deux hommes et surtout le colis prévu. L'un des deux adjoints affiche soudain un énorme sourire. Car cet homme corpulent et même fat, reconnait aussitôt la jolie Française qu'il avait prise en photo à Fès. Certes, elle a le visage marqué, mais c'est bien elle, aucun doute possible. Le maître ne va pas être déçu. Cet homme se bénit, chaque jour qu'Allah fait, de son initiative de Fès, d'aller proposer de prendre une photo du jeune couple avec leurs deux amis, puis d'en tirer deux autres avec son téléphone portable, dont bien sûr celle en gros plan sur le visage de cette beauté craquante.

— Mon maître va se réjouir, croyez-moi. Il enrage de rester coincé à Charjah[1] deux jours de plus pour un congrès entre émirs. Mais il tient par-dessus tout au respect de son rang et ne souhaite surtout pas faire jaser quelques collègues trop vite malveillants. Et nous le comprenons bien. Bref, je prends en charge la jeune femme avec Mohammed, ici présent avec moi. Et si vous le souhaitez, vous pouvez repartir.

— Moi je reste, précise Dimitri, car je tiens à saluer l'émir Ben Gourmann et lire la satisfaction sur son visage.

— D'accord, mais j'espère que votre décision n'est pas liée à l'attente du versement de votre dû, car sachez que je suis autorisé à vous régler dès maintenant.

— Merci beaucoup. Mais l'émir Ben Gourmann me donnera ainsi sa récompense en personne. Par contre, peut-être puis-je vous demander cette faveur pour mon ami Herbert, qui lui, souhaite vraisemblablement repartir sans tarder.

1 – Une des villes des Émirats Arabes Unis, dans la région d'Abu Dhabi.

— Oh oui, Dimitri, répond Herbert, merci, vraiment merci. Vous savez, j'aimerais trouver un vol pour l'Allemagne au plus vite.

— Si ma mémoire ne me fait pas défaut, reprend le gros « photographe », il me semble qu'il existe, depuis Amman, un vol quotidien en direction de Francfort. Mais ce n'est peut-être pas la seule destination envisageable. Peut-être y a-t-il Berlin, également.

— Francfort fera bien l'affaire, sauf s'il existe un vol pour Stuttgart, mais cela m'étonnerait. Messieurs, je vais me reposer un peu et je demanderai à la réception dès le matin si on peut me trouver l'heure du prochain vol pour Francfort.

Dimitri discute alors en tête à tête avec l'adjoint de l'émir, après avoir demandé à Herbert de patienter deux minutes. Au final l'Allemand reçoit cinquante mille dollars supplémentaires. Une aubaine. S'il y a des cabines de première classe dans le vol de la Lufthansa, alors il s'offrira cette petite gâterie bien méritée. Une fois Herbert éclipsé, après moult remerciements, l'adjoint de l'émir précise :

— Une jolie junior suite vous est réservée, Oleg-Dimitri, pour elle et pour vous. Mais lorsque mon boss arrivera ici, enfin, elle bénéficiera de la grande suite de mon maître. Sachez que ce dernier n'a aucune intention de s'éterniser à Amman. Il la veut en sécurité en son palais. Et comme je le comprends. Au fait, n'avez-vous point été perturbés par des contrôles de police depuis votre départ de France ?

— Non, aucun à ce jour, et tant mieux. Je présume que la question est réglée pour nous, maintenant. Et bien réglée. La police doit patauger. En France, c'est certain…

— Avant de quitter la Jordanie, mon maître a prévu d'offrir un cadeau merveilleux à la jeune femme.

— Un cadeau ?

— Oui, oui. Mon maître a cru deviner, suite à l'épisode de Fès, que cette femme apprécie les voyages et la visite de beaux endroits. Alors il tient à l'emmener découvrir Pétra. Et je pense que cela pourra également participer à l'amadouer. En tout cas l'émir s'en est déjà persuadé. Il a même pensé à d'autres visites, comme celle de Jerash ou du Wadi Rum[2], mais il a renoncé, tant il veut la savoir en sécurité dans son palais.

— Eh bien ça, c'est incroyable ! Je peux vous dire qu'elle n'évalue pas le moins du monde sa chance et son bonheur, cette petite dame. À ce jour elle reste limite rebelle et l'émir pourrait bien s'en voir avec elle, au moins les premiers jours.

— Moi, je ne suis absolument pas inquiet, reprend le photographe, car depuis Fès il est fou d'elle. Un vrai malade, limite gaga ! Aussi je suis convaincu qu'il va la traiter, elle, encore beaucoup mieux que les sept autres…

Installée dans cette belle junior suite, Léa reprend conscience petit à petit. Mais Dimitri se pointe bien trop tôt, et lui lance, radieux :

— Deux très bonnes nouvelles, ma jolie. D'abord, l'émir veut te faire un superbe cadeau, un voyage exceptionnel, mais je ne t'en dis pas plus, je lui laisse la primeur de la nouvelle. Et la deuxième bonne nouvelle c'est qu'il n'arrive ici

2 – Jerash, beau site archéologique au nord du pays. Le Wadi Rum, une superbe zone de désert au sud de la Jordanie.

que dans deux jours. Tu seras donc encore ma chérie pendant deux nuits. C'est formidable, non ?

— Mon écœurement n'a plus de limite, lui répond-elle d'un air désabusé…

Le gros porc se déshabille aussitôt. Alors Léa ferme les yeux, et de toutes ses forces elle pense à son Stéphane…

Après cette fin de nuit une nouvelle fois traumatisante, Léa s'enferme dans la douche. Pour une douche qu'elle souhaiterait éternelle. Et tout en se purifiant, elle se questionne. Va-t-elle pactiser un minimum avec cet émir ou tout faire pour rester implacable ? Avec le risque d'être rapidement envoyée comme vulgaire putain dans un pays lointain où elle ne sera plus qu'un pion, inconnu et indétectable. Dimitri lui a déjà précisé cette possibilité dès le départ de Roissy. Elle songe d'un coup que dans deux jours, trois au plus tard, elle ne verra plus ce gros porc au comportement infâme. Cet odieux personnage il va lui falloir l'oublier au plus vite, même si l'émir pourrait bien s'avérer pire encore. Aussitôt elle se met à trembler, incontrôlable.

— Parquée dans un harem sans la moindre possibilité de m'enfuir, voilà ce qui m'attend, j'en ai hélas la certitude.

11

Dans l'esprit du divisionnaire Mombert, l'enquête progresse à un bon rythme. Il en fait part au téléphone à Grégory Natel :

— Depuis deux jours Herbert Schwarz est localisé et il devrait être interpelé dans les vingt-quatre heures. De son côté, Dimitri, Oleg Dimitrov, donc, est domicilié à Saint-Pétersbourg, même si personne ne l'y croise jamais. Mieux encore, Natel, le trio a bien séjourné à Belgrade, cela sans aucune erreur possible puisqu'ils figurent sur un registre de l'aéroport avec leurs noms d'emprunt que nous connaissons déjà : Podorov père et fille, et Schumann. Selon la police serbe, appelée ce matin même, le trio aurait quitté Belgrade la veille. Un vol de nuit en direction d'Amman, en Jordanie.

En apprenant cette nouvelle, Grégory blêmit et explique fébrilement à son chef qu'un responsable de l'aéroport de Belgrade lui a précisé que le vol pour Amman était reporté au lendemain, alors que Stéphane Vercoutre et lui-même étaient bien présents pour observer les passagers de ce vol programmé à dix-sept heures dix. Sans y voir le trio recherché.

C'est incroyable et tellement frustrant. Mais dans l'esprit de Mombert c'est pourtant limpide :

— Ce Dimitri, avec l'assistance de son réseau local, est parvenu à faire modifier l'heure de départ de leur vol. Conclusion, Natel, il vous faut donc filer à Amman au plus vite. Et pour exercer de là-bas une surveillance de tous les instants.

Aussitôt Stéphane décide, sans concertation, de demander à son cousin Olivier de les rejoindre en Jordanie sans traîner. Grégory, passablement dépité par cette histoire du vol manqué, espère qu'Herbert Schwarz, une fois appréhendé, déballera rapidement tout ce qu'il sait.

— Dernier point, lui précise Mombert, qui concerne ce K. Ben Gourmann. Il pourrait s'agir d'un cheikh, voire même d'un émir du secteur d'Abu Dhabi. Nos services s'activent pour en savoir plus et pour localiser précisément le personnage. Et moi, plus tard, je vous en conterai plus sur cet Oleg Dimitrov. Un fourbe, un vantard et, avant tout, un tueur impitoyable. Si vous le croisez un jour, méfiez-vous. Il n'hésite jamais à faire disparaître le moindre empêcheur de tourner en rond.

Une fois la communication terminée, Grégory, furibard, enrage contre la police serbe qui, selon toute vraisemblance, n'a effectué aucun contrôle sur ce vol retardé, ni même cherché à connaître la raison de ce retard. Stéphane, de son côté, ne semble pas du tout en vouloir à son compagnon… d'enquête. Pourtant, quelque part, Grégory s'estime fautif. Alors il apprécie que Stéphane ne l'accable pas. Pas du tout, même. Une chose devient sûre, au fur et à mesure de leur promiscuité forcée, les deux hommes sont en train de bâtir une entente solide. Stéphane apprécie la lucidité de Grégory Natel, et ce dernier la tolérance, la bonne volonté et la grinta de cette victime qui, non seulement ne s'effondre pas, mais bien au contraire se bat pour l'encourager et faire avancer l'enquête. Pour Grégory, il lui reste à espérer que le cousin ne vienne pas trop perturber sa mission…

Dès l'après-midi, à dix-sept heures dix, précisément, ils embarquent pour Amman. Un vol parfaitement à l'heure… Juste avant leur arrivée dans l'aéroport de Belgrade, Mombert a rappelé son collaborateur pour lui faire part des allégations de cet Herbert Schwarz, interpelé à Stuttgart effectivement. La police allemande, qui le connait et le surveille depuis des années, le considère comme un individu aussi perfide que discret. Un champion du monde de la sournoiserie, puisqu'à ce jour ils ne l'ont encore jamais pris en défaut !

— Voici la liste des points majeurs pour vous, Natel : Premier point, Herbert Schwarz arrive tout juste d'Amman. Et avant cela il s'était arrêté à Belgrade. Pour l'instant il a précisé aux autorités allemandes avoir voyagé seul avec Dimitri Podorov, mais pas avec une femme, cette Léa qui plus est ! Il ment, c'est une évidence. Mes collègues allemands m'ont promis d'insister et de lui faire cracher le morceau. Il est en garde à vue pendant quarante-huit heures au minimum. Deuxième point, celui concernant une éventuelle liaison avec un émir à Amman. Il joue les ignorants et ne veut rien ajouter, précisant juste : « C'est à Dimitri qu'il faut demander, pas à moi. C'est lui qui a des rendez-vous à Amman, pas moi ». Troisième point, justement : pourquoi s'est-il alors rendu à Belgrade puis à Amman en compagnie de cet Oleg Dimitrov ? À cette question il répond qu'il s'est déplacé par amitié envers un homme qu'il apprécie et donc pour le soutenir, puisque Dimitri lui avait précisé que ses rendez-vous risquaient d'être délicats voire pénibles. Et Herbert ajoute que c'était une occasion pour lui de visiter deux villes qu'il ne connaissait pas encore. Le chef de la police de Stuttgart lui aurait répondu que ses réponses et ses alibis semblaient ridicules, et pire, mensongers. Donc, dans ces conditions il est incarcéré jusqu'au moment où il se décidera à tout dévoiler dans cette affaire. Maintenant, Natel, bon vol à tous les deux et tenez-moi régulièrement au courant de vos recherches.

Stéphane, en face de Grégory, termine également une conversation téléphonique :

— J'étais en ligne avec Olivier, mon cousin. Il devrait arriver à Amman demain soir, vingt-quatre heures après nous. C'est vraiment une excellente nouvelle pour moi, je vous assure. Il m'a promis de rester à l'écart et discret, tout en se collant à nos basques, mais en respectant une distance d'environ dix à quinze mètres de nous deux. Et moi je suis convaincu que ce garçon intrépide pourrait bien nous être utile.

*

Une fois installés dans ce fameux vol de dix-sept heures dix, Grégory cherche à détendre l'atmosphère en essayant de faire rire un peu Stéphane. Ainsi lui parle-t-il de son chef, le divisionnaire Mombert :

— Vous savez, monsieur Vercoutre, avec tous nos collègues, nous le surnommons « le Basque ».

— Ah, pourquoi cela, il est basque ?

— Non, non, pas du tout, il est bourguignon. Et même s'il est exact qu'il passe régulièrement ses vacances d'été à Ciboure, à côté de Saint-Jean-de-Luz. En réalité, la raison de ce surnom c'est parce que « Mombert est basque » !

Grégory Natel rit de bon cœur en voyant Stéphane se gratter la tête, puis froncer les sourcils, et soudain, exploser de rire :

— Ah oui, « mon béret basque » ! Oh les coquins. Et est-ce qu'il est au courant de ce surnom ?

— Oui, oui, assurément. Même si lui-même n'a jamais évoqué ce bon mot avec aucun d'entre nous.

— Vous en avez beaucoup d'autres des blagues de ce genre ?

— Oh que oui, mais je vous les distillerai au gré des circonstances et de ma mémoire.

— Bon, j'espère. Cela me détendra un peu, je vous l'avoue.

— Tiens, j'en profite pour vous demander, sauf si cela risque de vous choquer, que nous nous appelions désormais pas nos prénoms ?

— Oh, non, cela ne me choque pas, bien au contraire, cher monsieur ! Voilà une excellente idée, Grégory !

Les deux hommes semblent apprécier leur hôtel, le Royal Amman, un bel établissement composé d'une haute tour qui surplombe la ville et offre donc des vues intéressantes depuis chacune des chambres. Une fois enregistrés, Grégory recherche sur une carte de la ville où se situe le siège de la police locale, qui a reçu les informations et la mission d'Interpol. Hors Union européenne, cette mission a juste un caractère indicatif. Il s'agit plus exactement d'une demande d'assistance et de coopération. Grégory semble soulagé, le centre de police se trouve à dix minutes à pied depuis l'hôtel. Il décide donc de s'y présenter dès le lendemain matin.

Dès le petit-déjeuner, avant que les deux hommes ne sortent de l'hôtel, Xavier Mombert – le Basque – rappelle son collaborateur :

— Sachez que Schwarz reste fermé comme une huître.

— Attendez, chef, je demande à Stef… euh, à monsieur Vercoutre comment l'ouvrir, il est ostréiculteur !

— Natel, vous êtes incorrigible ! Ce n'est franchement pas le moment pour ce genre de plaisanteries. Schwarz prétend ne rien savoir de la vie de Dimitri, même pas son véritable nom. Il ressasse qu'il sait uniquement qu'il réside à Saint-Pétersbourg, qu'il est riche et qu'ils se sont liés d'amitié en se rencontrant par hasard à Bordeaux. Mes collègues allemands lui ont ensuite précisé que la police serbe l'aurait situé, à l'aéroport de Belgrade, en compagnie d'un gros homme, un Russe, et la fille de ce dernier. Il nie, ce qui agace profondément nos collègues, qui viennent de décider de le mettre en cellule quelques temps pour collusion dans un trafic de femme. Alors, il nous reste à espérer qu'il va rapidement devenir plus loquace et moins menteur.

Cette question taraude Stéphane : quand cet Herbert Schwarz va-t-il enfin passer aux aveux, aux vrais ? C'est tout de même ce maudit allemand qui a présenté Léa à Dimitri. Et sûrement pas par hasard.

— Ce serait bien qu'il réagisse au plus vite, souligne Grégory. En tout cas avant que votre épouse ne soit confinée dans une sorte de harem et dans un pays où les émirs sont du genre inaccessibles. Si cet émir parvient à quitter Amman en compagnie de votre femme, cela deviendra beaucoup plus difficile pour nous – et pour n'importe quel corps de police – de les intercepter. Je répète ce point crucial : à tous les coups, un émir, sur son territoire, est le maître absolu, et aucune police ne peut sérieusement le menacer.

Lorsque Grégory échange à nouveau avec le divisionnaire Mombert, ce dernier lui confirme que Dimitri, alias Oleg Dimitrov, est spécialisé dans le commerce des femmes, et la plupart du temps avec des cheikhs richissimes ou des émirs influents du Moyen-Orient.

— Par ailleurs, poursuit Xavier Mombert, ce mafieux russe notoire a effectivement loué un appartement dans Bordeaux depuis cinq mois. Depuis son retour du Caire. Et au Caire, justement, il apparait qu'il aurait rencontré un émir. Moi j'en conclus que compte tenu de sa décision de louer à Bordeaux, tout converge pour accréditer la thèse que l'émir en question est bien ce Ben Gourmann. Toujours selon moi, cet émir, à Fès, et bien aidé par son adjoint le photographe, avait dû comprendre que le couple français rencontré était originaire des environs de Bordeaux. Et le comble dans cette histoire, Natel, c'est que Dimitri et Herbert sont en cheville depuis à peu près la date du voyage de noces des époux Vercoutre ! Tout porte à croire, poursuit-il, que Dimitri a montré, à Bordeaux ou à Gujan-Mestras, la photo prise par le sbire de l'émir. Herbert a dû, alors, recevoir un sacré choc. Cette photo correspondait indubitablement à la jeune beauté qui sévissait régulièrement en gilet jaune dans ce coin de paradis ! Incroyable, conclut-il, et à la limite de l'invraisemblable.

Sur les conseils des collègues jordaniens, Grégory, toujours en compagnie de Stéphane, retourne à l'aéroport en fin d'après-midi pour disséquer les listes de toutes les arrivées en provenance du Moyen-Orient dans les dernières quarante-huit heures. Un collègue jordanien, Yousef Jallad, les attend. Fort des informations glanées par son chef, Grégory n'y va pas par quatre chemins et demande à ce Yousef si un certain Khaled Ben Gourmann figure sur une des listes des arrivées en provenance du Moyen-Orient et, plus précisément, des territoires à proximité d'Abu Dhabi. Sourire du policier jordanien, qui leur répond dans un anglais presque parfait :

— S'il s'agit d'un cheikh fortuné ou d'un émir provenant de la région que vous mentionnez, il y a peu de chance qu'on puisse retrouver son nom sur la liste d'un vol régulier. Car ces gens-là se déplacent majoritairement dans leur jet privé. Bon, ceci précisé, nous allons malgré tout vérifier la totalité des listes. J'ai d'ailleurs commencé, en vous attendant. Mais sans succès. Maintenant, peut-être que l'un des hauts responsables de l'aéroport connait cette personne.

Les recherches furent vaines. Aucune liste d'aucun vol de ces derniers jours ne mentionne ce nom. Alors Yousef Jallad prend contact avec trois des responsables de l'aéroport, pour entendre à chaque fois que la personne en question a quitté les lieux il y a une heure et qu'il faut prendre rendez-vous pour le lendemain matin. Ce que Yousef Jallad fait, en accord avec Grégory Natel. Un rendez-vous pour le lendemain à dix heures, ici-même.

En pénétrant dans le hall du Royal Amman, Stéphane aperçoit Olivier devant le comptoir, qui prend possession de la clé de sa chambre. Enfin une excellente nouvelle pour Stéphane qui enchaîne avec les présentations. Puis Olivier s'empresse de préciser à Grégory qu'il se tiendra volontairement à l'écart, tout en effectuant une forme de surveillance. Et cela, même si de son point de vue les risques devraient être concentrés dans l'étape suivante, si on ne retrouve pas Léa ici, à Amman. Tout autour et dans l'antre du prédateur, l'exercice de surveillance sera redoutable et permanent.

— Et ce serait où, demande Olivier ?

— Nous ne savons pas encore répond Grégory, mais cela ne saurait tarder. Nous avons tout lieu de croire que madame Vercoutre et ce Dimitri se trouvent encore à Amman aujourd'hui. Même si Herbert Schwarz est, lui, déjà au placard à Stuttgart.

Le lendemain matin ils retournent tous les trois à l'aéroport. Yousef Jallad les attend. Il attend deux personnes, en réalité, et pas trois. De toutes les façons il leur précise qu'il s'agit d'un rendez-vous de police, et donc il ne souhaite pas la présence de Stéphane Vercoutre et encore moins celle du cousin de ce dernier. Seulement Grégory Natel, donc, le représentant d'Interpol. Un rendez-vous très bizarre, leur avouera Grégory, un peu plus tard.

Les deux responsables qui font face à Yousef et à Grégory restent évasifs et prétendent ne trouver ce nom de Ben Gourmann dans aucun de leurs registres. Et cela, même si l'un des deux hommes ajoute :

— Ben Gourmann, c'est tout de même un nom qui me parle, que j'ai déjà entendu. Oui, certainement un émir qui vient à Amman de temps en temps et, j'en suis persuadé, en jet privé. Comme beaucoup d'entre eux.

— Bien, mais avez-vous une idée de quel pays il peut bien venir, demande Jallad ?

— Non, aucune idée, même si c'est fort probable qu'il vienne des Émirats Arabes Unis.

— Et pas moyen de vérifier ?

— Pas vraiment, non. Enfin, pas à notre niveau.

— Comment ça, insiste Jallad à nouveau ?

— Faudrait voir avec le ministre des transports. Ses services détiennent des registres correspondant aux visiteurs notoires politiquement et venant en jet privé.

— Et comment joindre ce ministre, insiste alors Grégory ?

— En toute logique par le biais de votre ambassade.

Yousef et Grégory n'en apprennent pas plus. Enfin, surtout le policier jordanien, car à peine rentré au Royal Amman, Grégory appelle son boss, qui justement dispose de nouvelles fraîches.

— Chef, commence Natel, il nous faudrait un contact avec l'ambassade de France, ici, à Amman, pour que celle-ci intervienne auprès du ministre des transports de Jordanie.

— D'accord, l'interrompt Mombert, mais avant cela écoutez-moi bien. Ce Khaled Ben Gourmann, nous venons de le situer. Il s'agit bien d'un émir du Golfe, d'un personnage connu et influent dans cette région proche d'Abu Dhabi. Il disposerait d'un véritable petit palais, non loin de Charjah[1] sur la route d'Oman.

— Alors, on fait quoi, chef? On essaie malgré tout d'obtenir un contact avec le ministre des transports et…

Mais à ce moment précis la ligne est coupée. Et de toute la soirée Grégory ne parvient plus à joindre son chef. Très frustrant. En attendant, une idée germe dans sa tête : fouiner dans les grands hôtels de la ville, même s'il se peut que Dimitri préfère s'isoler hors la ville, avec son colis…

1 – Ville située au nord-est d'Abu Dhabi, sur la route d'Oman.

12

Arrive alors le grand jour. Enfin, le grand jour pour certains… Mais pas pour Léa, qui appréhende le moment de sa rencontre avec son richissime prédateur. Elle se pose une question, une seule, obsédante : sera-t-il pire que Dimitri ? Ce dernier l'entraîne dans un quartier d'Amman très loin du centre mais assez proche de l'aéroport. Car l'émir tient à éviter une crise, toujours possible chez une nouvelle, dans le hall du Four Seasons. Et il ne souhaite pas non plus la retrouver complétement droguée. Dimitri et l'un des sbires de Ben Gourmann, un certain Jamal, la font marcher pendant près de deux heures.

— Un peu d'exercice ne te fait pas de tort, ma belle, dit le Russe. Et comme c'est moi qui porte ta valise…

— Peut-être, lui répond-elle, passablement agacée, mais il fait chaud, trop chaud.

Dans une zone quasi déserte, et sous un soleil de plomb en effet, Léa aperçoit une grande limousine du type Mercedes 600, en stationnement, avec deux hommes appuyés contre le capot, dos au soleil. Léa, Dimitri et Jamal s'approchent, et les deux personnes se retournent. Aussitôt Léa comprend. Certes, elle n'a pas conservé un souvenir précis de cet homme, croisé à Fès. Mais elle le reconnait, malgré tout. De quoi lui faire regretter immédiatement son voyage de noces !

— Je te retrouve enfin, lance l'émir qui l'enlace comme un fou d'amour. Te voilà, mon trésor, mon rêve. Depuis Fès je rêve de toi la nuit, je pense à toi le jour. Tu fais la tête ? Tu ne vas pas la faire longtemps. Chez moi tu seras traitée comme une princesse. Si, si, je t'assure. Tu demanderas à tes nouvelles copines.

Léa s'étonne du bon anglais de cet homme qui ne lui avait pas adressé la parole à Fès. Puis, en grognant, elle lui répond :

— Un harem, c'est l'enfer, c'est tout juste bon pour des esclaves que vous détestez !

— Tu fais erreur et je vais t'aider à changer d'avis. Peut-être même dès maintenant. Avant de partir ensemble avec Tayeb, tu te souviens, le photographe, je veux te faire un premier et beau cadeau. J'ai cru comprendre que tu aimais les voyages. Jc me trompe ?

— Non, vous ne vous trompez pas, mais je déteste l'obligation et la contrainte.

— Sois sans crainte ma belle, ma Française chérie, tous les deux, avec deux gardes du corps que tu ne verras quasiment pas, nous allons visiter Pétra.

— ??

— Oui, oui, Pétra. Tu vas adorer.

Léa hausse les épaules, ne sachant plus comment réagir.

— Comporte-toi bien avec moi, et tout ira bien, très bien, même, pour toi.

— Vous me volez ma vie, comment cela peut-il bien aller ?

— Je ne te vole pas ta vie, je t'en offre une autre. Allez, arrêtons là, bientôt tu auras l'occasion d'en discuter avec tes nouvelles amies, comme je te l'ai déjà expliqué. Embarquons. Avant, salue Dimitri car tu n'auras probablement plus trop d'occasions de le revoir.

— Au revoir, joli petite madame, dit le Russe, et profite bien de ta nouvelle vie.

— Adieu, répond-elle d'abord en français.

Puis elle enchaîne en anglais :

— Ne plus vous voir sera certainement la meilleure bonne nouvelle de ces prochains jours. Et peut-être la seule…

Lorsque Léa pénètre dans la limousine elle reconnait le gros chauffeur : le photographe, bien sûr, celui par qui le malheur est arrivé !

— Salue mon fidèle Tayeb, lance l'émir, tu auras souvent affaire à lui.

Jamal monte à côté de Tayeb, après avoir placé des bagages dans le coffre.

— En route pour Pétra ! C'est comme un voyage de noces, ma belle, ton second !

Léa préfère se taire. Une fois devant l'entrée du site, Ben Gourmann précise à la Française :

— Cette visite est exceptionnelle. Si tu veux en profiter, Tayeb ne te droguera pas. Mais fais bien attention. Si tu hurles ou si tu essaies de te sauver, tu seras aussitôt attrapée et… calmée. À toi de voir. Profite au moins de ce lieu magique, et laisse-moi la sensation d'être, pour mon compte, en voyage de noces, puisqu'enfin tu es à moi !

— À vous ! quelle expression ridicule. Je ne suis pas un objet et je suis une femme mariée.

— Aucune importance, tu es mienne, désormais. Tu n'as pas le choix.

— Si.

— Ah oui, lequel ?

— J'ai le choix de décider de mourir, cela pour le respect de Stéphane, l'homme que j'aime.

— Mais enfin, ma beauté, tu vas mener chez moi une vie passionnante et riche, une vie dont beaucoup de femmes rêvent. Cette vie est pour toi si tu satisfais à mes besoins. Mes besoins d'amour. Oui, j'ai vraiment envie d'une femme comme toi, envie d'en profiter. Et si j'en profite bien, toi tu en profiteras aussi. Tu sais, au pire, lorsque tu seras dans mes bras, dans mon lit, tu n'auras plus qu'à fermer les yeux et penser à ton Français. Tu n'imagines pas tous les moyens dont je dispose, et dans deux jours tu seras dans mon antre, que d'aucuns appellent palais, celui d'un des émirs influents du Moyen-Orient.

— C'est bien cela, répond-t-elle, je suis vouée à devenir votre esclave, quelque part dans un harem d'Arabie, dans l'un des émirats, je suppose. Et si vous me voulez par amour, comme vous dites, pourquoi avoir mandaté ce porc de Dimitri pour m'exercer sexuellement ? Non, vous ne m'aimez pas, vous voulez simplement disposer du corps d'une professionnelle de plus pour satisfaire des besoins à la limite… à la limite de l'infâme ! Voilà la vérité !

— Cessons là, s'il te plaît ! Maintenant, réponds-moi : veux-tu apprécier Pétra, oui ou non ?

— Oui, admettons. Si vous restez sage je m'astreindrai à rester discrète et muette, le temps de la visite.

*

Léa constate avec surprise le peu de monde qui s'apprête à effectuer ce tour réputé. Ce ne sont pas les vacances, en Europe… De toute façon l'émir l'entraîne ailleurs qu'à l'entrée des touristes. Ils marchent vers une placette où deux calèches les attendent. Avec chacune un cocher. Les deux hommes se plient en deux devant Ben Gourmann. Une calèche pour l'émir et Léa, une deuxième pour Tayeb et Jamal, qui suivent derrière. Un Tayeb qui, avant de s'installer, a montré son appareil photo à Léa en arborant un grand sourire :

— De quoi faire un superbe reportage : notre vénéré émir avec toi dans ses bras, et dans l'un des plus beaux décors du monde. Un véritable symbole de sa générosité à ton égard.

Léa regarde autour d'elle mais elle n'aperçoit pas le site. Juste un chemin escarpé entre les rochers. Les deux calèches empruntent un sentier et s'enfoncent dans une sorte de gorge profonde. Impressionnant. Deux petits groupes de touristes effectuent le chemin à pied. Elle trouve le décor de plus en plus joli, même si ce Ben Gourmann se colle contre elle. Ce qui lui donne chaud, d'autant plus qu'il est chaud bouillant ! Elle se concentre sur le spectacle de ce chemin escarpé et étroit, qui doit déboucher, de ce qu'elle sait, sur une cité exceptionnelle, sur l'une des merveilles du monde. Elle songe que ce chemin pourrait être un peu le sien : prisonnière, tout en avançant. Et s'il signifiait pour elle un symbole d'espoir? Car la découverte de la suite est véritablement grandiose. Cette arrivée sur un temple, sur une façade à même la roche, taillée dans la pierre, est époustouflante[1]. À cet instant précis Léa donne même l'impression d'en oublier l'émir, pourtant collé contre elle. La calèche fait alors demi-tour et s'arrête. Léa aperçoit ce Tayeb, debout sur sa calèche, qui prend le couple en photo avec cette merveilleuse façade pour décor. Elle esquisse un pâle sourire, puis ils repartent. Une légère descente dans un défilé toujours étroit. Et soudain, c'est l'ouverture. Aussitôt, devant elle et sur sa gauche, elle aperçoit un théâtre antique puis des pans de roches creusées comme des logements troglodytes. Une sublime roche rouge orangé affiche une vague ressemblance avec le grès rose des Vosges. Mais ici la roche est truffée de façades et de variétés de bas-reliefs symboliques, témoignages d'une civilisation disparue. Selon l'émir, beaucoup de ces façades et des ouvertures correspondent à des nécropoles et des tombeaux. Il lui explique ensuite qu'à Pétra vivaient les Nabatéens, un peuple subtil et clairvoyant qui avait choisi cette cuvette naturelle pour son approvisionnement permanent en eau. Léa en arrive à penser qu'il s'agit d'une visite exceptionnelle sur un site exceptionnel. Et presqu'aussitôt Ben Gourmann l'interpelle :

— Tu aimes ?

— Oui, répond-elle avec une petite moue. Ce serait honteux de dire le contraire.

---

1 – Temple « La Khazneh », le plus célèbre, le plus symbolique de Pétra.

— Alors ma chérie, nous n'en avons pas terminé. Si tu te sens d'attaque pour marcher, et marcher sur une pente parfois raide, tu pourras apprécier le site de la meilleure façon.

— En prenant de la hauteur ?

— Oui, exactement.

— Et vous, quand prendrez-vous un peu de hauteur face aux pulsions sexuelles ?

— Tu joues les malignes. Arrête un peu, tu verras plus tard. Revenons à cette balade. Es-tu d'accord ?

— Oui, pourquoi pas, cela vaut sûrement la peine. Surtout si vous ne me sautez pas dessus.

Ben Gourmann sourit, un peu agacé malgré tout. La calèche remonte quelques minutes puis s'arrête au niveau d'un deuxième chemin escarpé, à flanc de colline. Commence alors une longue ascension. Léa se retourne souvent pour admirer ce site en cuvette, et à chaque fois ce Tayeb, muni d'un téléobjectif, la prend en photo. Elle revoit la série des colonnes qui délimitent le temple sur la grand-place de la cité antique. L'ascension se déroule d'autant mieux que Tayeb et Jamal se tiennent à distance, forts discrets. Une fois le sommet atteint, Léa découvre deux points de vue d'un coup. Deux points de vue insensés et à couper le souffle. D'un côté, juste devant elle, s'étale toute la vallée jordanienne, et de l'autre, la cuvette magique de Pétra. Après quelques minutes d'intense appréciation, et pour l'émir également, qui la voit apprécier, ils redescendent par un autre chemin. Un chemin qu'elle n'est pas prête d'oublier à cause de la couleur – des couleurs, en réalité – de la roche. Des pierres incroyables qui, grâce à cette variété de couleurs, justement, forment des dessins naturels.

Magistral ! Ben Gourmann observe sa nouvelle femme et la voit subjuguée par toutes ces beautés. Comme lui-même l'est par elle… En cet instant, Léa ne fait plus la tête et l'émir la retrouve aussi belle et aussi épanouie qu'à Fès. Ou presque.

— Tu vois, lui dit-il, tu profites de ton deuxième voyage de noces.

— Ce que je peux vous répondre, c'est que si vous me libérez un jour je reviendrai ici avec mon Stéphane, mon chéri, et peut-être avec des gardes du corps.

— Alors, cela veut-il dire qu'à tes yeux je suis toujours un monstre ?

— Peut-être bien, oui.

— Et les monstres, selon toi, ils font admirer ce genre de merveille ?

— Non, certes pas. Et cela ne m'empêche pas de vous dire merci pour cette visite.

Au tout début de la première nuit, à Pétra, Léa commence par refuser le même lit. Cela déclenche une sévère contrariété chez l'émir, qui lui réplique :

— Tu sais que je rêve de toi depuis Fès. Tu sais combien je te veux et tu sais également que je dispose de moyens considérables pour t'amadouer. Alors, fais preuve d'un minimum de bonne volonté. Ne m'oblige pas à te droguer. Je pourrais le faire, y compris dès ce soir, mais cela ne me plaît pas du tout. Ce que je veux bien te promettre, pour cette nuit, pour cette première nuit à Pétra, tout un symbole, c'est de me montrer… raisonnable.

— Ah vraiment ? Pourtant ce gros porc de Dimitri m'a précisé que je devais absolument devenir une professionnelle du sexe pour vous satisfaire. Et que je devais être prête à tout !

— Je reconnais bien là Dimitri. Il prétend systématiquement cela pour profiter de sa « belle marchandise » comme il aime à le répéter lui-même. Mais en réalité, ma belle, il ne sait même pas comment je me comporte.

— Que vous soyez raisonnable ou pas, ce sera forcément pour moi un moment de honte. Je ne mérite pas ça, et Stéphane, mon mari et mon amour, encore moins. Certes, je peux toujours me suicider, ce que j'ai déjà envisagé plusieurs fois. Bref, pour cette nuit, si vous vous comportez avec distinction, respect et modération, admettons que j'accepte. Pour éviter les drogues et compagnies…

— Bien. Tu vois, ma belle, c'est toi qui deviens raisonnable.

— Cela ne m'empêchera pas d'avoir honte, en pensant à mon pauvre arcachonnais.

— Ton quoi ?

— Mon pauvre Stéphane. Nous vivons lui et moi dans un petit paradis, le Bassin d'Arcachon, que vous ne connaissez pas. Et que vous me faites regretter depuis le premier jour de mon enlèvement.

Le lendemain, Léa fait la tête, tout en admettant que son tourmenteur a respecté un minimum de limites. Lui, au contraire, apparait heureux comme un gamin qui a reçu le cadeau de Noël dont il rêvait depuis longtemps. Ils repartent pour une deuxième visite du site, mais à peine arrivés au niveau de la place aux colonnes, Tayeb s'approche de son maître, l'œil noir, tourmenté, et il prend l'émir à part. Jamal se tient à côté de Léa, un couteau à la main.

— Maître, lance Tayeb à voix basse, nous pourrions bien avoir un fâcheux contretemps.

— Explique-toi !

— Vous le savez, la police française et Interpol recherchent la femme Vercoutre. Or il semblerait, d'après l'un de mes contacts à la direction de l'aéroport Queen Alia[2], qu'un enquêteur français soit à Amman. Et en plus, en compagnie d'une autre personne, identifiée comme le mari de Léa !

— D'accord, répond Ben Gourmann en haussant des épaules, mais que peuvent-ils faire ?

— Directement, vis-à-vis de vous, rien pour l'instant. Maître, une deuxième nouvelle, qui m'inquiète tout autant, est que depuis ce matin Dimitri est injoignable. J'ai de ce fait appelé votre pilote qui m'a répondu immédiatement. Donc ce n'est pas une question de réseau et de localisation. Et maintenant, un dernier point, pas franchement rassurant. Votre pilote, Majid, m'a précisé que Dimitri l'avait appelé hier soir pour lui préciser qu'il viendrait jusqu'à lui ce matin, avant le repas de midi. Certes, je reconnais que votre jet est parqué dans un secteur un peu éloigné du centre de l'aéroport et qu'il peut être difficile à trouver, mais quoi qu'il en soit, Dimitri n'est toujours pas arrivé jusqu'à Majid. Et ça, ce n'est pas dans le style du Russe.

— J'en conviens. Donc tu me préconises de ne pas repasser par Ammann ? Et dans ce cas, comment faire pour rentrer ?

2 – Nom de l'aéroport d'Amman.

— Effectivement, maître, cela ne serait guère prudent de rentrer à Amman. Je vous propose donc que moi j'aille retrouver Majid et parte avec lui pour Tabouk, au nord de l'Arabie Saoudite. Cette ville sera facile d'accès pour vous, en limousine depuis Pétra. Une fois tous réunis à Tabouk nous partirons ensemble jusqu'à Abu Dhabi pour regagner le palais avec madame, en toute tranquillité.

— Accordé. Faisons cela.

13

Grégory, le téléphone collé à l'oreille, écoute à nouveau son chef. Celui-ci lui annonce qu'Herbert commence à se mettre à table. Ainsi a-t-il fini par décrire ce Dimitri, Oleg Dimitrov, avec grande précision. La police allemande a aussitôt exécuté un portrait-robot, validé par le prisonnier. Et de ce fait une photo du portrait-robot vient tout juste d'arriver sur le portable de Grégory. Un homme plutôt grand, bouffi, aux cheveux blonds épars, un nez large et des yeux bleu foncé percutants. Par ailleurs, Mombert s'empresse d'ajouter :

— Figurez-vous, Natel, que la police serbe a reçu hier un homme en plein doute, venu témoigner d'une scène vécue par lui en banlieue de Belgrade. Il se souvient avoir arrêté un véhicule, parce que de l'intérieur une femme hurlait comme si on la battait ou si elle appelait au secours. Mais aussitôt le véhicule arrêté, un homme, un gros homme avec un reste de cheveux blonds, est sorti pour expliquer que sa fille était gravement malade et que, justement, il l'emmenait à Francfort pour la faire hospitaliser. Alors le Serbe s'était excusé et n'avait pas insisté. Mais depuis, il culpabilise car il s'est persuadé que le gros homme – un Russe, indubitablement, selon lui – mentait en cette occasion. Bon, Natel, cette information ne nous sert plus, aujourd'hui, sauf à corroborer celles que nous avons déjà acquises. Et également à vous rappeler la violence du personnage.

Pendant la durée de la conversation entre les deux représentants d'Interpol, Stéphane en profite pour joindre ses parents, tenter de les rassurer une nouvelle fois et leur apprendre la présence d'Olivier à ses côtés. Bref, l'espoir subsiste, mais c'est terrible à vivre. Il demande à son père d'aviser les parents de Léa car il ne se sent pas le courage de les appeler lui-même. Puis, après avoir raccroché, il lit quelques mails arrivés pendant la nuit. Une majorité à éliminer, évidemment. Alors, Grégory lui demande :

— Vous faites quoi ?

— Je regarde juste mes mails.

— Bof, répond Grégory.

— Pourquoi « bof » interroge Stéphane ?

— Parce que moi je préfère regarder mes femelles plutôt que mes mails !

— Très drôle. Cela fait partie de votre série de bons mots, j'imagine ? Mais pour moi, regarder ma femelle, c'est râpé, de c'moment !

— Oh oui, c'est vrai, Stéphane, je vous demande pardon, et je vous suggère que nous partions en visite dans les plus grands hôtels du centre-ville. On ne sait jamais. On n'est jamais à l'abri d'un coup de pot ! Prévenez votre cousin, si vous voulez, mais ne traînons pas.

Stéphane s'exécute et ils partent tous les deux. Après quelques visites rapides, incluant des questions aux réceptionnistes de chacun des établissements, Grégory s'estime bredouille. Il reçoit alors un nouvel appel de son chef:

— Une nouvelle déterminante, Natel. La police d'Amman vient de nous annoncer à l'instant qu'un certain Dimitri Podorov a réservé deux chambres pour lui et pour sa fille au Four Seasons, l'un des palaces les plus réputés de la capitale jordanienne. Et comme ils ont eu le flair ou le réflexe d'investiguer plus avant, ils ont découvert que la plus grande suite de l'hôtel était réservée au nom de Ben Gourmann. Alors, pas un instant à perdre, Natel, filez là-bas, et surtout, restez prudents. Je vous donne l'adresse de ce palace.

Il se trouve que Grégory et Stéphane sont à seulement cinq minutes à pied du Four Seasons. Au moment précis où ils s'apprêtent à pénétrer dans le hall, un homme plutôt grand et gros, avec quelques mèches de cheveux blonds sur le crâne, sort de l'hôtel. Sidérés, les deux Français réalisent aussitôt que le personnage en question correspond exactement au portrait reçu deux heures plus tôt.

— Restons calmes et suivons-le, glisse Grégory à l'oreille de Stéphane. Déplaçons-nous discrètement pour qu'il ne nous repère pas. Et comme je vous l'ai dit tout à l'heure, on n'est jamais à l'abri d'un coup de pot !

— Restons discrets, bien sûr, mais ce bandit ne nous a encore jamais vus.

— Méfions-nous de l'intuition de ce genre de lascar. Il peut très bien ressentir une filature.

Dimitri, une grosse sacoche à la main, hèle un taxi. Aussitôt Grégory et Stéphane en empruntent un autre. Grégory montre sa carte de police internationale au chauffeur et lui intime de suivre le taxi gris, devant lui. Mais tout en restant discret au maximum. Dix minutes plus tard, le taxi de Dimitri toujours en vue, leur chauffeur dit, dans un anglais approximatif :

— Route airport, route Queen Alia.

— Ok, répond Grégory, mais suivez-le bien, malgré tout.

Et de fait, juste avant l'arrivée au niveau de l'aéroport, le taxi de Dimitri s'engage vers l'est, empruntant une route beaucoup plus isolée et presque désertique. Près d'un grand terrain qui comporte un hangar, le taxi suivi s'arrête. Immédiatement, Grégory fait arrêter son chauffeur à un peu plus de cent mètres du véhicule avec Dimitri. Ce dernier sort de son taxi et le laisse repartir. Le Russe semble alors se diriger vers ce qui doit être une entrée du hangar, ce qui le rapproche en réalité du taxi des deux Français. Arrivé à une vingtaine de mètres d'eux, le regard suspicieux en découvrant un deuxième taxi dans ce lieu quasi désert, il s'arrête et met la main droite dans sa poche.

— Il doit être armé, souffle Grégory à Stéphane. Mais peu importe, c'est le moment de l'intercepter.

— Attention, Grégory, murmure Stéphane, votre chef vous a prévenu. Dimitri ne reculera devant rien.

Grégory ouvre sa portière, sort en fixant le gros Russe, et il lui lance :

— Police ! Police, monsieur Oleg Dimitrov, vous êtes en état d'arrestation.

— Quoi, répond le mafieux russe en rigolant, quelle police ? Je ne vois pas de police.

— Regardez ma carte : officier de police d'Interpol, mandaté pour vous arrêter, suite à l'enlèvement de madame Léa Vercoutre, que vous venez de vendre à l'émir Ben Gourmann.

D'un seul coup Dimitri ne rit plus du tout. Il aperçoit un deuxième homme qui sort du taxi. Il suppute qu'il s'agit du mari de Léa. Et aussitôt sa main quitte sa poche avec un revolver au poing. Menaçant, il leur crie :

— Commencez donc par renvoyer ce taxi. Et tout de suite !

Tout en faisant la grimace, Grégory obtempère et donne un gros billet au chauffeur avec un signe entendu. Et il lui ordonne de filer au plus vite. Puis, s'adressant à Dimitri :

— Vraiment surprenante votre réaction. M'est avis que le chauffeur de notre taxi va raconter cette scène aux flics locaux qui vont rapidement faire le lien avec vous et avec ce qu'on leur a déjà expliqué sur ce dossier d'enlèvement.

— Aucune importance, répond Dimitri, avec le vice sur son visage. Je vais quitter Amman après avoir réglé votre compte.

Le taxi des deux Français, à une bonne centaine de mètres, est alors gêné par un autre véhicule qu'il klaxonne comme un malade. Dimitri observe la scène, fronce les sourcils et déclare :

— Venez avec moi, vite ! Mettez les mains dans le dos, allez, immédiatement ! Passez là, là d'où je viens et marchez régulièrement. Restez sages ou je tire, sans hésiter. Là, tournez à gauche, oui, ce sentier, allez-y !

Un sentier qui s'enfonce en contrebas et en parallèle du hangar. Grégory n'aime pas du tout cet endroit, parfait pour un traquenard mortel. Après deux petites minutes ils se retrouvent devant trois quatre arbustes, et Dimitri leur dit :

— Avancez, là, contre les arbres. Oui, là.

— Un bien bel endroit pour nos dernières secondes de vie, c'est bien ça, lance Grégory ?

— Bel endroit, répond Dimitri en riant haut et fort. Alors justement, mettez-vous à genoux, et vite !

Pour les faire obéir il va même jusqu'à mettre le canon de son arme sur la nuque de Grégory. Une fois les deux Français à genoux et le dos tourné, Dimitri se met à leur parler comme s'il avait envie de vider son sac :

— Oui messieurs, Ben Gourmann, Khaled Ben Gourmann, le grand émir de la région proche de Charjah, a retrouvé sa belle Léa. Elle est à lui, désormais. Même plus à moi, comme c'est triste. Mais pour cinq cent mille dollars, que n'accepterions-nous pas ?

Stéphane frémit, il a envie de l'étrangler, d'étrangler ce porc qui a dû violer sa femme. Dimitri, toujours loquace, poursuit :

— Il s'agit d'un homme d'une puissance incontestable, un homme qui sait se montrer impitoyable mais tout autant d'une générosité sans borne. Et c'est là la grande chance de sa dernière élue, la belle Léa !

Et soudain Grégory et Stéphane entendent le Russe en train d'ouvrir sa sacoche. Grégory se risque alors à regarder discrètement derrière lui et, complétement pâle, il réalise ce que ce bandit prépare : Dimitri visse un silencieux sur son arme. Puis, ce dernier reprend :

— J'élimine toujours les entraves à ma vie, quelles qu'elles soient. Adieu, messieurs !

— Nooon, hurle Grégory, noon !

Alors que le monstre s'apprête à tirer, les deux Français entendent un choc mat et un vague raclement de gorge. Lorsque Stéphane se retourne il distingue aussitôt un très long poignard qui traverse la gorge du mafieux russe allongé sur le sable. Et, tout sourire, Olivier apparaît. Olivier, leur sauveur, qui était à coup sûr dans cette voiture qui avait gêné leur taxi en partance.

— Désolé, messieurs, s'empresse-t-il de dire, il ne parlera plus. Mais avais-je le choix ? J'ai un peu hésité, je vous l'avoue, jusqu'au moment où j'ai aperçu ce gros porc qui vissait un silencieux sur son pétard.

Reprenant progressivement leurs esprits, Grégory et Stéphane remercient leur sauveur. Et Stéphane, tout heureux, étreint et embrasse son cousin. Puis il ajoute, avec un clignement d'œil en direction de Grégory :

— Je vous l'avais bien dit qu'il pouvait nous être utile, et on n'est jamais à l'abri d'un coup de pot ! En voilà la preuve la plus flagrante qui soit. Olivier, tu deviens un spécialiste, un pro pour sauver des vies. La mienne deux fois, déjà !

— Il a bien raison, ajoute Grégory. On ne vous remerciera jamais assez. Et maintenant, il va nous falloir nous occuper du corps du Russe. Le cacher pour un temps, avec l'espoir de retrouver l'émir et Léa le plus rapidement possible. Puis on avisera la police locale, qui viendra le récupérer.

Dans cet endroit étroit, devant le petit bosquet où ils étaient agenouillés trois minutes plus tôt, la terre se résume à du sable. Alors tous les trois, sans pelle ni pioche, s'efforcent de creuser un trou. Mais le corps de Dimitri devant approcher le quintal, il faut un gros trou, un très gros trou. Olivier décide de demander au chauffeur de son taxi s'il ne dispose pas d'une pelle. Et il revient avec une toute petite pelle, à peine plus grande que la pelle d'un enfant à la plage des Abatilles ! Mais c'est une pelle, malgré tout. Au bout d'une bonne heure le corps est enfin recouvert de sable. Sans le poignard, récupéré par son propriétaire, mais avec le revolver et le silencieux. Ils remontent ensuite tous les trois dans le taxi d'Olivier, et Grégory tente de s'expliquer avec le chauffeur, en lui montrant d'abord sa carte de police. L'homme parvient à bredouiller :

— Quand collègue parti, lui klaxonne, lui faire signe gros danger. Moi content, moi arrêté loin.

Ensuite Grégory lui précise de les ramener au Four Seasons. Et une fois dans le hall du palace il appelle Mombert :

— Chef, une sacrée nouvelle, Oleg Dimitrov est mort, tué par le cousin de monsieur Vercoutre.

— Quoi ? Mais de quoi se mêle-t-il, celui-là ?

— Attendez, monsieur le divisionnaire, sans lui nous étions tués tous les deux et j'y ai même cru... sérieusement. Dimitri était armé et il nous a entraîné, monsieur Vercoutre et moi, dans un lieu désert, et là ce fut le cauchemar. Car le bougre a commencé à visser un silencieux sur son arme. Alors j'ai hurlé, et à ce moment précis le cousin lui a lancé un couteau d'une façon magistrale, puisque le poignard a carrément traversé la gorge du Russe. Quelqu'un de la trempe et du talent du cousin, c'est rarissime.

— Ah, bien, et dans ce cas je comprends mieux. Remerciez-le bien pour moi. Je n'ai vraiment pas besoin de perdre des effectifs ! Maintenant, Natel, il faut savoir garder les pieds sur terre. Cette mort ne nous rend pas madame Vercoutre.

— Oui, chef, l'interrompt Grégory, mais Dimitri, sûr de son coup et de notre mort programmée, a beaucoup parlé. Il a confirmé le nom de l'émir, la puissance et la fortune de ce dernier, et même son lieu de résidence, tout près de Charjah, si j'ai bien compris.

— C'est exact, nous avons vérifié sur des cartes, cela se situe à l'est d'Abu Dhabi. La ville n'est pas sur la côte, mais le palais de l'émir est lui tout proche de la mer. Entre Abu Dhabi et Oman. Mais j'en reviens à ce que je tenais à vous préciser : cette mort nous crée un problème et un risque nouveaux. Le problème, c'est qu'en l'interrogeant on en aurait peut-être appris plus, d'une part sur Ben Gourmann, et d'autre part sur le réseau du Russe. Car il dispose d'hommes à lui un peu partout. Vous vous en êtes certainement rendus compte à Belgrade et à Amman. Et le risque, qui me chagrine, je ne vous le cache pas, c'est le désir de vengeance, non seulement de la part de ses adjoints, mais plus encore de la part des collègues mafieux russes.

— Oui chef, c'est possible en effet. En attendant, puisque nous sommes devant le Four Seasons, je vais investiguer sur les présences et les absences, et je vous rappelle au plus vite.

— D'accord, on fait comme ça. Bon courage, Natel.

Les trois hommes se dirigent vers la réception et Grégory montre à l'une des personnes en service, sa carte de police.

— Mais, mais, dit l'homme, ce n'est pas une carte de la police jordanienne ?

— Non, c'est Interpol. Voulez-vous que j'appelle mes collègues de la police d'Amman ?

— Oui, pourquoi pas, mais avant cela, dites-moi tout de même ce que vous cherchez ?

— Vous avez comme clients, nous le savons déjà, l'émir Ben Gourmann, qui dispose d'une très grande suite, et Dimitri Podorov et sa fille qui logent dans deux belles chambres. Mes questions sont très simples : ont-ils quitté l'hôtel ou disposent-ils toujours de leurs chambres ? Et si oui, ont-ils dormi à l'hôtel la nuit dernière ?

— Bon, ça je peux vérifier et vous en informer. J'appellerai la police d'Amman plus tard. Alors... alors... d'abord sachez que monsieur Podorov et sa fille sont dans une même junior suite. Ensuite, oui, les chambres sont toujours aux deux noms mentionnés. Et réservées jusqu'à, laissez-moi vérifier, jusqu'à après-demain matin. Pour votre deuxième question, ce monsieur Podorov a bien couché ici cette nuit, mais pas sa fille ni l'émir. Il me semble bien que monsieur Podorov a expliqué à une collègue que les deux absents visitent et séjournent à Pétra au moins une nuit, tout en conservant la suite royale. Car ils comptent bien revenir à Amman.

— À Pétra, lance Stéphane, sidéré ?

— Oui monsieur, à Pétra. En tout cas c'est ce que ma collègue a enregistré.

— Bon, merci beaucoup. Cela me suffit, conclut Grégory, qui fixe les deux cousins pour leur dire : la question maintenant est de savoir si Léa et l'émir vont effectivement revenir ici. Moi, j'en doute vraiment.

— Mais, reprend Stéphane, le jet privé de l'émir doit être encore ici, à Amman, pourtant ?

— Bonne remarque, vous avez raison, Stéphane, je demande immédiatement à la police d'Amman de s'en assurer.

Grégory s'en voit pour les appeler, et finalement il demande au réceptionniste de le faire pour lui.

— Le policier que je viens d'obtenir, précise l'homme du Four Seasons quelques minutes plus tard, me rappelle dans une heure, car tous les collègues sont sur le qui-vive à cause d'une manifestation en ville.

— Merci. Je vous donne mes coordonnées et, s'il vous plaît, rappelez-moi dans une bonne heure. Passé ce délai, je tenterai à nouveau d'appeler de mon côté.

En réalité le réceptionniste rappelle moins d'une demi-heure plus tard pour préciser que deux policiers sont en chemin vers l'hôtel et proposent de les y rejoindre. Ils retournent donc aussi sec au Four Seasons. Le policier principal salue Grégory et lui précise :

— À l'aéroport il semblerait qu'il n'y ait plus trace du jet privé de l'émir. Deux collègues tentent de savoir quand il aurait quitté Queen Alia, et avec qui à bord. De notre côté nous allons fouiller les deux suites. Venez avec nous. Euh, non, vous seul, pas ces personnes avec vous. Vous pourrez les informer, plus tard.

Dans la junior suite de Dimitri et Léa, il ne reste plus rien. Sauf un foulard, tombé derrière un fauteuil. À montrer à Stéphane. Puis, dans l'immense suite de l'émir, les trois policiers ont le sentiment de se perdre ! Mais cette fois il reste quelques effets, comme si l'émir envisageait de revenir. Aucun papier personnel, aucun vêtement de nuit, aucune affaire de toilettes, ce qui accrédite une ou deux nuits ailleurs, à Pétra, vraisemblablement. Ils laissent tout en place et s'engagent à exercer une surveillance avec l'assistance de la direction du Four Seasons. Des collègues se renseigneront à Pétra.

Stéphane, en larmes, reconnait ce foulard qui appartient bien à Léa. Une preuve terrible et frustrante qu'il l'a sans doute ratée de peu. Une demi-heure plus tard le policier en chef rappelle Grégory pour lui préciser que le jet privé a quitté l'aéroport en début de l'après-midi, autour de quinze heures. Pas de mention de destination. Puis il insiste aussitôt pour convier Grégory et les deux Français. Le trio se rend donc sans traîner au commissariat principal.

— Un chauffeur de taxi vient de nous conter une scène extraordinaire, commence le policier jordanien. Il a assisté à la menace, par revolver, sur ses deux clients français, exercée par un gros type épouvantable – je le cite. Nous imaginons facilement que vous êtes les deux Français en question, et que le gros type pourrait être le mafieux russe poursuivi par vos services. Heureusement, vous deux, vous êtes bien vivants. Et savez-vous où peut se trouver votre agresseur ?

— Oui, nous sommes bien les deux Français en question. Et je peux même vous décrire physiquement notre chauffeur. Quant à l'agresseur, Oleg Dimitrov, il est mort. C'était lui ou nous.

— Quoi ?

— Oui, oui, continue Grégory, le mafieux voulait nous tuer tous les deux. Un revolver muni d'un silencieux, ça ne trompe guère… Mais le cher cousin de monsieur Vercoutre, ici présent avec nous deux, nous a carrément sauvé la vie, grâce à une intervention exceptionnelle. Au moment où Dimitrov allait tirer, ce monsieur a lancé son couteau avec une précision diabolique. Et cela nous a sauvés.

— Mais, mais alors, le corps ?

— Le corps, vous le trouverez dans le sable, près du hangar qui devait servir d'abri au jet privé de l'émir. Quatre ou cinq arbustes vous serviront de repère. Vous pourrez ainsi constater que le mafieux a toujours son revolver à la main, avec le silencieux.

— Messieurs, lorsque nous aurons récupéré le corps du Russe, je serai dans l'obligation de mettre monsieur… monsieur le cousin en garde à vue. Très provisoirement, surtout si vos témoignages et vos alibis sur la légitime défense sont des preuves irréfutables, ce dont je ne doute pas un instant.

— Et mon chef, le divisionnaire Mombert, vous appellera pour accélérer cette libération.

14

Suite à une deuxième visite écourtée, il leur faut quitter Pétra. Avec une double surprise pour Léa : sans le gros Tayeb, et pour une autre destination qu'Amman. La limousine de l'émir entame un long chemin sous une chaleur torride. Merci la clim ! Un voyage de plusieurs heures en compagnie d'un émir passablement agacé et perturbé, qui continue d'ignorer sa belle Léa. Un comble, si on songe aux heures précédentes, et surtout, pour elle, à la journée de la veille. Léa ne comprend plus. Que peut-il bien se passer ? Depuis la sortie du site de Pétra, l'émir affiche un visage sombre et contrarié, lui qui était aux anges avec sa nouvelle chérie douze heures plus tôt. Qu'a bien pu lui annoncer ce Tayeb de malheur pour le transformer de la sorte, et si radicalement ? Dépitée, elle tente de se concentrer sur le paysage qui défile sous ses yeux. Pas vilain, mais beaucoup trop uniforme à son goût. La limousine s'arrête devant un poste de contrôle qui, à n'en pas douter, correspond à une frontière. Un passage vite expédié et sans la moindre anicroche. Leur véhicule aborde bientôt une ville entourée par le désert. Mais en réalité ils n'y pénètrent pas et la contournent pour rejoindre un petit aéroport. Sans traîner, le chauffeur de la limousine les dépose directement à côté du jet privé de l'émir, avec à son bord Majid le pilote et Tayeb. Léa déduit de cette situation qu'il ne leur fallait surtout pas repasser par Amman. Pourquoi ? Elle cogite et, remplie d'espoir, elle imagine et se persuade que Stéphane et la police avancent dans l'enquête, bien résolus à la retrouver.

Le petit groupe de la limousine monte aussitôt dans le jet privé. Un jet confortable, de douze places du genre première classe pour les six de devant et business classe pour les six de derrière. L'émir n'invite pas Léa à son côté, mais bien Tayeb. La Française est assise derrière eux et les entend chuchoter en permanence. Comme ils se parlent en arabe, naturellement, Léa ne comprend rien, sauf que régulièrement revient le prénom de Dimitri. Pour elle, qu'il ne soit plus avec eux lui paraît logique. Il a rempli sa mission et, elle s'en souvient bien, il lui a lancé un au revoir qui ressemblait à un adieu. Un adieu qu'il regrettait, mais pas elle, bien au contraire ! À force de les écouter Léa ne voit pas le temps passer et le jet atterrit, juste après avoir survolé une ville moderne remplie de gratte-ciel. Avec une densité moindre qu'à New-York, à n'en pas douter, mais de quoi impressionner malgré tout. Les voilà tous, sauf Majid, dans une nouvelle limousine toujours du même modèle. Le véhicule traverse la ville et longe une bonne série de tours. Léa aperçoit des panneaux en arabe, dont certains sous-titrés en anglais. Insuffisant malgré tout pour l'aider à deviner où elle se trouve. Un peu frustrant… Et c'est à nouveau le désert, plus vallonné que sur le trajet d'avant le vol. Plusieurs fois elle s'interroge, presque convaincue d'avoir aperçu la mer, ou un lac pour le moins. Au bout de deux ou trois heures de route son regard est attiré par une grande et belle demeure qui tient à la fois du petit palais devant, et de la forteresse sur les côtés. Les murs de la façade principale sont joliment décorés, comme si des versets du Coran étaient gravés sur le marbre. D'ailleurs elle croit entrevoir un petit minaret qui laisse penser que l'ensemble dispose d'une mosquée. Ils entrent tous les quatre dans un élégant patio… loin de ressembler à celui du restaurant de Fès, tout de même. Tayeb accompagne l'émir d'un côté, tandis que Jamal entraîne la Française de l'autre côté. Léa fait la grimace, un peu déçue quelque part : l'émir aurait pu se fendre de lui faire la visite des lieux en personne ! C'eut été un témoignage de considération. Un témoignage minimum, mais une petite satisfaction pour Léa. Sans doute est-il bien trop soucieux. Jamal fait entrer Léa dans un grand salon, couvert au sol par des tapis magnifiques. Dans cette pièce élégante elle rencontre sept femmes. À coup sûr les sept femmes de l'émir avant son arrivée, comme huitième, donc. Ces femmes sont à coup sûr des Européennes ou des Américaines du nord. Des Occidentales, comme on dit… L'une d'entre elles, grande, jolie, avec des cheveux blonds presque blancs, s'approche de Léa. Elle l'interpelle, avec un beau sourire :

— Tu parles l'anglais ? Oui… bien. Car entre nous l'anglais est de rigueur. Au fait, tu viens de quel pays ?

— De France.

— De France ? Et… et tu parles l'anglais ? Eh bé, c'est bien rare, ça, dans ton pays, non ?

— Bof, c'était rare, je l'admets. Mais depuis la génération qui précède la mienne, cela change radicalement. Et tu peux bien imaginer qu'avec l'informatique, Internet et tous les réseaux sociaux, l'anglais est devenu incontournable. Y compris pour nous, les Français ! Dis-moi, nous sommes dans quel pays, ici ?

— Disons, dans les Émirats. Nous n'en savons pas beaucoup plus, et peut-être pourras-tu demander toi-même à Khaled. Maintenant, quel est ton prénom ?

— Je m'appelle Léa.

— Ah, c'est rigolo !

— Léa, c'est si rigolo que ça ?

— Non, mais ce qui est surprenant et amusant, c'est que nous toutes, ici, les huit avec toi désormais, nos prénoms se terminent par la lettre a. En tout cas, bienvenue Léa. Moi c'est Martina, et je viens de Finlande. Je vais te présenter mes collègues, enfin, nos collègues, maintenant que tu es parmi nous. Voici Irina, la Russe. Et si je te la présente en premier, c'est qu'elle fut, et qu'elle reste, la première femme de Khaled. Pas jalouse pour deux sous, elle a toujours bien accueilli les petites nouvelles. Ensuite, voici Agnieszka, une Polonaise, la deuxième des lieux, chronologiquement. À côté d'Agnieszka, voici Ewa, la deuxième Polonaise. Sur sa droite, je te présente Csilla, la belle et romantique Hongroise et, à gauche d'Ewa, Greta, l'Allemande. Et pour terminer, voici Deena, la dernière arrivée avant toi, en provenance d'Irlande. Et donc, les filles, je vous présente notre huitième collègue, la Française Léa. Une autre très jolie femme, une de plus et qui, je le ressens comme tel, doit être une fille de classe. Léa, tu as certainement fait des études, et pendant un bon moment ?

— Oui Martina, et théoriquement je suis toujours inscrite à l'université. Mais l'émir et cette ordure de Dimitri en ont décidé autrement.

— Ordure, tu as dit, intervient Irina ?

— Oui, et je confirme.

— Tu abuses. Bon, il aime le sexe, et sous toutes ses formes, mais il a du caractère, je suis bien placée pour le savoir. On était ensemble à l'école, à Saint-Pétersbourg. Lui, quelques classes avant moi, tout de même. À l'époque il se montrait déjà autoritaire et décidé. Il a toujours aimé les femmes et l'argent. Alors, pour lui, sa carrière était toute tracée : gagner de l'argent grâce aux femmes. Et pour Ben Gourmann, si je suis la première c'est que Dimitri savait qu'il ne prenait aucun risque en me présentant, moi, puisque j'acceptais tout ce qu'il me demandait. Seul petit raté, constaté a posteriori, ma taille. Regarde : en dehors d'Agnieszka et moi, vous êtes toutes grandes. Ce qui peut s'expliquer en partie par la taille même de Khaled. Tayeb nous a précisé qu'il mesure un mètre quatre-vingt-cinq... et qu'il n'aime pas les brunes.

Martina reprend alors le fil de la conversation :

— Sache, Léa, qu'ici nous sommes bien traitées, à condition de nous montrer agréables et dociles avec le patron. Certes, ce n'est pas la vie prévue initialement pour chacune d'entre nous, mais cela reste malgré tout une vie avec beaucoup d'agréments, tu le remarqueras vite.

— Mais... interrompt Léa, beaucoup d'entre vous sont-elles mariées ?

— Non, seulement deux, sans te compter toi. Il y a Ewa, mais elle cherchait le moyen de se séparer de son mari. C'est bien ça ?

— Oui Martina, absolument, confirme Ewa.

— Et la deuxième c'est moi, qui sortais d'une terrible déception amoureuse. Mon mari, un Suédois qui voyageait énormément pour son travail, disposait d'au moins une femme dans chacun des pays qu'il visitait. Et un jour, deux d'entre elles sont venues me rencontrer à Helsinki pour me demander de divorcer ! C'en fut trop, et j'ai divorcé, en effet. Alors je me suis retrouvée – sans vraiment m'en rendre compte – disponible pour ce genre de boulot ! Léa, un boulot que dans un sens je ne regrette pas. Il a même quelques agréments que j'apprécie.

— Mais Martina, comment trouver un quelconque agrément lorsqu'on est esclave ? Et esclave pour le sexe, qui plus est !

— Dans un sens tu n'as pas tort, mais toutes les sept nous nous disons chaque jour que la vie pourrait être bien pire et qu'il nous faut positiver.

Léa, interdite, observe cette grande et belle femme aux cheveux blonds presque blancs. La Nordique la plus typique qui soit. Et en scrutant les chevelures des six autres, elle remarque qu'il n'y a aucune brune en effet. Elle-même, châtain plutôt clair, est désormais celle qui présente les cheveux les plus foncés chez les filles du harem. Donc des blondes, des grandes et des prénoms terminant par la lettre a. Le goût du prince…

— Martina, demande Léa, ici chez l'émir, j'imagine que nous sommes cloîtrées en permanence ?

— Oui, mais presque, en fait. Car parfois il nous emmène, une seule ou plusieurs, dans l'un de ses déplacements. Par exemple, moi, il y a quinze jours, il m'a entraînée à Abu Dhabi city pendant trois jours, pour un congrès sur le panarabisme. J'ai vécu dans une suite dont je n'aurais jamais imaginé ni la taille ni la beauté. Et en rentrant il m'a même offert deux jolis bijoux. Tiens, regarde ce bracelet.

Elle lui tend son poignet entouré d'un bracelet en argent avec quelques émeraudes du meilleur effet.

— Tu vois, Martina, c'est bien ce que je pense : cloîtrée richement, mais cloîtrée tout de même.

— Peut-être, mais tu peux constater qu'il est généreux. Et toi, en tant que toute nouvelle, tu devrais être choyée et bénéficier de bon temps pendant quelques mois.

— Pendant quelques mois ?

— Oui, Léa, réfléchis… avant que n'arrive la neuvième !

— Oh, Deena, j'y pense, tu n'es pas trop furieuse contre moi ?

— Mais non, Léa, sois sans crainte. J'ai eu ma dose de privilèges, et j'en aurai encore, à l'occasion.

Les présentations terminées, Martina l'accompagne pour découvrir sa chambre.

— Nous avons toutes des chambres identiques, aux couleurs du papier près. Pas de jalouse. Et tu peux le constater, à cet étage, le palais comporte dix chambres. Et donc il y aura peut-être une neuvième et une dixième.

— Et si un jour il en trouve une onzième ?

— C'est très clair, Léa, il en virera une des dix.

— Virée pour être libre ?

— Oh non, pas question. Comme tu peux être naïve ! Irina nous a toujours répété, foi de Dimitri, que les éventuelles délaissées partiraient dans un pays lointain pour éviter les histoires. Et pour jouer les prostituées en Indonésie ou dans les Philippines, par exemple. Bon, maintenant installe toi, puis on dînera ensemble, un dîner léger, comme toujours, pour être en bonne forme pour la nuit. Il arrive parfois que Khaled appelle l'une d'entre nous avant le repas du soir. Pour dîner avec elle, au palais ou ailleurs. Alors à tout à l'heure, au salon.

Pour ce premier soir Léa n'a pas droit au dîner avec les filles. Ben Gourmann la convoque bien avant. Pour un dîner en tête à tête.

— Je ne me suis pas occupé de toi en arrivant ici, et je le regrette, car j'ai quelques soucis. Et en partie par ta faute.

— Quoi ? Quel genre de soucis ?

— Tu en sauras plus toujours assez tôt. Mais maintenant je suis à toi comme toi tu es mienne. Et je suis très impatient.

— À ce point ? Pour ce soir au moins, j'étais persuadée que vous auriez choisi une des sept autres femmes de votre harem. Vous ne les avez point vues depuis une semaine, au moins.

— Oui c'est juste. Mais c'est toi ma grande chérie, désormais.

— Ne comptez pas pour autant me rendre docile.

— Ma beauté, ma Française chérie, vous tenez toutes le même langage pendant vos premiers jours en mon palais.

Mais tu verras, tu vas changer. Tu es intelligente, et tu as fait des études, n'est-ce pas ?

— Oui j'ai commencé des études supérieures après mon bac, comme on dit en français. Et cette année encore je suis inscrite à l'université de Bordeaux. J'en ai pour deux années supplémentaires. Mais cet enlèvement détruit tout, y compris mon mental.

Pendant ce temps Jamal leur sert un repas de qualité mais très frugal. Pour se sentir légers au lit, certainement.

— Arrête Léa avec ce genre de réaction ! Je te propose une autre vie, une vie fort agréable. Aucune contrainte de ménage, de cuisine, de courses à faire, ni de travail parfois pénible, pour gagner quoi ? Moins de trois mille euros par mois ! Et toi, en plus, tu es ma grande chérie parmi les huit. Alors tu aurais tort de te plaindre, vraiment.

— Votre chérie temporairement, jusqu'à l'arrivée de la neuvième, que Dimitri ne tardera pas à vous présenter. Elle sera la nouvelle chérie de l'émir Ben Gourmann. À moins qu'un jour, la police…

— Tout ça c'est ridicule, et c'est impossible aujourd'hui.

— Comment ça ?

— Je ne peux ni ne veux tout te révéler ces jours-ci. Mais jamais je n'ai rêvé d'une femme comme je rêve de toi. Même si je trouve bien du plaisir avec mes sept autres. Quatre d'entre elles paraissent même ravies, nuits comprises, d'être à mon service. Mais c'est toi qui m'obsède, depuis Fès. Quant à la police, pas d'inquiétude. Ici, elle suit mon bon vouloir, cela d'autant plus qu'il m'arrive de lui rendre des services appréciables, financiers ou autres.

— Oui, mais la police internationale ? Et si vous appreniez un jour qu'un mandat d'arrêt international concerne votre personne ?

— Cela ne m'inquiète pas vraiment.

Un peu plus tard Ben Gourmann l'emmène dans sa chambre, dans son antre privé. En fait de chambre, il s'agit d'une pièce gigantesque, à peu près de la taille de sa suite à Amman. Au cours de cette première nuit pour Léa au palais, l'émir Khaled se montre plutôt doux et câlin, et même modéré sexuellement. Certes, chaque fois, Léa est envahie par la honte, mais l'acte reste raisonnable. Lorsqu'elle retrouve sa chambre, vers six heures du matin, elle pleure, mais à bien y réfléchir elle s'attendait à pire, sans doute conditionnée par les discours outranciers de cette pourriture de Dimitri. Le personnage le plus abject de toute cette sale histoire.

Au fil des jours Léa se rend compte qu'elle n'est plus jamais droguée. L'émir l'a déjà conviée deux fois en cinq nuits. C'est bien plus qu'une fois toutes les huit nuits. Sans doute l'attrait « de la petite nouvelle ». Mais sincèrement, il reste simple et plutôt raisonnable. Elle finit par admettre qu'il la veut à lui, certes, mais qu'il ne la veut pas spécialement comme une pro du sexe. Soit parce qu'il a décidé de la respecter – un peu – soit parce que toutes les proclamations de Dimitri étaient fausses, avec pour unique but d'en profiter, lui, le monstre russe. Et à coup sûr c'est la deuxième hypothèse la bonne.

Mais bientôt Léa va découvrir une troisième hypothèse. Martina la Finlandaise, toujours elle, qui est la plus loquace des sept et, quelque part, la meneuse chez les femmes, se met à questionner Léa, un matin, après une nuit entre l'émir et sa nouvelle chérie :

— N'as-tu pas remarqué quelque chose de très particulier chez Khaled ?

— Euh… non… sauf que je le trouve moins agressif qu'à travers les ragots ressassés par ce gros porc de Dimitri.

— Exact. Et tu ne fais pas une relation à partir de ce constat ?

— … Non… sincèrement je ne vois pas à quoi tu peux faire allusion.

— Dis-moi, Léa, tu as connu beaucoup d'hommes dans ta vie ? D'hommes avec lesquels tu as couché, bien sûr.

— Euh…

— Tu peux me répondre. Entre nous, nous huit, cette question n'est absolument pas embarrassante. Pas de tabous entre nous, tu dois le comprendre.

— En fait l'émir est le cinquième.

— Ah oui, c'est peu en effet.

— Juste avant lui j'ai eu droit à ce barbare de Dimitri. Et encore avant – et après aussi, j'espère – c'était mon cher époux Stéphane. Avant lui j'avais fricoté avec deux autres garçons que je n'ai pas fréquentés bien longtemps. Le premier des deux m'a donc fait perdre ma virginité. Un moment bizarre. Je n'avais pas trop aimé, mais nous avions recommencé. Et j'ai alors compris qu'il était nécessaire de recommencer pour apprécier. Une appréciation décuplée avec Stéphane, l'homme que j'aime.

— Oui Léa, nous savons toutes cela, mais revenons à ma question initiale.

— Martina, je ne trouve vraiment pas.

— Alors, dans ta tête, as-tu comparé le sexe de Dimitri à celui de Khaled ?

— Bof… ah oui, celui de Dimitri est de la taille du monstre qu'il est.

— Ne crois-tu pas, plutôt, que c'est notre émir qui a un sexe de petite taille ? Surtout pour un homme plutôt grand.

— C'est ça que tu voulais me révéler ?

— Exactement.

— Bon, admettons, répond Léa avec un grand sourire malicieux, mais si je peux me permettre, il fonctionne !

— Oui, oui, bien sûr. Et on peut même ajouter qu'il fonctionne souvent. Mais cette petite taille joue sur lui comme elle joue pour nous.

— Qu'est-ce que tu veux dire ?

— Je considère que Khaled doit avoir une forme de complexe et qu'il veut en permanence se prouver qu'il est performant. J'ajoute que cette situation ne favorise pas, chez lui, l'acte de sodomisation.

— Ah bon, tu en es sûre ? J'aurais pensé le contraire.

— Il a peur de se faire broyer le sexe. Il le sait petit et veut le préserver. Et donc cette attitude protège celles d'entre nous qui n'apprécions guère ce genre-là. Tu pourras évoquer cette question avec Deena, l'Irlandaise. Car elle, la sodomisation ne la dérange pas. Elle nous a même avoué qu'elle le tente et qu'elle essaie de le conditionner. Mais en pure perte.

— Bon, j'en sais assez, et pour ne rien te cacher, cela me convient et me soulage. Quand je pense que ce gros porc de Dimitri a passé plusieurs nuits à essayer, au prétexte que c'était indispensable pour être apprécié par l'émir, cela me fait presque vomir. Plus épouvantable que ce gros mafieux, tu meurs !

— Ici il n'est apprécié que par Deena et, à un moindre degré, par Irina, pour des raisons d'enfance plus ou moins en commun.

Qu'elle le veuille ou non, cette situation nouvelle, moins terrifiante mais toujours génératrice d'un sentiment de honte, commence à transformer la jolie Française. De plus en plus muette, déterminée, elle focalise désormais sur une hantise supplémentaire : son cerveau va-t-il pâtir du contexte plus que son physique ? Car pour sa santé physique les nouvelles ont un petit côté rassurant, désormais. Mais pour le reste… Le psychique, le psychologique, va-t-il se dégrader au point de faire fuir Stéphane si elle le revoit un jour ? Les sept autres filles ne semblent pas – ou ne semblent plus – montrer les mêmes appréhensions qu'elle. En réalité, Léa relie cette absence de réaction de la part de ces filles à leur passé, d'avant Ben Gourmann : cinq d'entre elles n'ont jamais été mariées, et Ewa comme Martina ont eu maille à partir avec leurs maris.

15

Alors qu'une communication entre Grégory et son chef s'éternise, Stéphane constate que le visage du policier s'assombrit de minute en minute. Avec, franchement, le regard des mauvais jours. Lorsque Grégory salue enfin son chef, Stéphane, impatient, attend de savoir.

— Stéphane, deux nouvelles : une bonne et une mauvaise. La bonne, votre cousin est libre, sous deux conditions mineures : déposer une caution symbolique de cinq mille dollars, dont Mombert se charge, et fournir ses coordonnées complètes pour être joignable à tout moment et où qu'il soit. En fait, cette décision s'explique, au moins partiellement, par le fait que le corps de Dimitri n'est pas transféré en Russie. Il est incinéré à Amman et ses cendres sont conservées dans un crématorium, tant qu'un proche ne se sera pas manifesté pour les récupérer. Passé un délai d'un an et un jour, les cendres seront dispersées. Cette partie de notre affaire est donc terminée. Vous devez savoir que l'ambassade de France, que la police française et Interpol, ont exercé une forte pression auprès des autorités jordaniennes pour parvenir à un tel résultat.

— Bravo et merci à tous ces responsables français. Il n'empêche que cette situation nous a imposé de rester quatre jours supplémentaires à Amman, alors même que notre but était, et reste, de repartir sur les traces de l'émir, jusqu'à chez lui, non loin de Charjah. Et maintenant, Grégory, annoncez-moi la mauvaise nouvelle.

— Justement, Stéphane, la deuxième nouvelle, qui va franchement vous déplaire, nous bloque ici, à Amman.

— Quoi ? Non, ce n'est pas possible !

— Si Stéphane. À ce stade il nous est impossible d'obtenir un mandat, le plus minimal soit-il, pour exercer et investiguer dans les Émirats. Une copie de l'essentiel du dossier vient d'être transmise aux autorités des Émirats, au centre de police d'Abu Dhabi. Mais si vous voulez mon avis, cette opération là n'est ni plus ni moins qu'un coup d'épée dans l'eau. Jamais la police locale n'ira titiller cet émir Ben Gourmann, pas plus qu'un autre. Et il faut ajouter qu'ès qualité de policier je ne serai pas bienvenu dans les émirats. Quant à votre cousin Olivier je n'en parle même pas. Et cela ne s'avèrera utile, dans ces conditions, pour aucun de nous trois.

— Mais Grégory, hurle Stéphane, l'enquête ne peut tout de même pas s'arrêter là, c'est impossible !

— Je vous comprends, mais qu'y puis-je ? Qu'y pouvons-nous ? Aujourd'hui nous nous trouvons face à une barrière infranchissable. Alors Stéphane, pourquoi n'irions-nous pas jusqu'au poste de police pour chercher votre cousin ? Nous pouvons faire cela, au moins cela.

— Oui, naturellement, mais cette nouvelle va me rendre fou, alors qu'on avançait si bien.

Une fois les deux hommes chez les collègues jordaniens, Olivier apparait, ravi de retrouver enfin son cher cousin et ce policier si sympathique. Mais c'est aussi pour lui l'occasion d'apprendre, hélas, que l'enquête s'arrête. D'autant plus frustrant qu'il est désormais libre de circuler. En chemin vers l'hôtel, Stéphane s'effondre soudain, physiquement, retenu par Olivier. Il pleure comme un enfant, il se met à trembler… et il disjoncte, parlant de meurtres de façon violente et désordonnée. Il veut tuer, tuer, tuer… tuer l'émir et tous les policiers des Émirats, tuer tous ces malades qui retiennent sa femme chez un autre gros malade. Grégory et Olivier laissent passer l'orage, puis, à voix basse, très calmement, l'homme d'Interpol lui fait une proposition :

— Je n'ai pas de mandat, certes, mais je peux tout de même voyager. Voyager dans les Émirats, à titre personnel, ès-qualité de Natel, Grégory. Je vais appeler le Basque et essayer d'obtenir son accord. Pour vous deux, c'est différent. Dans l'état où vous vous trouvez, Stéphane, un sale état que je comprends tout à fait, la meilleure solution est de vous faire raccompagner par Olivier jusqu'à Bordeaux pour au moins quelques jours, voire une à deux semaines.

— Ah non, pas question, hurle à nouveau Stéphane ! Je ne peux pas imaginer revoir le Bassin d'Arcachon sans Léa, revoir le décor de nos jours heureux sans ma pauvre gujanaise. Si je dois fuir cette région, si vous ne voulez plus de moi, alors je m'évade, je m'évade… en Pologne. Oui, tiens, en Pologne ! Un copain de Bordeaux, que Léa connaît également, nous a toujours vanté Cracovie.

— Stéphane, reprend Grégory, restez raisonnable, je vous en supplie. Et arrêtez de délirer. Pas question de vous laisser partir tout seul, à Cracovie ou ailleurs. Ma responsabilité est engagée vis-à-vis de vous, et Mombert me l'a encore rappelé aujourd'hui même. Et puisque votre cousin est ici avec nous – et ô combien utile, je ne l'oublierai jamais – je suggère que vous partiez tous les deux.

— Mais non, répond Stéphane en continuant de hurler, toi Olivier, tu devrais accompagner Grégory à Abu Dhabi. L'enjeu c'est la liberté pour ma femme, et une liberté en pleine santé. Pour moi, pas d'inquiétude. Sincèrement, je peux me déplacer seul, et je ne tuerai personne, sauf peut-être dans les Émirats, justement. J'ai besoin d'un sérieux break, c'est juste. Sérieux mais court. Nous restons en contact quotidien, je vous le promets, et je reviendrai, au moins ici, à Amman, dans une semaine.

— Tu ne veux vraiment pas que je t'accompagne à Cracovie, demande Olivier ?

— Non Olivier, je te remercie, mais reste avec Grégory pour deux raisons. D'abord, ces vols, je vais les effectuer pour mon compte propre. Et je sais que tu ne roules pas sur l'or, même si tu t'en accommodes fort bien. Et puis à deux vous ferez des touristes parfaits et vous pourrez vous entraider. J'insiste, vous pouvez compter sur moi. À Cracovie je ne disjoncterai pas… euh, je le jure sur la tête de Léa ! Et puis j'espère trop pouvoir vous rejoindre là où vous vous trouverez pour faire le troisième touriste.

Grégory regarde Olivier d'un air dubitatif et circonspect. Alors Olivier s'adresse à son cousin :

— Stéphane, nous comptons vraiment sur toi. Surtout ne fais pas de bêtise car tu risquerais de ne plus pouvoir revoir Léa, plus jamais. Imagine qu'à cause de tes frasques tu termines en prison, et que pendant ce temps-là nous disposions d'un moyen de récupérer et de libérer ta femme. L'émir prend alors connaissance de ta situation personnelle, et du coup il se battra pour conserver sa belle Française de Fès et il aura gain de cause ! Dans ce cas tu serais responsable d'avoir fait capoter l'enquête !

— Olivier à totalement raison, Stéphane.

— Bien sûr qu'il a raison, et vous pouvez compter sur moi car je tiens à vous revoir dans une semaine ou dix jours au plus tard.

Pour assurer le défoulement nécessaire à l'homme blessé, à l'homme meurtri, Grégory et Olivier conviennent de l'accompagner jusqu'à l'aéroport et s'assurer du vol choisi par Stéphane. Très vite ils trouvent un vol Amman – Francfort et, avec beaucoup de chance, un deuxième vol Francfort – Cracovie moins de trois heures après l'arrivée du premier vol. Juste avant cela, tout au long du trajet jusqu'à l'aéroport d'Amman, Stéphane a tenté de leur expliquer son besoin d'évasion. Une échappée nécessaire, dans un lieu inconnu de Léa, de lui-même et de tous leurs proches. Cela pour éviter le moindre souvenir qui pourrait altérer voire meurtrir son cerveau déjà terriblement entamé. Ensuite les deux autres lui rabâchèrent leurs recommandations.

Pendant le vol jusqu'à Francfort, Stéphane parvient à dormir. Le mieux qui puisse lui arriver. Un sommeil sain, sans cauchemar ni le moindre rêve. Par contre, le vol entre Francfort et Cracovie est pour lui différent et totalement imprévu. Lui qui avait juré sur la tête de sa femme de ne point faire de bêtise et de rester raisonnable, il se retrouve soudain dans une situation surprenante pour ne pas dire… délirante ! Dans l'avion de la L.O.T.[1] il aperçoit devant lui, de l'autre côté de l'allée, une jeune femme qui lui paraît fort jolie. Plus que ça, même, puisque lorsqu'elle se penche sur le côté ou se retourne, Stéphane lui trouve des points communs avec Léa. Et quand elle adresse un grand sourire à l'hôtesse qui lui dépose son plateau repas, Stéphane se pince pour y croire : il se sent craquer, craquer avec honte et jubilation à la fois. Pendant ce temps, Léa doit souffrir le martyre. Foudroyé, Stéphane baisse les yeux, mais pas pour bien longtemps. Inconsciemment, ou presque, il fixe à nouveau cette jeune femme au point d'en négliger son repas, pourtant fort agréable. Liquéfié, il ressent un sentiment étrange, un mélange de honte et d'excitation. Presque la même excitation qu'avec Léa lorsqu'ils s'étaient rencontrés.

Un peu plus tard, alors qu'ils attendent leurs bagages, Stéphane s'approche d'elle. Le sourire immédiat de la jeune femme est irrésistible. Alors il lui balance deux mots gentils en anglais. Elle lui répond, toujours avec ce sourire éblouissant, en lui demandant s'il connaît déjà Cracovie.

— Non, pas encore, madame.

— Mademoiselle. Appelez-moi Wanda, je suis de Cracovie. Et vous, vous n'êtes sûrement pas de Francfort ?

---

1 – L.O.T : compagnie aérienne polonaise.

— Je m'appelle Stéphane et j'habite sur la côte atlantique, tout près de Bordeaux. Euh… Wanda, puisque vous connaissez bien cette ville, accepteriez-vous que je vous invite à dîner pour parler de Cracovie ?

— Ah non, pas question, ici c'est chez moi, et donc c'est moi qui vous invite !

— Mais… mais non, ou plutôt, choisissez le restaurant qui vous convient le mieux, mais j'insiste, c'est moi qui vous invite.

— Bon, si vous voulez. Et quel est votre hôtel ?

— L'hôtel Atrium. Une réservation de dernière minute, effectuée ce matin même.

— Un très bon choix. Cet hôtel est bien placé, dans le centre, et en plus il est très près de chez moi. Donc je vous y retrouve à dix-neuf heures, d'accord ?

— Oui bien sûr, et merci.

Stéphane prend possession de sa chambre, partagé entre un sentiment de honte et une volonté incontrôlable de défoulement. Wanda est ponctuelle. Toujours aussi souriante, elle l'entraîne jusqu'à la place du marché avec sa fameuse halle aux draps qui trône au milieu depuis le XIIIe siècle. Une merveille, même si pour Stéphane, Sa merveille du jour est cette jeune polonaise. Elle est la seule capable de lui faire oublier momentanément Léa… tout en lui faisant intensément penser à elle. Quel paradoxe ! Ils s'installent dans un restaurant qui donne sur la place, dans une belle salle au premier étage. De quoi bénéficier d'une vue exceptionnelle sur cette place gigantesque.

— Demain, si vous le souhaitez, je vous fais visiter la ville, la vieille ville, j'entends.

— Oh oui, Wanda, avec joie !

— Alors demain on se retrouve à dix heures à votre hôtel ?

— Formidable ! Mais, Wanda, pourquoi êtes-vous adorable à ce point avec moi ? On se connait à peine et depuis quelques petites heures.

— Je ne sais pas si je dois vous répondre. Enfin, pas ce soir.

Après un dîner tranquille, et sans émir à la table voisine, Stéphane rentre à l'Atrium, mi-frustré, mi-radieux. Cette fille lui redonne un petit goût de paradis, une sensation divine. Alors il s'impatiente déjà d'être au lendemain à dix heures.

Wanda est ponctuelle pour la deuxième fois, et elle l'entraîne jusqu'au Wawel[2]. Stéphane ne voit qu'elle, enfin presque. Car déjà, sur le chemin, un alignement de statues, devant une église, le sidère. Les douze apôtres. Quel endroit magnifique, et quelle lumière ! Avec en plus une deuxième église, bien jolie elle aussi, juste à côté de la première. C'est bien typique de la Pologne tout ça ! En chemin, Wanda lui conte sa vie de jeune femme à Cracovie, sa ville chérie. La ville chérie de ses parents, surtout depuis 1989. Car cette belle ville du sud de la Pologne fut toujours un fief rebelle aux Soviétiques, au point que ces derniers avaient fait construire des usines fort polluantes juste à l'ouest de la cité. Et du fait des vents d'ouest, cette merveilleuse cité affichait jusqu'en 1990 des façades noires, toutes noires. La suie parvenait même à cacher les détails des belles sculptures ! Puis Wanda

2 – Château et église historiques sur une colline.

lui explique qu'elle travaille comme journaliste, et elle lui précise :

— Dans un journal qui s'intéresse à l'Europe, à toute l'Europe. Et donc, depuis quelques années je rêve de connaître un Français. Pour visiter la France, mais peut-être aussi, pour mon cœur…

Suite à cette révélation, la visite du Wawel est un peu trop vite expédiée, et Wanda l'entraîne chez elle ! Tout s'accélère, un scénario insensé. Et très vite Stéphane découvre tout le tempérament caché de la jeune guide discrète.

Le lendemain matin, épuisé, Stéphane est mort de honte. Wanda lui précise qu'elle doit retourner au journal, ce jour, de quatorze heures à vingt-deux heures, juste avant la mise sous presse. Pendant la matinée elle se rend compte de la gêne du Français. Il semble soudain tellement triste. Alors elle l'interroge en lui précisant qu'elle devine qu'il cache un problème ou même une forme de drame. Stéphane hésite, puis il lui répond, les larmes aux yeux. Il commence, en avouant qu'il avait besoin d'une forme d'exutoire. Et celui-là était parfait, vraiment parfait. Puis il s'accroche pour lui raconter son drame, sa tragédie, son calvaire. Dès que Stéphane en a terminé, des larmes sur tout le visage, Wanda pleure à son tour et le serre dans ses bras. Après un long moment de silence, elle reprend :

— Tu dois la retrouver, absolument ! Et un jour, je l'espère sincèrement, je viendrai vous voir… en osant croire que ta femme ne m'en voudra pas trop. Gardons le contact, si tu veux bien. Tu peux m'appeler quand tu veux, mais je comprendrais que tu m'oublies. Et je vais prier pour elle et pour toi, dès demain et tous les jours que Dieu fait, dans notre merveilleuse église Notre-Dame.

— Merci Wanda, je ne t'oublierai pas, c'est impossible. Et si tu viens en France, viens profiter du Bassin d'Arcachon je t'en conjure, car c'est un autre petit paradis sur Terre.

— Pourquoi un autre ?

— Parce que désormais, et grâce à toi, Cracovie est devenue un paradis sur Terre, pour moi le petit Français. Mais surtout, Wanda, trouve-toi un bon copain, un type bien, tu le mérites vraiment.

En larmes tous les deux, ils s'écroulent l'un contre l'autre.

Rentré dans son hôtel et décidé à quitter Cracovie pour ne plus se commettre avec cette merveilleuse Wanda, il appelle Grégory, puis Olivier, mais sans succès. Alors il ose appeler Xavier Mombert, le Basque… Et il parvient à le joindre. Le policier en chef d'Interpol à Lyon lui explique qu'à l'heure où ils se parlent, Natel et le cousin sont dans l'avion et qu'ils doivent atterrir à Abu Dhabi dans une grosse heure. Et donc il faudra sans doute attendre le lendemain matin pour réussir à les joindre.

— Pourquoi n'y sont-ils pas partis plus tôt, ajoute Stéphane, très surpris ?

— Parce que, monsieur Vercoutre, j'ai vraiment la crainte que nous soyons dans une impasse. La police des Émirats, jointe par nos collègues jordaniens, a précisé qu'aucune madame Vercoutre ni aucune demoiselle Dimitrov n'est entrée dans les Émirats ces derniers dix jours. Mais contrôlent-ils les jets privés, j'en doute. Et de toutes les façons ils ne veulent pas chercher plus loin.

Dépité, Stéphane réserve un vol jusqu'à Paris, où il donne rendez-vous à sa mère pour qu'elle lui apporte un peu d'argent, et de là, en fonction des nouvelles, il décidera s'il retourne à Amman ou s'il s'envole carrément pour Abu Dhabi.

— Et dire que pendant ce temps ma pauvre gujanaise continue d'être chosifiée. C'en est trop, c'en est trop !

16

Cela fait plusieurs soirs que l'émir convie Léa. Beaucoup plus souvent que les sept autres. Un soir, ou plus exactement au milieu de la nuit, il lui avoue :

— Depuis plus d'une semaine je suis fort contrarié, et c'est en grande partie à cause de toi.

— Quoi ? Cela signifie-t-il que vous ne m'appréciez plus, répond Léa ?

— Oh non, ne dis pas ça, bien au contraire ! Car toi, tu t'en doutes un peu, je t'aime plus que toutes les autres.

— L'effet de la nouveauté, à l'évidence.

— Détrompe-toi. Tu as quelque chose de plus que les autres, en plus de ta beauté, bien sûr. D'ailleurs tu es la seule des huit à avoir accompli quelques études. Et cela, quelque part, je le ressens. Mais maintenant, mon inquiétude du moment, elle est ailleurs.

— Alors, dites-moi.

— Dimitri est mort.

— Quoi ? Ah, c'est sans doute la raison pour laquelle nous avons quitté Pétra dans la précipitation.

— Oui, c'est exact. Il est mort, assassiné, dans une zone annexe de l'aéroport d'Amman.

— Moi je considère qu'il s'agit là plutôt d'une bonne nouvelle, mais je ne vois toujours pas le rapport avec moi.

— Bien sûr que si, ma chérie. Des policiers te recherchent, et plutôt efficacement, dois-je dire. Et pas seulement les policiers, car Tayeb a pu me préciser que ton mari était à Amman lorsque nous étions à Pétra !

— Quoi ! Oh Seigneur, faites qu'il réussisse !

— Merci pour moi…

— En réalité je ne réalise toujours pas quel lien il peut y avoir avec la mort de ce porc de Dimitri.

— Selon des sources fiables, Dimitri aurait menacé avec son arme un policier français et ton… ton mari. Mais un troisième suivait les deux Français et il a lancé un couteau qui a transpercé le cou de Dimitri.

— Oh, mais… mais oui, c'est Olivier, bien sûr ! Oh merci Olivier !

— Sais pas. Pour Dimitri je m'en fiche un peu, même si je perds un fournisseur efficace et zélé. Mais cette situation signifie que l'enquête risque de se poursuivre. Et cela, même si mon fidèle Tayeb a, en quelque sorte, éteint l'incendie. Il peut être fier de lui : après l'assassinat de Dimitri, donc, il a obtenu, avec l'accord de la police des Émirats et celle de Jordanie, que l'enquête ne déborde pas sur nos régions. Et cela, au moins le temps de tout savoir sur les circonstances de la mort d'Oleg Dimitrov, alias Dimitri. Mais Tayeb redoute, avec raison, que ni le policer ni le mari ne lâchent le morceau. Certes, Léa, je ne me sens absolument pas menacé, mais cette affaire me chagrine, malgré tout. Pour ma réputation, en réalité. Car je devine que le nom de Khaled Ben Gourmann figure désormais dans les dossiers de certaines polices européennes.

— Oui mais c'est sûrement le cas depuis bien avant mon enlèvement. Les familles d'autres, euh, collègues, ont dû réagir, elles aussi.

— Non, je ne crois pas. Dimitri se débrouillait si bien qu'il était difficile de faire le lien jusqu'à moi, jusqu'aux Émirats. Or la mort du Russe risque de déclencher beaucoup de nouvelles investigations. Et surtout s'il a parlé.

— Mais pourquoi aurait-il parlé seulement maintenant, et pas plus tôt ?

— Selon Tayeb et un policier de chez nous, Dimitri jouissait d'une réputation de vantard et d'homme très sûr de lui. On peut donc facilement imaginer qu'avant d'éliminer deux hommes, et avec certitude dans sa tête, il leur ait parlé pour se défouler et pour s'amuser.

— En conséquence vous allez finir par regretter de m'avoir fait enlever…

— Regretter, certainement pas ma belle. Tu sais, je rêve continuellement de toi.

À travers ce type de discussion avec l'émir, au lit ou ailleurs, Léa ressent qu'elle parvient, pas à pas, à exercer une petite forme d'emprise sur ce Khaled Ben Gourmann, pourtant si puissant. Certes, une forme mineure mais qui lui fait parfois infléchir son attitude autoritaire, tellement il est conquis par la jeune Française. Ainsi, depuis les deux dernières soirées passées ensemble, elle se rend compte que lorsqu'elle se montre réticente sur certains désirs de l'émir, celui-ci cède et n'insiste plus. Il semblerait qu'il ne veuille surtout pas la perdre. Voilà un émir de plus de quarante-cinq ans qui ressent une sorte de passion amoureuse… Ce changement de comportement sied bien à Léa qui, lucide, réalise que ce petit transfert de domination ne signifie en aucun cas la possibilité d'échapper au maître. Surtout dans le contexte actuel, comme décrit par lui.

Dans le salon commun des filles, Léa doit afficher une confiance croissante aux yeux de celles-ci, puisque Martina l'interroge sur son contact avec Khaled, car certaines des filles deviennent un soupçon jalouses de sa Française chérie. Un sentiment que Léa tient à effacer au plus vite car elle envisage de les sonder une par une pour tenter quelque chose en commun. Une démarche qui reste vaine, d'autant plus que certaines d'entre elles sont tout sauf disertes. Martina avait déjà prévenu Léa de cette tendance chez certaines, en particulier chez Agnieszka, Greta et Csilla. Au point que les autres ne savent quasiment rien sur le passé – même récent – de ces trois-là. Dans ces conditions, plutôt délicates, Léa essaie malgré tout de converser avec les unes et les autres, en commençant par Martina et Irina, naturellement, mais également Ewa et Deena. Et ce qui sidère à chaque fois la Française, c'est qu'aussi bien Irina, qu'Ewa et Deena, semblent véritablement satisfaites d'appartenir à ce harem.

— Tu le sais bien Léa, l'émir est généreux, pas envahissant dans la journée et plutôt raisonnable la nuit, sans doute à cause de la petite taille de son sexe, lui conte Ewa. Et même si Deena semble regretter ce dernier point ! Bref, tu sais tout cela, et moi je suis persuadée avoir trouvé ici, une forme de vie qui est loin de me déplaire. Je ne m'imagine pas trimer à Varsovie huit heures par jour, puis faire des courses, et m'occuper de gosses par-dessus le marché ! Sans te parler d'un homme que je devrais à la fois aimer, satisfaire, servir et surveiller ! Ici, au moins, c'est cool.

— Cool pour toi, c'est ton point de vue, mais quelque part tu peux admettre qu'ici, tu es esclave.

— Oui je peux l'admettre, mais certainement pas plus que dans le scénario que je viens de te décrire. Ici je me considère comme une esclave de luxe qui ne ressent pas les méfaits de cet esclavage. Et je peux même t'affirmer que cette situation me convient bien. Cela dit, Léa, j'admets tout autant que nos points de vue peuvent diverger. Je me suis mariée avec un homme devenu rapidement odieux. Or, ici, Khaled n'est jamais odieux, et en plus il est généreux. Toi, forcément, tu penses à l'homme que tu aimes et qui, si je te comprends bien, t'aime également. En conclusion je peux donc bien imaginer ta frustration comme ton désir de fuir. Peut-être en auras-tu la possibilité un jour ?

— Sincèrement, Ewa, si c'est pour attendre dix ans, parce que l'émir en aura marre de moi, autant disparaître tout de suite !

— Ne dis pas ça, Léa, ne fais pas de folie, pas de bêtise irréparable. Sache bien que des filles comme Martina, comme Deena, comme Irina et moi, nous pouvons te soutenir moralement. Mais pas pour t'évader, ça tu peux le comprendre.

— Et tu ne cites pas les autres ?

— Parce que je n'en sais rien. On ignore tout d'elles. Ces filles ne se plaignent jamais et ne montrent pas la moindre satisfaction non plus. Nous n'avons aucune idée de leur situation et de leurs éventuels problèmes. Ce sont des murs. Pourtant je puis t'affirmer que Martina a tout fait pour qu'elles vident leur sac. Mais sans succès à ce jour. Même si elle et moi nous flairons que Csilla a vécu, avant de se retrouver ici, quelque chose de comparable à ta propre situation. Il nous semble qu'elle était fiancée, mais cela reste une hypothèse.

— Merci infiniment, Ewa. À l'occasion j'essaierai de lancer une discussion avec notre collègue hongroise.

— Discuter, répond Ewa en riant, cela me paraît très présomptueux. Ce sera un monologue de ta part, et elle te répondra par quelques « oui, non, peut-être ». Et ce sera tout. Mais pourquoi pas, tu as raison d'essayer, en jouant sur vos éventuels points communs. Alors, bonne chance.

Avant de prendre Csilla en tête à tête, Léa a l'occasion de tenter un dialogue avec Deena, la petite dernière avant elle. La Française est vite déçue, car si Deena s'exprime facilement, volubile jusqu'à s'épancher sur ses exploits, elle se limite en réalité à ses facéties sexuelles avec l'émir et surtout, avant l'émir, avec ce pro de Dimitri et d'autres. En concluant que pour elle cette situation la satisfait vraiment :

— Même si, ajoute-t-elle, je préférerais être une femme avec trois ou quatre hommes à ma disposition, plutôt qu'une fille parmi huit, pour un seul homme, tout émir puisse-t-il être !

Puis ce sont les tentatives de discussions avec Csilla. Les deux premières tiennent du fiasco, la Hongroise restant fermée comme une huître. Mais lors de leur troisième rencontre à deux, Léa l'aborde les larmes aux yeux, en balbutiant :

— Je pense jour et nuit à mon chéri et j'ai honte. Je n'en peux plus. Comment faites-vous, toutes les sept, pour tenir ainsi le coup sans craquer, et depuis fort longtemps pour certaines d'entre vous ?

Devant la mine déconfite de la jeune Française, la nouvelle dans le groupe, Csilla finit par lui lâcher quelques phrases :

— Moi, tu sais, je préfère ne pas disposer de miroir. Ici, dans ma chambre, je l'ai fait enlever, car je suis convaincue que je me ferais peur.

— Oh non, Csilla, ne dis pas ça et ne pense pas ça, tu es vraiment belle. Et de mon côté je t'avoue avoir un peu la même attitude que la tienne. Mieux vaut éviter de me regarder dans un miroir.

— Mais toi tu es plus que belle ! Et je peux même comprendre que ce Khaled ait un faible pour toi. Le voir disparaître serait à coup sûr la meilleure chose pour certaines d'entre nous, mais qu'y pouvons-nous aujourd'hui ?

— Merci Csilla, tu es très gentille, mais regarde, je palpe mes cernes autour des yeux et ces petites rides de chaque côté de ma bouche. Ce sont des signes qui ne trompent pas… et des traces qui n'existaient pas du temps pas si lointain de ma vie avec Stéphane, mon mari et mon grand amour. Quant à toi, belle comme tu es toujours, tu devais avoir bien des hommes à tes basques et, je l'espère pour toi, un chéri comme mon Stéphane ?

— Euh… oui… euh… mais pas un mari. Sandor, je te l'avoue – mais reste muette sur ce sujet, je t'en supplie –

Sandor est mon fiancé. Et je l'aime, sans doute comme tu aimes ton Stéphane.

— Il vit à Budapest ?

— Non, non, pas du tout. Lui et sa famille habitent à Söprön, une petite ville vraiment craquante. Un bijou, comme lui, Sandor, est mon bijou.

Et pour la première fois Léa distingue une grosse larme perler sur la joue de Csilla, qui reprend :

— Oui, Léa, pardonne ma faiblesse, Söprön est une jolie bourgade située à l'ouest de la Hongrie, près de la frontière autrichienne et du lac Neusiedl. Un environnement de rêve.

— Mais alors, n'as-tu point l'envie de retrouver ton homme et ce petit paradis, comme moi Stéphane et le Bassin d'Arcachon ?

— Bien sûr que si, tu peux l'imaginer, mais quoi faire ? Nous n'avons strictement aucun moyen. Et même si on en trouvait, ne serait-ce qu'un, cette pourriture de Tayeb s'empresserait de nous le faire disparaître. Je t'avoue que j'ai très peur, vraiment très peur de lui et de ses réactions outrancières. Il ne nous comprend pas et ne veut surtout pas nous comprendre. Imagine un instant que nous affichions notre insatisfaction – sans aller jusqu'à parler de rébellion – et qu'on se refuse à l'émir, chacune un soir. Aussitôt cet âne bâté de Tayeb interviendra et il n'hésitera pas un instant. Il s'arrangera pour obtenir l'accord de Khaled pour vendre la meneuse et l'envoyer jouer les prostituées dans un pays lointain où tout recours et toute évasion seraient impossibles. En guise d'exemple pour les autres. Et ça, Léa, c'est ma hantise.

Sincèrement, je préfère être ici et rester discrète pour éviter le pire.

— Mais Csilla, dis-moi, la police hongroise n'est-elle pas en chasse pour tenter de te retrouver ?

— Comment le savoir ? Je l'espère, c'est tout. Le sais-tu, toi, si la police française te recherche ?

— Oui, Csilla, je le sais. Et c'est même l'émir en personne qui m'en a informé. Mais silence pour l'instant, s'il te plaît. Le même silence que celui que tu me demandes pour toi, d'accord ?

— Oui, naturellement. Mais que t'a-t-il dit, au juste ?

— Que récemment la police française fouinait dans Amman, en Jordanie, et cela, en présence de mon mari ! Que Dimitri y avait même croisé un des policiers en compagnie de Stéphane, et qu'il se préparait à les tuer. C'est alors qu'une personne, sans doute un cousin de mon mari, a tué Dimitri.

— Quoi, il est mort ce gros porc ?

— Oui, je te l'affirme, et cela perturbe Tayeb beaucoup plus que l'émir lui-même.

— Et comment peux-tu savoir que le sauveur des deux Français est un cousin à toi ?

— Je ne le sais pas, mais je le devine, à cause de la description du meurtre rapportée par Khaled : un couteau lancé dans la gorge de Dimitri avec une précision diabolique. Or le cousin de Stéphane avait déjà sauvé plusieurs personnes de sa famille, exactement de la même manière.

— C'est formidable ce que tu me contes là. Mais pour qu'ils viennent jusqu'ici, dans ce harem, cela ne me paraît pas possible.

— Certes, mais on peut toujours rêver que les polices de Hongrie, de France, d'Irlande, de Pologne, d'Allemagne et de Finlande, pour ne pas parler de Russie, se liguent pour nous retrouver. Nos chances de sortir d'ici saines et sauves seraient décuplées.

— Un vœu pieux, ma pauvre Léa. Et surtout, n'évoque jamais ce point avec Irina.

— Et pourquoi ?

— Irina appréciait Dimitri, allant même jusqu'à traiter avec lui pour qu'il trouve d'autres femmes pour Ben Gourmann. Irina lui décrivait le style des femmes que l'émir apprécie tout particulièrement.

— Mais… mais Martina n'a jamais mentionné ce point-là avec moi ?

— Martina ne veut surtout pas dénigrer les collègues, et sur ce sujet précis, elle l'ignore.

— Et toi, la plus discrète de tout le groupe, tu le sais.

— Oui, parce qu'Irina et moi nous nous parlons en russe. Cela l'arrange énormément. Et donc, petit à petit, elle s'est confiée à moi. Tu comprends ?

— Oui, Csilla. C'est formidable de parler à la fois le russe et l'anglais en plus du hongrois.

— Je peux même te confier que je parle aussi allemand et italien, et que je comprends le français. Si tu me parles lentement, bien sûr.

— Incroyable !

— Pas tant que ça. Demande à Martina : le finlandais et le hongrois sont deux langues vraiment à part. Et de ce fait, dans nos deux pays, il est impératif de parler au moins trois ou quatre langues. Moi je voulais faire des études, justement, forte de mes connaissances linguistiques, mais notre situation familiale d'une part, puis mon enlèvement, d'autre part, ont fait capoter mes projets. Toi, tu as eu un tout petit peu plus de chance.

Léa ressort de cette conversation vraiment abasourdie. Csilla s'est confiée comme jamais. Une belle satisfaction en dépit de la déception concernant son ignorance sur les actions des polices. Une déception équivalente avec les autres filles, puisque toutes ignorent si la police est sur le coup de leur disparition. Et cela va même plus loin : Ewa, Deena et Martina s'en fichent royalement ; Greta et Agnieszka restent muettes sur le sujet, un peu comme Csilla ; quant à Irina, c'est le comble, elle espère sincèrement que la police russe a abandonné l'affaire !

17

À Roissy, Stéphane tombe dans les bras de sa mère. Une mère qui lui souhaite d'emblée d'avoir autant de courage qu'il en a eu jusqu'à maintenant. Elle lui conte que les parents de Léa sont effondrés, au point qu'ils en négligent un peu trop leurs vignes. Vraiment navrant. Et elle ajoute :

— J'ai dû les calmer car ils t'en voulaient un peu. Mais j'ajoute, mon garçon, que si tu parviens à la retrouver et à la libérer ils iront jusqu'à t'apprécier et te vénérer comme un demi-dieu. Maintenant, Stéphane, j'ai trois sujets à voir avec toi. Le premier, comme prévu, voilà quelques sous. Deux mille euros, tout de même. Alors, essaie de ne pas les dilapider dans la semaine qui vient. Pour ce qui est des dépenses par carte, ton père a refourni ton compte d'autant. Ne nous blâme pas, au jour d'aujourd'hui nous ne pouvons pas te donner beaucoup plus, et ton frère a tenu à participer. Bon, tu peux nous comprendre.

— Oh oui, maman, bien sûr ! Mille merci, ainsi qu'à Fabrice. Dis-moi, papa s'en sort-il avec ses parcs ?

— Oui, à peu près, mais il fatigue plus vite, ce qui est logique. Sans véritablement l'avouer il angoisse pour Léa et pour toi. C'est sûr que cette situation nous mine. Pas autant que toi, mais tout de même…

— Je le sais bien. Je vous aime. Et rapporte à l'occasion aux parents de Léa que je les aime aussi. Qu'ils sachent que je me battrai jusqu'au bout. Je ne lâcherai rien, jamais ! En attendant vous pouvez dresser une statue d'Olivier dans le jardin de notre belle villa M. Il m'a sauvé la vie et celle du policier d'Interpol que j'accompagne et qui est en passe de devenir un ami. Olivier, toujours aussi précis, a lancé un couteau pour supprimer le mafieux qui voulait nous tuer, Grégory et moi, dans un quartier désert, aux abords de l'aéroport d'Amman.

— Mais… mais, tu es sûr qu'il voulait vous tuer ?

— Absolument. Il venait de visser un silencieux sur son arme.

— Oh Seigneur ! Maintenant, mon chéri, j'en viens au deuxième point que je voulais aborder avec toi. As-tu lu des journaux français dans l'avion ?

— Oh non, j'ai ruminé pendant tout le voyage en croisant les doigts pour que Grégory m'appelle et me somme de le rejoindre à Abu Dhabi.

— Alors, mon fils, regarde cette page du Progrès de Lyon[1] d'avant-hier. Observe bien les deux photos qui complètent l'article.

Stéphane s'assoit d'un coup, les jambes flageolantes. Il y voit une photo bien claire de Dimitri et il reconnait, sur la deuxième, plus petite que la première, l'émir en personne, puisqu'il s'agit indubitablement de l'homme croisé à Fès,

1 – Article fictif imaginé par l'auteur.

dans le fameux restaurant de la ville marocaine. Il fixe sa mère et lui demande :

— Que dit cet article ? Tu l'as bien lu, j'imagine ?

— Oui Stéphane, je l'ai lu, relu et épluché. Après avoir bien décortiqué cette page, ton père et moi nous avons téléphoné à tes beaux-parents pour qu'ils s'en procurent un exemplaire. C'est un article écrit par un journaliste qui a rencontré un certain Xavier Mombert, d'Interpol à Lyon. Ce nom te dit quelque chose ?

— Et comment, c'est le chef direct de Grégory Natel.

— Donc, je te résume, cet article annonce la mort d'un mafieux russe à Amman. Le gros sur la photo. L'article souligne qu'il s'agirait de l'homme qui aurait enlevé une jeune femme domiciliée sur le Bassin d'Arcachon, pour la vendre à un richissime émir, l'homme sur la petite photo. Car ce mafieux était spécialisé dans ce genre de trafic, un habitué de longue date de ce type de négoce. Et il semble qu'il fournissait principalement cet émir en femmes venues d'Europe pour son harem. Et ce Dimitri aurait été tué par un membre de la famille de la jeune femme enlevée. Ce que tu viens de me confirmer. Bref, la police française suit cette affaire en espérant une issue heureuse. Et ce Dimitri, précise l'article, t'a menacé toi et le policier français.

— C'est incroyable. Je confirme tout, bien sûr. Merci de m'avoir apporté cet article. Puis-je le garder ?

— Oui, bien sûr, il est pour toi. Papa s'est procuré trois exemplaires du journal. Un pour nous deux et Fabrice, un pour toi et le troisième pour le directeur de la police de Bordeaux. Mais en fait il en disposait déjà, appelé par ce Xavier.

— Tu sais maman, sans vouloir rêver de façon stupide, cet article va peut-être nous aider.

— Comment ça ?

— Imagine qu'avec Grégory et Olivier nous parvenions à rencontrer cet émir ou l'un de ses sbires. Si je lui mets sous son nez ces deux photos et cette accusation, cela peut avoir une incidence sur son comportement.

— Oh oui, on peut l'admettre ! Alors je croise les doigts. Et maintenant, mon troisième point, tu vas décider quoi, aujourd'hui : tu rentres à Gujan, tu patientes ici ou tu pars rejoindre ce Grégory et Olivier ?

— Rentrer à Gujan, certainement pas. En fait je veux attendre ici, à Roissy ou à Paris, un appel de Grégory ou d'Olivier qui tentent de partir à Abu Dhabi en simples touristes, sans l'étiquette d'enquêteur pour Grégory. Ils doivent me téléphoner, une fois là-bas, pour me dire de les rejoindre ou pas.

— Donc tu attends ici ?

— Oui maman, comprends-moi.

— Je comprends tout à fait, même si je devine que ton père va regretter ton absence prolongée.

— Embrasse-le et dis-lui de garder le moral. On a tous besoin d'un bon moral, et Léa la première, évidemment. Je te remercie d'être venue, j'apprécie vraiment. Et merci encore pour l'argent. Plus tard je me battrai pour pouvoir vous rendre vos sous.

— Stéphane, enfin, oublie ça s'il te plaît ! Retrouve ta chérie saine et sauve, c'est tout ce qu'on te demande, c'est tout ce qu'on espère.

Ils s'embrassent, en larmes tous les deux, puis Sarah part reprendre un train jusqu'à Paris puis emprunter le TGV Bordeaux Arcachon. Stéphane trouve relativement vite un hôtel à Goussainville grâce à Internet. Pratique, car très proche de Charles de Gaulle. Un hôtel confortable et avec un tarif fort raisonnable, pour éviter les dépenses somptuaires. Il ronge son frein toute la soirée. Le lendemain, morose, il se lève tôt et descend prendre son petit-déjeuner lorsque, sa tasse de thé aux lèvres, son portable sonne. C'est Grégory :

— Bonjour Stéphane. Comme promis nous vous appelons. Nous sommes arrivés à Abu Dhabi, c'est la bonne nouvelle. Nous recherchons désormais, Olivier et moi, un moyen simple et direct pour nous rendre à Charjah ou sur la côte nord-est en direction d'Oman. Mais pour l'instant nous sommes bredouilles, c'est la moins bonne nouvelle. En fait nous venons de réaliser qu'il nous sera certainement plus facile d'accéder à la région de Charjah à partir de Dubaï. Donc, demain, nous prendrons un bus régulier Abu Dhabi – Dubaï. Pour Dubaï on nous a conseillé l'hôtel Sadaf. Gardez bien ce nom en tête car s'il y a autant d'hôtels à Dubaï qu'à Abu Dhabi, vous allez vous perdre ! En attendant, je vous passe votre cousin :

— Salut Stef, tu es où ce matin ?

— Je suis dans un hôtel à Goussainville, à côté de Roissy et j'attendais votre appel avec impatience. Maintenant, si je comprends bien les propos de Grégory, je dois trouver un vol Paris – Dubaï plutôt qu'un vol pour Abu Dhabi.

— Oui, c'est ça, et une fois à l'aéroport de Dubaï, prends un taxi en précisant bien l'hôtel Sadaf.

— D'accord. Et vous deux, vous partez demain, c'est bien ça ?

— Tout à fait. Et en attendant je te donne en mille ce que nous comptons faire demain matin.

— Comment pourrais-je deviner ?

— On va visiter un musée. Oui, oui, car sur une île toute proche de notre hôtel il existe depuis à peine deux ans, le Louvre Abu Dhabi. C'est dingue, non ?

— Bonne balade en tout cas, vous me raconterez. Moi je vais chercher au plus vite un vol pour Dubaï et si possible à un tarif raisonnable. Et dès que je dispose d'un billet je rappelle Grégory. Au fait, dis-lui que je viens avec un trésor. Oui, peut-être bien un trésor qui permettra de faire avancer notre enquête.

— C'est quoi ce trésor ?

— Un article dans un journal français avec la photo de Dimitri et même celle de l'émir, que j'ai reconnu ! L'homme rencontré à Fès !

— Ah oui, je crois que Grégory a échangé avec son chef à ce propos. J'ai hâte de voir cet article. Allez, bon courage et bonne nuit.

Au moment de monter dans l'avion d'Émirates Airlines en direction de Dubaï, Stéphane songe soudain :

— Oh Seigneur, faites que je n'aperçoive point de jolie femme tout près de mon siège ! Une Wanda ça suffit.

En réalité Stéphane avait tort de s'inquiéter. Dans ce vol il ne trouve quasi exclusivement que des hommes. Avec également quelques couples assez âgés. Alors il songe, soulagé :

— Ouf, je vais pouvoir dormir tranquille et faire un beau rêve avec Léa. J'en rêve déjà !

Le vol lui parait fort long malgré tout. L'approche sur Dubaï l'impressionne : des gratte-ciel partout et, d'une façon plutôt surprenante, l'aéroport est très proche de la ville, juste au sud. Dans l'aéroport il constate encore que les femmes se font rares. À croire que les émirs sont en manque, effectivement… Il récupère son bagage et demande à un taxi de le déposer à l'hôtel Sadaf. Commence alors cet itinéraire au pied de tous ces gratte-ciel. Stéphane ne connait pas New-York, mais il ressent ici comme un copier-coller. Le taxi le dépose à l'entrée d'un hôtel moderne. À la réception, deux surprises l'attendent : une chambre est déjà réservée à son nom, et Grégory et Olivier n'arriveront qu'en fin de soirée, beaucoup plus tard que prévu. De sa chambre, au vingt-sixième étage, il aperçoit une partie de la ville. Un décor qui, dans sa tête, ne correspond pas franchement à l'idée qu'il se fait d'un émirat. Tout juste s'il aperçoit une mosquée. En direction de la mer il en distingue une, malgré tout. Moderne mais fort jolie. Un peu plus tard le réceptionniste lui précise qu'il s'agit de la mosquée Jumeirah, considérée comme la plus attrayante et la plus touristique de Dubaï. Touristique parce qu'elle est ouverte aux non musulmans.

Alors qu'il commence à s'ennuyer à force de poireauter dans le hall, Grégory et Olivier débarquent enfin dans l'hôtel. Leurs deux chambres jouxtent la sienne. De ce fait, les deux hommes à peine installés, et visiblement fatigués, Stéphane les convie malgré tout dans sa chambre. D'abord pour leur demander comment s'est passé le voyage entre Abu Dhabi et Dubaï :

— Dans un bus régulier. Un bus confortable mais pour un trajet qui nous parut interminable. Bref, nous sommes bien arrivés, et tu es là, conclut Olivier.

Alors Stéphane déplie l'article sur lequel figurent Dimitri et Khaled Ben Gourmann.

— Un document fort intéressant, diagnostique Grégory le fin limier, et qui peut effectivement nous être utile. Aussi, par prudence, je vais demander à la réception d'en faire des copies. Oui, oui, messieurs, on ne sait jamais. On peut très bien imaginer un sbire de Ben Gourmann se saisir de l'article et le brûler devant nous. Gardons-en un exemplaire chacun avec nous et un autre dans nos bagages respectifs. Et ce serait bien que l'ambassade de France, ici, en dispose également d'un exemplaire. Je vais voir avec le Basque.

— Le Consulat général de France, précise le réceptionniste à Grégory, est tout à côté de la mosquée Jumeirah dont je parlais à monsieur, il y a une heure.

— Merci beaucoup, et j'en profite pour vous demander s'il est facile, à partir d'ici, de rejoindre Charjah ?

— Bien sûr monsieur. Il existe un bus régulier et bientôt il y aura également un train rapide. Mais sincèrement je vous conseille de prendre un taxi ou de louer une voiture. J'ajoute que si vous vous rendez au Consulat de France, je vous recommande de visiter la mosquée Jumeirah. Elle représente un symbole d'ouverture pour Dubaï, puisqu'elle est accessible à tous, les touristes comme les musulmans. À la seule condition, naturellement, d'y pénétrer vêtu correctement. Exactement comme vous l'êtes maintenant. Et enfin, puis-je vous demander pour quelle raison vous tenez à vous rendre à Charjah ?

— Nous espérons obtenir un rendez-vous chez l'émir Ben Gourmann. Monsieur Vercoutre, ici présent, l'avait rencontré au Maroc, et il aimerait beaucoup le revoir, en profitant de notre séjour dans les Émirats.

— Alors dans ce cas, messieurs, je vous conseille vivement de louer un véhicule car le palais de cet émir, j'en suis à peu près certain, se situe bien au-delà de Charjah. À une bonne vingtaine de kilomètres au nord-est.

— Merci beaucoup pour ce conseil précieux. Une location de voiture, ici, c'est facile, c'est abordable, demande Grégory ?

— Oh oui, tout à fait. Un tarif international classique. Des loueurs vous en trouverez, justement, tout près de votre consulat. Sans parler de l'aéroport, naturellement.

— Et nous pouvons circuler librement, demande Olivier ?

— Bien sûr messieurs, qu'allez-vous imaginer ? Vous n'aurez aucun problème, sauf si, je tiens à le préciser, vous louez une décapotable et qu'à l'intérieur paradent des femmes en maillot de bain ! Mais ce ne sera pas le cas, n'est-ce pas ?

Et le représentant de l'hôtel Sadaf éclate de rire.

Le lendemain matin Stéphane demande à Olivier et à Grégory leur impression sur le musée du Louvre d'Abu Dhabi.

— Un endroit fascinant, répond Olivier. Ce qui nous a le plus impressionnés c'est le dôme de ce bâtiment situé sur une île. Un dôme conçu par Jean Nouvel et qui laisse passer beaucoup de lumière[2]. Quant aux œuvres présentées, elles proviennent d'un peu partout. Certaines sont prêtées par la France et d'autres proviennent d'Égypte, d'Inde et, bien sûr, des pays du Golfe. Sincèrement, c'est à voir.

Puis, munis chacun d'une copie de l'article précieux, ils repèrent et pénètrent dans le Consulat de France. Pour apprendre que le Consul vient de recevoir un appel du commissaire Mombert et, aussitôt après, un mail avec une copie du fameux article en pièce jointe. Un des adjoints du consul les accompagne ensuite chez un loueur qui leur propose une Mercedes de bonne taille pour un tarif correct. Puis ils récupèrent leurs bagages et partent en direction de Charjah. Pendant le trajet, Grégory met Stéphane en condition :

— Dès notre arrivée dans le secteur de Charjah, et bien avant d'atteindre le palais de Ben Gourmann, je vous demande d'observer autour de vous, et à vous en faire péter la cervelle… ou presque ! Attention, vous n'apercevrez sans doute pas votre épouse, mais par contre peut-être parviendrez-vous à repérer un indice. Car je le répète, on n'est jamais à l'abri d'un coup de pot ! Je vous dis ce qui me passe par la tête : peut-être allez-vous découvrir une femme qui porte une paire de chaussures ayant appartenu à votre épouse ? Vous comprenez ? On a déjà bien retrouvé un foulard à Amman !

Dans Charjah les trois hommes sont impressionnés par la quantité des mosquées réparties dans une ville ultra-moderne. Ils n'imaginaient pas une cité aussi grande et jouissant de la réputation d'être l'un des plus grands centres culturels de tous les Émirats. Mais comment chercher, comment obtenir

2 – Musée inauguré le 11 novembre 2017 en présence d'Emmanuel Macron.

des informations dans cette immensité, alors qu'ils sont livrés à eux-mêmes ? Après une demi-journée de tâtonnements ils désespèrent de trouver un lien pour une invitation au palais, et Stéphane replonge dans un désarroi incontrôlable, en ressentant quelque chose d'exécrable : l'échec. Alors que les trois hommes s'apprêtent à regagner leur hôtel, Stéphane se met à hurler :

— Là, là ! Regardez, là, avec la jeune femme, le… le photographe ! Oui, j'en suis certain, je le reconnais, c'est le photographe de Fès !

Grégory observe à son tour et remarque que ces deux personnes sortent d'un des nombreux magasins de bijoux du quartier. Lui, c'est un gros bonhomme au visage dur et ingrat qui semble accompagner une jeune femme qui, à bien l'observer derrière des habits locaux, n'est pas de la région. On devine même quelques cheveux blonds. Vraisemblablement une européenne. Alors Grégory stoppe leur véhicule sur un côté, et tous les trois en sortent pour aborder le gros homme. Le policier français prend les devants :

— Bonjour monsieur, excusez-moi, parlez-vous l'anglais ?

— Oui.

— Vous travaillez bien pour le compte de l'émir Ben Gourmann, n'est-ce pas ?

Tayeb fronce alors les sourcils, regarde autour de lui et s'apprête à répondre non, lorsque son regard s'arrête sur le visage de Stéphane. Un Stéphane qui lui, fixe la jeune femme. Et cette jeune femme porte au poignet un bracelet qu'il reconnait immédiatement !

18

Visiblement courroucé, Tayeb nie tout, en jouant les agacés. Impossible de le retenir pour lui parler et pour l'interroger. Il se dirige, en entraînant la jeune femme par le bras, vers un véhicule garé un peu plus loin. Il n'arrête pas de vociférer, de réclamer qu'on lui fiche la paix et qu'on lui lâche les baskets. La fille semble un peu contrite mais elle reste muette. Sans doute est-elle tenue au silence par ce gougnafier. Alors les Français essaient de suivre cette voiture, persuadés malgré tout que cet homme, « le photographe », pour Stéphane, va les semer en exploitant quelques savants détours. Ce qui ne manque pas de se produire. Aussitôt Grégory, passablement frustré, décide de prendre la route du nord-est en direction d'Oman. Très vite le décor paraît beaucoup plus campagnard, à la limite du désertique. Soudain, légèrement à l'intérieur des terres, sur leur droite, ils distinguent une colline sur laquelle trône un petit palais. Un palais à l'intérieur duquel, apparemment, se trouve une mosquée, puisqu'on y distingue un minaret. Au niveau du carrefour avec le chemin qui mène au palais, Grégory arrête son véhicule. Les trois hommes sortent et tentent d'interpeler des gens qui passent. Pour la plupart, des hommes chargés de produits de la terre dans une hotte. Effectivement, Grégory se souvient avoir longé une oasis pas très loin avant d'atteindre le carrefour. Ils finissent par intercepter une personne qui est capable, très vaguement, de s'exprimer en anglais. Cet homme leur confirme que ce palais est bien celui de l'émir Khaled Ben Gourmann. Ce palais se situe à vingt-cinq kilomètres de leur hôtel. Une précision que Grégory s'empresse de transmettre à Lyon, au Basque, pendant que Stéphane prend quelques photos des lieux avec son portable. Ensuite ils garent la voiture tout près d'un porche qui doit correspondre à l'entrée principale. Une petite porte, découpée sur un battant du porche, permet d'entrer à pied. Cette porte est ouverte, et aussitôt deux gardes les entraînent vers une petite pièce qui sert sans doute de lieu de contrôle avant de les introduire dans le palais lui-même. Un homme lige les accueille avec déférence et s'adresse à eux en anglais pour connaître la raison de leur venue jusqu'ici. Grégory explique alors qu'ils aimeraient obtenir un rendez-vous avec l'émir Ben Gourmann en personne, pour la bonne raison que parmi eux il en est un qui connaît le maître des lieux pour l'avoir rencontré à Fès, au Maroc. Et donc il souhaite vivement le revoir. Un peu gêné, le collaborateur passe un coup de fil, et laisse échapper une grimace… qui n'échappe pas à Grégory. Puis, après avoir raccroché, cette personne leur précise :

— Un des adjoints directs de notre cher émir va venir à votre rencontre. Patientez une minute et vous pourrez négocier avec lui.

Deux minutes plus tard les trois Français voient débarquer « le photographe », visiblement exaspéré. Il leur lâche, sans détour :

— Messieurs, votre insistance est pénible, pour ne pas dire plus. Notre émir ne vous connaît pas et ne vous recevra pas.

— Laissez-moi vous dire que c'est faux, intervient Stéphane, assez énervé lui aussi. Nous nous sommes rencontrés à Fès, avec lui, et avec vous également. Vous nous avez pris en photo, avec ma femme et deux amis, dans le fameux restaurant de la vieille ville.

— Arrêtez, tout cela est ridicule, je ne vous connais pas !

— Mais si, et je peux même vous préciser, continue Stéphane, que le patron de ce célèbre établissement de Fès a confirmé à la police votre présence en mentionnant la réservation Ben Gourmann le jour même où nous étions dans ce restaurant.

Grise mine de Tayeb, qui continue de nier. Alors Grégory reprend la main :

— Vous connaissez bien Oleg Dimitrov, dit Dimitri. Or, juste avant de mourir, et persuadé justement de nous avoir à sa merci, il a beaucoup parlé de l'émir Ben Gourmann et de son négoce pour le compte de votre émir. Et comme vous allez le remarquer sur cet article, cette disparition du mafieux russe rejaillit directement sur votre chef.

Grégory tend la page, dont se saisit un Tayeb de plus en plus agacé. Il survole l'article, mais visiblement il ne comprend pas le français. La photographie de son maître le fait juste un peu tiquer.

— Je ne comprends rien à votre affaire, et cela suffit. Maintenant vous quittez les lieux, ou nous serons dans l'obligation de vous enfermer.

— Avant que nous partions, continue Grégory, stoïque, laissez-moi vous résumer cet article puis vous suggérer d'aller le montrer au plus vite à votre émir. Le grand chef va certainement, lui, prendre conscience du problème qui s'abat sur lui. Et donc, je suis convaincu qu'il nous recevra. Je vous en résume le contenu et nous quittons le palais pour rentrer à l'hôtel Sadaf à Dubaï. Appelez, et demandez Grégory Natel, c'est moi. Mais avant, comme vous avez aperçu notre voiture tout à l'heure, vous la reconnaîtrez. Nous allons nous garer au carrefour, en bas, celui qui fait la jonction avec la route Dubaï – Oman. Disons que nous allons patienter à ce carrefour pendant quatre-vingt-dix minutes. Passé ce délai, vous m'appellerez à l'hôtel Sadaf.

— Au plaisir de ne plus vous revoir, répond Tayeb. Un adieu, selon lui.

Puis, sans coup férir, il file chez son maître qui le reçoit sans le faire attendre. Commence alors une très longue discussion entre Ben Gourmann et son fidèle adjoint.

— Maître, je quitte à l'instant trois Français qui veulent vous rencontrer. Vous imaginez facilement de qui il peut s'agir, n'est-ce pas ?

— Oui, du policier, du mari de Léa, et d'un troisième homme que je n'identifie pas, mais qui pourrait être celui qui a assassiné Dimitri ?

— Oui, c'est sûrement cet homme-là. Ils insistent lourdement pour vous rencontrer et attendent au carrefour avec la route d'Oman. Regardez ce qu'ils m'ont donné pour vous. Est-ce vraiment embarrassant ?

Ben Gourmann scrute ce papier et fixe sa photo et celle de Dimitri. Puis il lance à Tayeb :

— Ce qui m'embarrasse le plus pour l'instant, c'est que l'article soit écrit en français. Je ne comprends que quatre à cinq mots de cette langue. Toi, tu as compris ce que raconte cet article ?

— Directement, non. Mais oui, un peu, dans la mesure où le policier français en a résumé le contenu. Ce document précise qu'Oleg Dimitrov a été tué alors qu'il menaçait un policier français et le mari d'une jeune femme enlevée. Enlevée, justement, par ce mafieux russe, pour le compte d'un émir du Moyen-Orient, vraisemblablement l'émir Ben Gourmann. Car Oleg Dimitrov avait tout expliqué aux deux Français, sachant qu'il allait les tuer.

— C'est trop facile de faire parler les morts !

— Oui maître, je suis absolument d'accord avec vous, mais attendez la suite. Pour conforter cette thèse, un autre homme, un Allemand, un certain Herbert Schwarz, qui croupit désormais en prison à Stuttgart, aurait lui aussi mentionné votre nom et la rencontre à Fès avec la jeune Française.

— Aïe, oui, c'est plus grave ce que tu me racontes là. Très embarrassant, même, puisque ce Herbert est venu jusqu'à Amman et que Dimitri m'a précisé que c'est lui qui a retrouvé Léa près de Bordeaux.

— Peut-être, maître, mais ici vous êtes sur votre territoire, vous êtes chez vous. Et ces gêneurs n'ont rien à faire dans votre Émirat.

— Ils ne renonceront pas à récupérer ma chère Léa. C'est terrible, parce que les autres ont renoncé. Et c'est justement elle ma chérie. Oui, Tayeb, c'est terrible.

— Alors, éliminons-les.

— Pour me faire poursuivre avec acharnement par toutes les polices européennes ? Non Tayeb, ça c'est impossible.

— Mais maître, vous pouvez me faire confiance, je saurai provoquer une simulation d'accident à plus de cent kilomètres d'ici et qui les ferait disparaître tous les trois.

— Merci Tayeb, je te reconnais bien là, fidèle et dévoué. Mais même avec un scénario parfait ce sera insuffisant. Tu as bien vu cet article, alors n'as-tu pas l'impression qu'ils iront jusqu'au bout, quitte à prendre des risques ? Sérieusement, Tayeb, je dois les recevoir, c'est nécessaire. Ne serait-ce que pour les amadouer et préserver ma réputation. Tu sais combien c'est essentiel pour moi, et plus encore pour l'Émirat. Tu comprends, n'est-ce pas ?

— Oui maître, bien sûr. Mais mon inquiétude réside dans le fait que cette histoire rejaillisse sur les autres femmes et réveille plusieurs enquêtes à la fois.

— Non Tayeb, pas si nous savons nous y prendre comme il faut. Fermement et diplomatiquement à la fois. Et au pire, tu le sais comme moi, quatre d'entre elles au moins voudront rester ici avec moi. Il sera donc impossible de me critiquer et de critiquer leur choix, leur décision, leur liberté. Allez Tayeb, ramène-moi ces Français, je vais les recevoir.

Aussitôt Tayeb envoie Jamal chercher ceux qu'il nomme les intrus. Il s'impose de respecter les consignes de son maître, mais il désapprouve totalement son attitude. Car lui-même les aurait ignorés ou les aurait fait éliminer loin d'ici.

Stéphane reconnait vaguement l'homme qui s'approche de leur véhicule. Lui aussi devait être de la fête, au restaurant de Fès. Cela fait juste une heure et demie qu'ils poireautent à ce carrefour. L'homme leur annonce :

— Vous pouvez remonter jusqu'au palais, mon maître va vous recevoir. Euh, puis-je monter avec vous ?

Olivier ouvre la porte arrière, se pousse pour laisser la place à cet homme tout en palpant son couteau. Dans la cour du palais, sobre mais plutôt élégante, Tayeb les attend, le visage noir :

— Suivez-moi, dit-il, sans rajouter le moindre mot.

Grégory fronce les sourcils, sur ses gardes, Olivier serre le manche de son couteau encore plus fort, et Stéphane, consciemment ou pas, rêve de revoir enfin Léa. Tayeb les installe dans un grand salon orné de mosaïques fines du plus bel effet. Puis il va chercher son maître. Malgré le décor, suivent quelques instants épuisants nerveusement. Pour Stéphane en premier lieu. Et lorsque l'émir apparait, le regard de glace, le jeune mari reconnait parfaitement l'homme de Fès. Mais dans ce salon immense, un peu austère tout de même, et tellement différent de l'image que Stéphane conserve du patio du restaurant de Fès, il découvre un émir au visage d'une dureté inquiétante. Le regard de Ben Gourmann en direction du mari de Léa ne laisse planer aucun doute : il le reconnait parfaitement. Et d'emblée, sévère, il lui balance :

— Jeune homme, je me souviens fort bien de votre dame, mais je ne l'ai pas revue depuis ce séjour au Maroc.

Grégory pousse un discret ouf de soulagement devant cette déclaration liminaire, et il enchaîne, au risque de faire interrompre l'entretien :

— Parlons franchement, seigneur émir, nous pensons exactement le contraire. Léa a été enlevée par un certain Dimitri, connu des services de police de l'Europe entière et du Moyen-Orient. Regardez à nouveau la photo de l'article. Et cet homme vous le connaissez très bien.

— Qui, ce… ce Dimitri ?

— Oui seigneur émir, Dimitri, de son vrai nom Oleg Dimitrov, un mafieux russe puissant, qui fournissait de riches émirs en jolies femmes. Or, comme je l'ai expliqué à votre collaborateur, un observateur à la solde de Dimitri, un Allemand du nom d'Herbert Schwarz – désormais en prison aujourd'hui – a avoué faire partie du réseau du russe. Et surtout, il a précisé que, comme il dispose d'une maison à Bordeaux, le hasard lui a permis de rencontrer la femme que vous recherchiez, celle prise en photo par votre collaborateur et transmise à Dimitri. Qui l'a, bien sûr, transmise aussitôt à cet Herbert.

— Mais qu'est-ce que c'est que ce charabia ? Vous êtes en train de me raconter tout et n'importe quoi.

— Pas du tout, seigneur émir, et nous venons de découvrir une nouvelle preuve de ce que nous affirmons, aujourd'hui même ! Nous avons aperçu dans Charjah votre collaborateur avec une jeune femme. À parier, une jeune européenne. Or cette personne portait à son poignet un bracelet qui appartient à Léa Vercoutre, justement. Quelle étrange coïncidence, n'est-ce pas ?

Le visage de l'émir continue de virer au violet et, près de lui, Tayeb a de plus en plus de difficulté à contrôler ses gestes. Grégory continue :

— Parmi les autres indices que nous détenons, vous avez donc vu l'article laissé à votre collaborateur. Interpol, que j'ai eu au téléphone ce matin encore, s'apprête à faire diffuser un article équivalent et plus précis encore, par une dizaine de grands quotidiens dans toute l'Europe. Des journaux qui, naturellement, parviendront un ou deux jours plus tard dans toutes les grandes villes du Moyen-Orient.

De plus en plus renfrogné, l'émir s'agace et répond :

— Vous imaginez bien que je peux vous retenir ici, et même vous éliminer. Un accident fortuit, à une centaine de kilomètres de mon territoire, est possible et crédible.

— Vous pouvez tenter cela, en effet, répond Grégory qui joue les imperturbables, mais vous ne le ferez pas.

— Et pourquoi donc, demande l'émir avec un sourire grinçant ?

— Parce que nous sommes supposés appeler le bureau central d'Interpol en France chaque matin et chaque soir. Si ce contact régulier, et enregistré, n'existe plus, deux fois consécutivement, une action d'envergure sera programmée, directement contre vous. Il s'agira d'une manœuvre agréée par l'ambassade et les consulats, étant donné la gravité des circonstances et les lourdes charges qui pèsent contre vous.

— Moi je n'aurai aucune peine à faire démontrer le bien fondé de la thèse de l'accident. Un accident loin de mes terres, qui plus est.

— Avec par hasard madame Léa Vercoutre présente dans votre harem.

— Certainement pas.

— Vous savez sans aucun doute ce qu'est une perquisition avec mandat, et un mandat au caractère international, qui plus est. Je vous rappelle que deux hommes, même si l'un des deux est mort, vous ont accusé nommément. Et que s'y rajoute la séquence du bracelet de madame Vercoutre, et porté par une personne de chez vous. Sans aucun doute une collègue de Léa dans votre harem. Cette information-là vient d'être transmise à nos bureaux de France pendant que nous attendions dans la voiture.

Ben Gourmann rumine quelques secondes sans rien dire ni même regarder Tayeb qui, lui, semble exaspéré. L'étau se resserre, c'et une évidence.

— Reste une solution, messieurs : mes hommes peuvent peut-être retrouver cette femme que vous recherchez et qui se trouverait chez d'autres personnes de la région et que nous connaissons plus ou moins bien. Vous m'avez précisé que ce Dimitri fournissait plusieurs émirs…

— Oui, je confirme. Alors, pourquoi pas, en effet, répond Grégory. Mais cherchez bien et trouvez vite, car retenir la diffusion de cette affaire sordide, risque de ne pas pouvoir durer plus de quatre ou cinq jours maximum. Alors que la récupération de madame Léa Vercoutre saine et sauve éteindra l'affaire. Enfin, au moins pour quelques temps.

— Pourquoi pour quelques temps ?

— Parce qu'il n'est pas impossible que d'autres enquêteurs sur des cas similaires se remettent à l'ouvrage.

— Laissez-moi un minimum de temps, que je puisse lancer mes hommes en chasse. Nous sommes mardi, revenez ici même jeudi soir. Je vous promets au moins de faire un point sur nos recherches et peut-être même vous annoncer une nouvelle que j'espère positive.

— Merci. Nous sommes d'accord, seigneur émir. Juste une dernière précision, l'article que votre collaborateur tient dans sa main est non seulement déposé dans toutes les ambassades et consulats des pays du Golfe, mais également en Jordanie.

— En Jordanie, interroge l'émir, soupçonneux ?

— Oui, pour deux raisons. D'abord, Dimitri a été tué tout près du hangar où était abrité votre jet privé. Une information confirmée par les autorités aéroportuaires. Et ensuite parce que le directeur de l'un des plus grands hôtels d'Amman prétend vous avoir reçu comme client, émir Ben Gourmann, avec des collaborateurs et une jolie jeune femme. Il affirme vous avoir vu partir pour Pétra en compagnie de cette jeune personne dont la description correspond véritablement à Léa Vercoutre en personne. Et cet homme a ajouté que, bien que votre réservation était prévue pour trois nuits, vous-même et cette jeune femme n'êtes restés qu'une seule nuit.

Stéphane aperçoit alors le visage de Ben Gourmann qui blêmit d'un coup, comme s'il semblait atteint. L'émir se reprend vite et répond, passablement énervé :

— Rendez-vous ici, jeudi soir, vers dix-huit heures. Vous pouvez disposer.

Une fois rentrés à Dubaï, Grégory laisse un long message à destination de Xavier Mombert, en détaillant la rencontre avec l'émir, ses mensonges et les risques qui subsistent pour eux trois dans cette affaire.

19

Lorsque Deena rend son bracelet à Léa, sans oublier de la remercier, elle lui glisse :

— Il me faut te parler en privé. Viens, allons dans ma chambre.

Une fois les deux femmes isolées, Deena commence par lui montrer le bracelet qu'elle a choisi, et payé par Tayeb.

— C'est fou ce qu'il peut ressembler au tien, c'est formidable. Regarde, le même tour en huit plaques d'argent, et le même style de petites pierres sur chacune des plaques. Seules les couleurs des pierres divergent. Oui, franchement, je suis ravie. Et merci pour m'avoir prêté le tien, cela m'a beaucoup aidée. J'adore ce bracelet comme j'adore le tien. Mais maintenant, cale-toi, bien assise sur ta chaise. J'ose espérer que tu vas me croire. Léa, en sortant de chez le bijoutier avec Tayeb, dans Charjah, je crois bien avoir croisé ton mari.

— Quoi, hurle Léa !

— Chut ! Ce que je t'annonce là est un secret entre nous deux. Sinon ce pourri de Tayeb risque de me punir, et très durement.

— Mais… mais Deena, explique-toi, je t'en supplie.

— Alors que nous sortions tout juste de chez le bijoutier, Tayeb a été interpelé par trois hommes. Des Français, à n'en pas douter, et des Français qui sont ici, dans la région, pour te rechercher, toi. Il n'y a guère eu de véritable dialogue avec Tayeb, mes ces trois hommes me paraissent déterminés. Si tu veux, je peux tenter de te les décrire. D'abord, celui qui n'a pas ouvert la bouche.

À l'évidence Deena s'est efforcée de bien observer ces hommes qui lui faisaient face, car ses descriptions sont précises.

— Oh oui, Deena, celui-là c'est sûrement Olivier, le cousin de Stéphane. Allez, tu continues.

Deena décrit alors un deuxième Français.

— Celui-là ne me dit absolument rien. Donc, il pourrait bien s'agir du policier français. Allez, passe au troisième, j'ai vraiment hâte de savoir.

Deena en termine donc avec la description de Stéphane, en lui précisant bien que le regard de cet homme n'a pas quitté son poignet d'une seconde. Alors, en larmes d'un seul coup, Léa se jette dans les bras de la jeune Irlandaise :

— Oh oui Deena, oh oui, c'est lui, c'est mon Stéphane ! Mon Stéphane est à Charjah. Va-t-il parvenir jusqu'ici pour me chercher et me délivrer ? Oh Seigneur, faites qu'il réussisse ! Même si je vais me retrouver trop honteuse devant lui. Merci Deena, merci encore. Quelle chance d'avoir été en ville juste à ce moment-là !

— Tu sais, Léa, cette chance dont tu parles, on la doit beaucoup à Khaled en personne.

— Comment ça ?

— Oui, oui, à Khaled et un peu à moi. Il voulait me récompenser pour mon ardeur et ma bonne volonté au lit. Je n'ai pas grand mérite, j'aime tellement ça... Alors j'ai pensé à ton bracelet que j'adore et je lui ai précisé mon choix. Et il m'a répondu :

— Je demande à Tayeb, il va t'accompagner chez le plus grand bijoutier de Charjah. Mais reste très discrète en ville, je compte sur toi.

— Alors je t'ai donc emprunté ton bracelet, sans en parler à qui que ce soit d'autre, et j'ai obtempéré, puisque je n'ai pas ouvert la bouche pendant la durée – plutôt brève – de leur discussion. J'étais un peu frustrée car je comprenais parfaitement tout ce qu'ils demandaient. Mieux que Tayeb, en tout cas, qui lui ne rêvait que de s'éloigner d'eux, avec des idées de meurtres dans la tête, j'en suis convaincue.

— Mais rien ne s'est produit ?

— Si, si, celui qui doit être le policier, selon toi, a laissé une page d'un journal français pour qu'elle soit transmise à l'émir en personne. Car leur but est de rencontrer l'émir. Et j'ai même cru apercevoir, mais sans certitude, une photo de Dimitri et une autre de Khaled sur la page du journal.

— Oh mon Dieu, l'issue est-elle proche ? Je l'espère, tout en redoutant le pire pour mon Stéphane.

Elles sont stoppées net dans leur dialogue amical par les hurlements de Tayeb qui veut les voir toutes dans le salon. Et le fait d'apercevoir Léa sortir de la chambre de Deena le met dans une colère noire. Il se jette sur Deena et lui arrache son nouveau bracelet, puis sur Léa, et lui ôte brutalement le sien. Et il s'éloigne en hurlant :

— Ces objets n'ont jamais existé !

— C'est votre avis, grogne Deena, mais j'en parlerai à l'émir qui m'avait promis ce beau cadeau.

Tayeb a déjà filé, exaspéré. Puis il entre dans le salon de l'émir en se retenant d'exploser. Il montre à son maître les deux bracelets et il lui précise :

— Les deux filles, l'Irlandaise et la Française se parlaient dans la chambre de la première. Officiellement, pour rendre le bracelet prêté. Mais à coup sûr l'Irlandaise a dû s'empresser d'apprendre à votre chère Léa que trois hommes m'ont interpelé, trois Français qui plus est ! Et sans doute a-t-elle décrit chacun de ces trois hommes à sa collègue. Jamais je n'aurais dû l'emmener à Charjah. Cela me fait vraiment peur, cette affaire.

— Ces trois hommes me paraissent déterminés, en effet, et je te rappelle qu'ils contactent la police centrale en France, matin et soir. Et si au bout de vingt-quatre heures aucun nouveau contact n'est intervenu, alors tous les policiers convergeront ici et me mettront en cause. Et toi avec, tu peux l'imaginer.

— Mais maître, si je parviens à simuler un accident, comme je l'ai déjà expliqué, rien ne pourra nous être reproché.

— Tayeb cela m'inquiétera trop, quoi que tu pourras trouver.

— Alors, maître, dites-moi comment résoudre cette terrible situation ?

— Je crois que je suis hélas condamné à abandonner ma belle Léa et à la restituer à son mari. Mais attention, j'imposerai un certain nombre de conditions.

— Quels genres de conditions ?

— D'abord, que la police, que les polices, cessent officiellement toute forme d'investigation autour de moi, autour de nous et sur notre territoire. Et que je sois pleinement réhabilité aux yeux des administrations européennes.

— Mais comment obtenir tout ça ?

— En partie grâce à Léa, justement.

— ??

— J'ai remarqué qu'au fil des jours elle se sentait de plus en plus proche de cette Ewa, la plus grande des deux Polonaises, de Csilla, la discrète Hongroise, et de Martina, la Finlandaise. Alors, je vais annoncer à Léa, que si j'ai le moindre problème à cause d'elle, à cause de son entourage de Français ou à cause d'enquêtes qui ne seraient pas stoppées, alors ces filles seraient une par une envoyées dans des régions lointaines comme les Philippines par exemple, pour servir dans les pires bordels de notre planète. Je pense qu'elle accusera le coup et fera en sorte de se tenir à carreau, d'imposer à ses proches d'en faire autant, et d'obtenir, en parallèle à mes conditions, la cessation de tout recherche de la part des polices européennes.

— C'est un sacré pari, mon cher maître, et à ce jeu vous risquez de perdre toutes vos femmes.

— Non, Tayeb. Tu le sais bien, quatre d'entre elles voudront rester avec moi, j'en suis absolument certain. Je suis par contre plus dubitatif en ce qui concerne la Hongroise, la plus petite des deux Polonaises, et la Finlandaise. Mais celles-là seront les premières menacées, avec l'Allemande. Concrètement, Tayeb, l'aura de notre émirat doit primer, doit passer avant toute chose, y compris mes propres plaisirs. Et puis je trouverai bien un jour un nouveau Dimitri qui saura me livrer d'autres filles à mon goût… en évitant désormais les femmes mariées, voire même, fiancées. Sur ce dernier sujet je ne suis pas inquiet car ma générosité bien connue va m'aider pour dégoter un excellent négociateur. Enfin, si le besoin s'en fait sentir.

*

L'émir appelle Léa une nouvelle fois, pour la troisième soirée de suite. La Française a le sentiment qu'il n'y en a plus que pour elle, et du coup elle s'en excuse auprès des collègues. Une fois Léa partie dans la suite de l'émir, Deena rassemble les six autres, après avoir vérifié l'absence de Tayeb, au niveau de leur salon et des pièces attenantes. Alors elle leur conte son aventure de Charjah. Après quelques minutes, les filles réagissent. Enfin, quatre d'entre elles car impossible d'obtenir la moindre réaction d'Agnieszka ou de Greta. Mais cette fois Csilla intervient, et cherche même à en savoir plus :

— Cela annonce-t-il la liberté pour Léa ?

— Comment savoir, Csilla, lui répond Deena ? Mais ce n'est pas impossible puisque la police et le mari de Léa sont à Charjah.

— Et puisque Léa est en permanence chez l'émir, ajoute Martina, cela ressemble à une sorte d'excitation avant les adieux…

— Ah si mon fiancé et la police hongroise pouvaient, eux aussi, aboutir au même résultat, continue Csilla.

Avec un grand sourire Deena lui réplique :

— Je sais que pour moi cela n'arrivera pas, et je tiens même à ce que cela n'arrive pas.

— Oh comme je te comprends, lance Ewa à son tour !

— Je peux, moi aussi, en dire tout autant, ajoute Martina.

— Quant à moi, explique alors Irina, si des Russes, policiers ou autres, venaient me chercher, je refuserais de partir.

Léa retrouve Khaled très ennuyé et à la limite du pathétique. Il la serre dans ses bras d'une façon fort différente, et étrange pour elle : à la façon d'un amoureux triste. Triste de la perdre ? Avant même de le rejoindre dans le lit, elle a l'impression qu'une petite larme coule sur une des joues de l'émir. Incroyable de la part de cet homme à la réputation de personnage implacable. Très vite, après quelques étreintes assez chaudes, Khaled souffle et lui paraît agacé.

— Vous voulez me dire quelque chose, lui susurre Léa ? Peut-être à propos de l'épisode du bracelet de Deena à Charjah ?

— Tu es au courant, bien sûr. D'abord, ton bracelet, tu vas le récupérer. Et ta collègue irlandaise va récupérer le sien également. Ensuite, dis-moi, que t'a-t-elle révélé ?

— Oh, c'est très simple. Elle pense qu'elle a vu mon mari avec deux autres Français, dans Charjah, juste après l'achat du bracelet par Tayeb.

— Et alors ?

— Comment vous dire, moi je ne les ai pas vus. La description faite par Deena correspond bien, mais quoi dire de plus ?

— Selon Tayeb cela se pourrait bien…

— Oh Seigneur, surtout ne les tuez pas !

— Non, sois sans crainte. Je vais d'abord les recevoir, moi. S'il s'agit effectivement de la police, avec ton mari, il n'est pas impossible que je doive te libérer. La mort dans l'âme, tu l'imagines bien, car tu es ma chérie et tu resteras ma chérie. Mais attention, en cas de départ, j'imposerai beaucoup de conditions.

— Et quelles sont ces conditions ?

— Dis plutôt « quelles pourraient être ces conditions ». Bon, tu le sauras assez vite.

— Si vous les recevez effectivement, est-ce que je pourrais être présente ?

— Certainement pas. Certainement pas cette fois-ci. Pour la suite cela dépendra de leur attitude face à mes conditions. Attends déjà cette prochaine rencontre qui devrait se tenir demain soir. Je te préciserai s'ils sont venus ou pas. Allez, tu peux disposer, maintenant.

Dans la pénombre elle quitte l'immense pièce en trouvant l'émir de plus en plus fébrile. Elle croit même percevoir une deuxième petite larme sur sa joue.

Lorsqu'arrive la fin de l'après-midi, Stéphane ne tient plus en place. Olivier s'acharne à le calmer, mais cela devient vite fort pénible. Vers cinq heures et quart, Grégory les invite à monter dans la voiture pour se rendre au palais, et il s'arrange pour conduire lentement, très lentement. Malgré tout ils arrivent devant le porche avec un bon quart d'heure d'avance. À peine le véhicule arrêté, Stéphane jaillit vers la petite porte d'entrée. Une fois encore Olivier tente de le retenir :

— Ne te précipite pas, s'il te plaît. Calme-toi. Si tu veux revoir Léa, maîtrise-toi, je t'en supplie.

— Olivier a raison, vous pourriez bien tout faire capoter à cause d'un comportement inapproprié. Et moi aussi, je vous en supplie, intervenez le moins possible. Sauf si je vous le demande expressément.

À l'heure convenue, exactement, l'émir Ben Gourmann les reçoit, en présence d'un Tayeb visiblement aussi nerveux que Stéphane. Et les premiers mots de l'émir, qui esquisse un sourire, sont :

— Messieurs, nos recherches ont démarré comme prévu, et je n'ai aucune raison de me montrer pessimiste.

Intenable, Stéphane lance :

— Mais quand vais-je revoir Léa, saine et sauve, alors qu'elle croupit ici même, dans ce palais ?

Crispé à nouveau, l'émir lui répond, d'un ton glacial :

— Ne comprenez-vous donc pas qu'elle peut être à la disposition d'un autre que moi ?

— Vous pouvez me dire ce que vous voulez, éliminez-moi si cela vous paraît le plus simple, mais libérez Léa. C'est terrible tout de même de songer que vous disposez d'un contingent illimité de jolies femmes !

— Illimité, comme vous y allez ! Maintenant je vais essayer d'être très clair avec vous. Et donc, je m'adresse spécifiquement à vous, monsieur le policier. Pouvez-vous me garantir le blocage des informations et la cessation de l'enquête, si mon personnel parvient à retrouver cette dame ?

— Rendez-moi Léa et cette affaire n'aura pas existé, hurle Stéphane !

— Taisez-vous, jeune homme ! Je m'adresse au policier devant moi et pas à vous, répond l'émir, passablement énervé.

— Seigneur émir, intervient Grégory, il me faut vérifier auprès de mon chef, pour le principe. Mais je pense sincèrement pouvoir vous garantir ce silence et cet arrêt. Cela implique, naturellement, que vous nous laissiez repartir en toute liberté, tous les quatre. À savoir, madame Léa Vercoutre, bien sûr, avec nous trois.

— Dans ce cas contactez rapidement votre chef et demandez lui de coucher mes conditions acceptées sur un papier à en-tête de son service de police et avec sa signature. Vous pourrez me présenter ce document sur votre portable et nous trouverons bien un moyen pour l'imprimer. Et donc, sauf si vous ne parvenez pas à contacter votre service de police en France, revenez ici demain soir, à la même heure. D'accord ?

— Oui bien sûr, Seigneur émir. À demain donc, si Dieu le veut.

— Et… et Léa… je, je veux la voir, grogne Stéphane, très déçu.

— Patiente Stéphane, lui glisse Olivier. Depuis le début de cette affaire tu peux tout de même admettre que tu n'es plus à une journée près. Je te parie qu'avec l'accord du chef Mombert dans la main, l'émir va faire apparaître Léa, pour notre plus grand bonheur.

— *Inch Allah*, s'époumone Stéphane !

— Allez, calme-toi et cesse d'énerver l'émir et son larbin.

De fait, le regard de Tayeb, plus encore que celui de l'émir Ben Gourmann, fusille littéralement le mari de Léa.

20

Commence alors une nouvelle soirée privée entre Léa et Ben Gourmann. Elle l'attaque sans vergogne sur la rencontre et sur l'avancée des discussions. Khaled sourit et lui distille quelques informations a minima :

— Une nouvelle visite des trois hommes doit avoir lieu demain soir. Tu peux donc bien imaginer que si cela s'était mal passé il n'y aurait plus de nouvelle rencontre programmée.

Devant l'insistance de Léa, furieuse de ne pas participer à ces réunions, l'émir lui promet de la tenir au courant. La soirée entre eux deux devient alors rapidement pathétique. Léa ne cache point une forme de tristesse, voire d'inquiétude avec, derrière, un espoir fantastique. Mais que dire de Khaled Ben Gourmann, qui affiche un petit air malheureux de gosse brimé ? Cette nuit-là il s'attarde beaucoup plus sur les câlins que sur l'acte lui-même. Léa en ressent même quelques moments doux et attendrissants. Et la voilà aussitôt partagée entre du soulagement et une nouvelle forme de honte.

Dès le petit matin, revenue dans sa chambre, Léa sait qu'elle doit attendre. Ce qui signifie des moments atroces et épuisants nerveusement. Heureusement pour elle, dès qu'elles sont prêtes, les Csilla, Ewa, Deena et autre Martina, sont bien présentes pour la soutenir. Un comble, alors qu'elle risque de s'en sortir mieux que les autres… que toutes les autres. À moins qu'elle ne réussisse son pari à propos de Csilla.

Vers la mi-journée elle prend sa collègue hongroise à part :

— Si je pouvais obtenir que tu puisses partir toi aussi, serais-tu d'accord ?

— Oh oui, Léa, naturellement, mais à mon humble avis c'est impossible.

— Csilla, nous n'en savons rien, et de toute façon je n'ai rien à perdre à essayer.

— Oh dis donc, franchement, si tu y parviens tu seras ma déesse pour le restant de mes jours.

— N'exagère pas ! En réalité le point qui me taraude le plus l'esprit concerne les réactions imprévisibles de ce fou furieux de Tayeb.

— Mais enfin Léa, ce n'est tout de même pas ce diable qui décide, ce n'est pas lui le patron.

— Bien sûr que non, Csilla, mais hélas nous le connaissons trop bien. Il exerce une influence notoire sur Khaled, qui déteste les crises de son adjoint. Et il lui arrive donc de céder. Or pour ce qui nous concerne, toi et moi, je n'imagine même pas ce porc ne pas réagir.

— Bon, alors prions et croisons les doigts. Donc, tu essayes ?

— Oui, j'y tiens. Et comme nos deux situations sont assez proches l'une de l'autre, je me donne une chance, petite, mais sérieuse malgré tout.

— Oh Seigneur, je vais vibrer comme une malade pendant ces prochains jours.

— S'il te plaît, fais un effort pour ne rien laisser paraître, mais je sais qu'en matière de discrétion tu es forte.

— Oui, compte sur moi. Je serais trop furieuse contre moi-même de tout faire capoter. En tout cas, merci Léa, tu es formidablement généreuse de penser aux autres de la sorte, alors que tu te trouves toi-même dans une situation particulièrement délicate.

*

Pour l'émir, ce soir de rendez-vous arrive vite, beaucoup trop vite. Cela fait plus de vingt minutes que les trois Français poireautent dans le salon. Bien installé dans cette pièce immense, Grégory paraît fort satisfait. Cela parce que Mombert s'est exécuté, de mauvaise grâce à l'évidence, mais au moins a-t-il rédigé un premier texte. Un texte qui contient encore beaucoup de « si ». Mais Grégory est persuadé que dans l'esprit ce document ne peut que convenir à Ben Gourmann. Car un point particulier devrait définitivement convaincre ce dernier. En effet l'essentiel des accusations liées à l'enlèvement de Léa est concentré sur Oleg Dimitrov et lui seul. Herbert Schwarz et Khaled Ben Gourmann sont simplement cités. Oleg Dimitrov fournissait quantité d'émirs et il en tirait une fortune, « même si certains de ces émirs n'étaient même pas demandeurs », précise le texte de l'accord ! Cette phrase en particulier devrait bien convenir à Ben

Gourmann. Ce dernier montre ostensiblement une forme d'intérêt envers les trois Français. Tayeb, lui, assis derrière son maître, reste de marbre. Mais cela peut-il durer ? La première question de l'émir tombe sous le sens :

— Alors monsieur le policier français, avez-vous un document à me proposer ?

Sourire de Grégory, qui répond :

— Seigneur émir, si vous me posez cette question, c'est bien parce que madame Vercoutre est ici, dans votre palais ?

— Montrez-moi d'abord le texte, j'insiste !

Grégory manipule son portable et, de nouveau avec un grand sourire, il ajoute :

— Regardez, seigneur émir, j'ai demandé la version originale, bien sûr, mais également une version en anglais. Alors, prenez le temps de la lire, et nous pourrons en discuter dans quelques minutes.

Grégory fixe alors un Stéphane chaud bouillant, prêt à exploser. Avec l'aide d'Olivier il le retient et lui impose de garder son calme. L'émir, pendant ce temps, parcourt le document qu'il ne daigne même pas faire lire à Tayeb. Au bout de quelques minutes, interminables pour Stéphane, Ben Gourmann leur lâche :

— Ce texte me paraît encore trop imprécis, mais j'admets que globalement il peut me convenir. En particulier j'apprécie ce constat de culpabilité totalement concentré sur la personne de Dimitri. Qui plus est, il y a du vrai derrière cela. Néanmoins ce que je souhaite c'est que vous fassiez disparaître toute mention de l'épisode à Fès.

— Seigneur émir, soit, on peu minimiser cette séquence, mais pas la faire disparaître. Je vous rappelle que la police marocaine a travaillé sur l'affaire et que votre rencontre, là-bas, est désormais un fait avéré.

— Bon, minimisez un maximum, dans ce cas. À vous, et à vous seuls, je confirme avoir été subjugué par la beauté de Léa. En y devinant même une beauté intérieure.

Derrière l'émir, Tayeb tourne plusieurs fois la tête et lève les yeux au ciel, fort contrarié par cette remarque de son chef en forme d'aveu. Ben Gourmann continue :

— Alors, messieurs, il me semble que nous pouvons parvenir à un accord.

— Donc Léa est bien ici, souffle Stéphane !

— Calmez-vous, lui répond l'émir. Je peux vous dire que Léa sera ici demain, lorsque nos accords seront totalement conclus. Et à compter de demain elle pourra repartir pour Bordeaux.

Stéphane, en larmes, s'agenouille devant Ben Gourmann et, comme un automate, baisse son corps, le relève plusieurs fois et se répand en remerciements.

— Mais je veux être clair, poursuit l'émir, ce texte doit être plus précis sur la question de la plainte retirée et sur l'arrêt de l'enquête. Deuxième point, auquel je tiens beaucoup, vous ne savez rien sur mon harem ni sur les filles qui le composent. Troisième point, je vous accompagne jusqu'à Bordeaux. En fait, vous nous accompagnez, Léa et moi, jusqu'à son domicile. J'y tiens, ce sera mon dernier bonheur avec elle. Nous volerons tous ensemble. Avec mon jet privé jusqu'à Beyrouth, puis dans un vol régulier de Beyrouth à Paris, en première classe puisque je vais régler tout le voyage. Ensuite, depuis Paris, vous nous trouverez les meilleures conditions pour rejoindre Bordeaux et la ville où, Léa et vous, jeune homme, vous demeurez. Après cet épisode je ne conserverai que… que mon chagrin. En conclusion, revoyez un peu ce texte en plus précis et nous partirons tous ensemble d'ici, disons après-demain matin. Venez donc avec vos bagages. Quant à votre voiture de location, mes hommes s'en chargeront. Voilà, messieurs. Rendez-vous ici même après-demain matin, à neuf heures.

— Mais, mais, je voulais voir Léa.

— Patientez encore un peu, jeune homme. Après-demain matin, sauf imprévu improbable, elle sera bien présente.

*

Peu de temps après le départ des trois hommes, Ben Gourmann convie Léa pour une discussion pendant un dîner privé à deux.

— Tu devrais être satisfaite, un accord va être signé, qui me disculpe et accuse intégralement Dimitri. Et donc, tu vas pouvoir repartir pour Bordeaux.

Aussitôt en larmes, Léa parvient à susurrer :

— Avec Stéphane ?

— Oui, avec Stéphane. Mais comme je compte vous emmener tous, tu resteras à mes côtés pendant tout le voyage. Tu vois, tu es en larmes. Après Bordeaux, je vais te perdre, alors je pourrais bien fondre en larmes à mon tour. Pas devant les autres, mais devant toi, peut-être… J'ai aussi demandé et obtenu le silence sur mon harem et sur les noms des sept autres filles qui le composent. Tu es d'accord également sur ce point, n'est-ce pas ?

— Oh oui, bien sûr, je suis tellement heureuse que je ne peux pas vous refuser ça. Par contre, vous qui avez obtenu gain de cause sur toutes vos exigences, je voudrais vous faire part des miennes.

— Quoi ? Tu abuses, Léa. Vu ce que tu obtiens, une première pour moi et une première pour des générations de Ben Gourmann, tu devrais te montrer sage, discrète, et ne rien exiger.

— Laissez-moi vous demander tout de même.

— Je t'écoute.

— Pour ce que je souhaite, vous pouvez compter en échange, non seulement sur mon silence absolu, mais également sur ceux de Stéphane et de tous nos proches. Alors voici, et c'est très simple. D'abord, j'imagine que vous comptez sur la présence de Tayeb pendant ce voyage. Mais moi je ne tiens pas du tout à ce qu'il nous accompagne. Vous pouvez lui expliquer que vous avez besoin de quelqu'un de confiance pour gérer le palais pendant une absence qui pourrait durer quelques temps.

— Quelques temps, que veux-tu dire par là ?

— J'y viens, j'y viens. Mais avant cela j'émets une deuxième volonté que, dans son esprit, vous comprendrez, j'en suis certaine. Je tiens à emmener Csilla avec nous, et elle ne rentrera pas à Charjah. Nos deux points communs sont que moi je suis mariée, et qu'elle, elle est fiancée. Et dans les deux cas nous aimons nos hommes d'un amour profond. Or, pour quatre des autres collègues à nous ce n'est absolument pas le cas, au point qu'elles paraissent plutôt heureuses chez vous, et c'est tant mieux. Pour Greta et pour Agnieszka, c'est impossible de savoir. Et par ailleurs, j'ai fait promettre à Csilla de tout oublier et de faire cesser l'enquête, si la police hongroise était encore sur cette affaire. Vu ce que vous m'avez dit, là encore Dimitri portera toute la responsabilité de cet enlèvement.

— Quoi ? Tu as tenu Csilla au courant ? Ah, tu ne manques pas de toupet !

— Je lui ai fait promettre de ne pas parler de ce sujet aux autres et, la connaissant, vous comme moi, nous savons que son mutisme est garanti. Par ailleurs je ne lui ai parlé que d'hypothèse, pas de certitude. Et maintenant, j'en arrive au troisième point. Un point qui ne sera envisageable que si vous acceptez mes deux premières demandes et si, bien entendu, toutes les vôtres sont entérinées par notre côté, je veux dire par les Français, autorités comprises.

À ce stade Ben Gourmann semble sidéré par l'aplomb de cette jeune Française, qui de ce fait devient plus que jamais sa chérie. Il sent qu'il va perdre à la fois la plus belle femme de sa vie et une personne à l'esprit supérieur. C'est terrible. Puis il grogne, plutôt renfrogné :

— Alors, ce troisième point, madame Léa ?

— Une fois à Bordeaux je tiens à vous inviter, et Jamal avec vous, sur le Bassin d'Arcachon. Il me faut aussitôt vous avouer que chez nous vous ne trouverez pas le luxe de ce palais ou celui du Four Seasons à Amman. Mais si Stéphane peut obtenir de vous loger dans la villa M., la villa familiale dans le quartier chic d'Arcachon, je suis convaincue que vous apprécierez, malgré tout. Comme vous apprécierez le Bassin. Nous ferons ensemble une belle visite et je serai votre guide. Vous savez, ce Bassin est un véritable bijou, comme Pétra est une merveille, radicalement différente certes, mais les deux sont effectivement des beautés. Les deux sites font l'apologie du Beau.

Khaled esquisse un sourire, époustouflé par l'aplomb de sa chérie.

— Bon, je vais te répondre, ma belle. Ta première exigence, l'absence de Tayeb, elle m'ennuie, je ne te le cache pas. Mais disons que je peux l'accepter. Tu sais, Léa, Tayeb m'est particulièrement dévoué.

— Le contraire serait vraiment étonnant car je suis persuadée qu'il est grassement payé.

— Peut-être, ma chérie, mais cet aspect-là n'est qu'un aspect mineur entre lui et moi. Car l'homme m'apprécie, et depuis des décennies nous nous comprenons bien. Surtout, il sait que je perpétue – et lui avec moi – les traditions des Émirats. Cela fait partie de ma vie comme de la sienne de vouloir pérenniser toutes nos traditions à la fois arabes et musulmanes. Maintenant, abordons ta deuxième exigence, celle qui concerne Csilla. Ce possible deuxième départ me chagrine énormément. Mais avant tout, je tiens à recevoir des garanties solides avant de te répondre oui, peut-être. Cela me sera très dur parce que j'aime beaucoup Csilla. Moins que toi, mais tout de même…

— En fait vous les aimez toutes, nous le savons bien. Et certaines sont même ravies de vivre ici, chez vous et avec vous. Alors, quoi demander de plus ?

— Me croiras-tu si je te réponds le cœur, ma belle ? Oui, le cœur. Je suis émir, je possède un palais et des terres, et dans ce palais je profite d'un harem. Mais, tu le sais, toi, j'ai aussi un cœur. Un cœur un peu partagé, j'en conviens. Mais une bonne moitié de ce cœur est à toi, un petit quart à la Hongroise, et le reste aux six autres. Et maintenant, avant de passer dans la chambre, peux-tu m'expliquer pourquoi tu refuses de voir Tayeb nous accompagner ? Je sais qu'il se comporte parfois un peu trop durement, comme lorsqu'il t'a arraché ton bracelet et celui de Deena. Mais la plupart de ses réactions s'expliquent car il veut défendre son émir et notre émirat. C'est pour lui sa mission, sa vie. Alors, pourquoi une telle aversion ?

— Je veux bien vous croire sur cet aspect de mission. Mais l'homme me rebute pour plusieurs raisons. Tayeb symbolise celui qui a tout déclenché : c'est lui qui a pris les photos, dans le restaurant de Fès. Alors, comprenez que je veuille oublier ça, définitivement. Et donc, oublier cet animal effrayant.

— Quoi ? Animal, dis-tu ?

— Oui. Je dois vous avouer que Dimitri et lui, je les considère tous les deux comme le croisement d'un gorille et d'une truie. Une truie qui accoucha de jumeaux phacochères nauséabonds ! Mais oubliez ça, et pensez plutôt aux bons moments que nous allons passer ensemble à flâner sur le Bassin d'Arcachon.

La soirée et le début de la nuit leur paraissent bizarres, à l'un comme à l'autre. En dépit de l'idée du grand bonheur tout proche, Léa en arrive à y mêler une forme de pitié envers son… tortionnaire. Elle perçoit chez lui un visage légèrement humide. L'homme qui se cache derrière l'émir est consterné et dépité, à l'évidence. Et malheureux, en cet instant précis, fort probablement. Avant qu'elle ne rejoigne sa chambre, alors que pour une fois le jour pointe déjà derrière les rideaux, Khaled se lève et sort un bijou d'un tiroir.

— Voilà pour toi. Je sais que ce collier te plaira. Il est composé, à ma demande, sur le modèle de ton cher bracelet, mais toutes les pierres sont authentiques. Tu pourras le porter longtemps, et, je l'espère, en pensant un tout petit peu à moi.

Léa ouvre la bouche, sidérée par ce bijou magnifique et qui doit coûter une fortune. Déjà tendue par cette nuit au caractère pathétique, elle pleure et, de façon spontanée, elle se jette dans les bras de l'émir.

— Merci, c'est trop. Oui je penserai à vous, je vous le promets. Et en espérant que tous les émirs soient aussi tendres, aussi doux et aussi humains avec les filles de leurs harems que vous l'êtes, vous, avec nous huit. Puis-je me permettre, ici, entre quatre yeux, de vous appeler Khaled ?

— Bien sûr, Léa, avec un grand plaisir. Mais attention, pas devant Tayeb, tout de même !

Ils rient bien fort tous les deux.

— Khaled, si vous pouviez aimer une femme, une seule, comme Stéphane m'aime, moi, et si de ce fait vous abandonniez cette idée de harem, alors vous seriez un homme incroyablement attachant et un émir merveilleux.

Khaled sourit, ne répond rien, et se contente de l'embrasser tendrement. Lorsque Léa quitte cette chambre elle réalise, plutôt fière, qu'elle a, un peu, pris l'ascendant sur cet homme. Qui aurait pu penser cela un mois plus tôt ?

— Comparé à Dimitri et à Tayeb, Khaled est un être humain, c'est tout.

21

Avant la fameuse matinée du départ vers Bordeaux, Khaled veut une dernière nuit réussie avec Léa, son bijou à jamais. Et pour la mettre de bonne humeur avant même le dîner, il lui précise :

— Tu peux aller voir Csilla pour lui confirmer qu'elle va partir avec nous. Qu'elle prépare ses bagages dès maintenant, comme toi tu l'as fait, j'imagine.

— Oh, merci Khaled. Merci pour elle, et merci pour moi.

— Allez, va, mais ne traîne pas. Reviens moi vite.

Léa, en larmes, se rue jusqu'au grand salon où elle fait signe à Csilla de la suivre dans sa chambre. La jeune Hongroise, le regard interrogateur, attend les mots de sa collègue avec angoisse.

— Csilla, oui, c'est gagné ! L'émir vient à l'instant de me confirmer que nous partons demain matin, et toi avec nous.

— Oh Léa, merci. Jamais je ne pourrai assez te remercier. Tu viendras en vacances à Söprön avec ton mari, c'est le minimum que je puisse faire et que je veux faire.

— Pas de souci, nous en reparlerons. Prépare donc tes bagages. Ce voyage t'impose de venir au moins jusqu'à

Paris, mais je te suggère de nous accompagner jusque sur le Bassin d'Arcachon, ça vaut le détour.

— Oui, c'est encore un beau cadeau de ta part. Mais là-bas, à Söprön, j'imagine qu'ils ne seront pas à deux ou trois jours près. J'appellerai quand nous serons chez toi. Oh Léa, je tiens tant à ce que nous restions amies. Ce que tu viens de réussir pour moi tient du miracle. Cela était encore inimaginable trois jours plus tôt. Tu me redonnes goût à la vie. Oui, c'est ça, tu me redonnes goût à la vie, et cela n'a pas de prix.

— Bon, je te laisse, sinon Khaled va s'impatienter. Et ce n'est vraiment pas le moment de le contrarier.

La jeune femme ne traîne pas et retrouve l'émir qui la questionne aussitôt à propos de la réaction de Csilla.

— Khaled, répond Léa avec un sourire radieux, elle affiche un immense bonheur et elle tient à vous remercier, vous, personnellement. Elle nous accompagnera jusqu'à chez moi. Ensuite elle préviendra les siens et repartira pour sa Hongrie natale. Mais le temps du séjour sur le Bassin elle sera toujours à vous.

— Bien vu, Léa ! Décidément tu es une sacrée maligne. Car une fois là-bas, toi dans les bras de ton mari, je serai heureux de pouvoir goûter des derniers moments avec ma deuxième chérie. Un moindre mal, en quelque sorte.

Léa sourit et ils passent à table. Aussitôt elle lui demande :

— Avez-vous mis Tayeb au courant ?

— Oui, forcément. Et je ne te cache pas qu'il est fou furieux. Furieux contre toi, cela d'autant plus que pour lui tu as pris sa place dans mon esprit. Furieux contre moi, sans l'exprimer, parce que je t'ai également accordé le départ de

Csilla. Il me prend désormais pour un masochiste plein de faiblesses, et incurable ! À propos de masochiste, lorsque demain tu retrouveras ton mari, je ne serai pas présent, au moins les vingt premières minutes. Tu me comprends, n'est-ce pas ?

— Oh oui, Khaled, vous avez totalement raison, c'est beaucoup plus sage. Plus tard, lorsque nous partirons pour retrouver votre jet privé, j'imagine que nous serons calmés, un peu calmés. Vous évoquez ces retrouvailles, mais j'aimerais également que Csilla et moi nous puissions dire officiellement au revoir à nos six collègues, des filles que nous apprécions beaucoup. Ces départs risquent de leur paraître bizarres, tellement ils représentent une situation nouvelle.

— Demain Tayeb ira les réveiller tôt pour qu'elle soient toutes prêtes au moment de notre départ.

Cette dernière nuit à deux parait encore plus pathétique à Léa que les trois ou quatre précédentes, pourtant déjà passablement sentimentales. Khaled ne cesse de lui dire :

— Tu vas me manquer, tu vas me manquer, c'est terrible.

— Mais, lui répond-elle, gênée, vous conservez six autres jolies femmes que vous aimez, parmi lesquelles quatre d'entre elles au moins vous apprécient et ne souhaitent surtout pas vous quitter. Vous avez d'ailleurs réussi là une sacrée performance. Je suis curieuse de savoir s'il existe un autre émir, un seul, qui, parmi ses femmes, en trouve ne serait-ce qu'une qui l'apprécie et veuille rester avec lui. J'en doute, oui, vraiment, j'en doute.

Attendri, fondant, Khaled ne cesse pas une seconde de jouer les amoureux câlins. Et cela pendant la nuit entière.

*

La première étape de ce grand jour est celle des adieux aux six collègues. Des filles absolument pas surprises du départ de Léa, mais sidérées par celui de Csilla, même si elles commençaient à s'en douter. Léa constate aussitôt l'amertume sur les visages d'Agnieszka et de Greta. Sans doute que ces deux filles rêvent déjà d'être à la place des deux partantes. Quant à Ewa, qui apprécie beaucoup Léa, c'est au bord des larmes qu'elle lui demande :

— Y-a-t-il un moyen pour que nous puissions avoir de tes nouvelles et communiquer avec toi ?

— Vous savez toutes combien je suis d'accord dans le principe. Je te suggère, Ewa, de poser la question à Khaled pendant vos moments intimes… ou loin de Tayeb, en tous les cas !

Quant à Martina, qui leur souhaite bonne chance et une nouvelle vie réussie au nom des six collègues, elle a le regard complétement aimanté par le nouveau collier de la Française. Cette dernière prend à nouveau la parole pour remercier ces six filles formidables qui avaient su l'accueillir avec chaleur dans ses moments les plus pénibles et qu'elles tentèrent de rendre moins exécrables. Léa, en arrivant à Charjah, mise à part une première nuit à Pétra, n'avait alors que la seule expérience de Dimitri…

*

Pendant ces adieux poignants, Ben Gourmann reçoit les trois Français et constate avec satisfaction que le contenu de l'accord est remodelé dans le bon sens, avec plus de précision. Il signifie alors à Stéphane qu'il va s'absenter pendant les retrouvailles du couple. Ce serait pour lui une épreuve trop difficile à vivre, du genre cauchemar authentique et palpable. Alors, mieux vaut éviter…

Les trois restent donc seuls quelques minutes dans ce bureau de la taille d'une salle de restaurant. Puis quelqu'un arrive derrière la grande porte. Deux personnes, en réalité : Léa et une autre jeune femme presqu'aussi jolie que la Française. Stéphane jaillit sur Léa et Grégory perçoit aussitôt deux torrents de larmes.

— Oh comme tu es belle, tu es encore plus belle, hurle Stéphane !

— Non, ne dis pas ça, même si j'avoue que l'émir a toujours respecté mon physique. J'avais craint le pire avec ce monstre de Dimitri. Oh, Olivier, je dois te remercier, doublement, même. Car je sais que tu as sauvé Stéphane, et vous monsieur, d'une mort certaine, mais également parce que tu as fait disparaître le pire animal que je n'ai jamais connu.

Sourires d'Olivier et de Grégory. Puis ce dernier lui demande :

— Qui est cette jeune femme ?

— Il s'agit de Csilla, ma collègue hongroise. C'est mon amie, et comme moi elle aime un homme profondément. Oui, Csilla est fiancée, alors j'ai pu obtenir de l'émir que nous partions ensemble.

— Mais madame, vous semblez être une négociatrice hors pair.

— Euh, s'il vous plaît… Grégory, appelez-moi Léa.

— Oui, merci. Et j'en profite, maintenant que j'ai le bonheur – moi aussi – de vous voir enfin réunis, pour vous proposer à tous que l'on se tutoie. Bon, en anglais, vis-à-vis de Csilla, ce sera moins perceptible, mais dans l'esprit ce sera le tutoiement.

Csilla salue alors les trois Français avec un sourire rempli de gratitude. Elle embrasse Stéphane, et du coup, dans la foulée, elle en fait de même avec Olivier et Grégory. Et soudain Stéphane fixe le collier de sa chérie enfin retrouvée :

— Mais… ce collier ?

— Stéphane, il s'agit d'un cadeau de l'émir, qui en plus, l'a fait faire sur le modèle du bracelet que tu m'avais offert.

— Il n'est donc pas systématiquement, euh… esclavagiste, cet émir ?

— Oh non, absolument pas, mon chéri. Je te dirai tout sur lui, à l'occasion. En fait, les véritables esclavagistes étaient d'abord ce porc de Dimitri, puis ce pourri de Tayeb. Bon, ce collier, tu ne refuses pas que je le porte ?

— Bien sûr que non, si tu l'apprécies. Et en tant que bijou je comprends bien que tu puisses l'apprécier. Moins comme cadeau de l'émir, mais bon…

Et il se jette une nouvelle fois dans les bras de sa femme, de sa chérie enfin retrouvée. Il avait tellement la frousse de la revoir dans un sale état. Or cela semble n'être absolument pas le cas.

L'émir, Tayeb et Jamal entrent à leur tour. L'émir plutôt souriant, Jamal indifférent, et Tayeb franchement dédaigneux. Khaled prend aussitôt la parole :

— Maintenant, après les retrouvailles et les effusions, prenez vos bagages. Deux voitures nous emmènent jusqu'à mon jet. Direction Beyrouth, que nous n'aurons pas le temps de visiter puisqu'un vol part sur Paris dès le début de l'après-midi. Et donc, saluez Tayeb, vous ne le reverrez probablement plus.

Du bout des lèvres les deux femmes et les trois Français lui disent au revoir. Et lui, avec un regard plus noir que jamais, maugrée une sorte « d'adieu ». Puis Léa parvient à lui sourire, et elle ajoute :

— Tayeb, essayez de faire des photos intéressantes.

L'adjoint lève à nouveau les yeux au ciel, se retourne et quitte la pièce.

— En route, lance alors Ben Gourmann. Une voiture pour Léa, Csilla et moi, et l'autre pour vous trois avec Jamal.

Stéphane esquisse une méchante grimace, mais il s'abstient de rouspéter. Le plus important c'est le départ, et un départ avec Léa dans le lot.

Dans la voiture, Léa rumine encore contre Tayeb. Elle songe pour elle-même :

— Olivier aurait peut-être dû tuer Tayeb comme il a tué son « jumeau » Dimitri ? Bof… non. Non, car diplomatiquement vis-à-vis de Khaled c'eut été une grave erreur et à coup sûr préjudiciable pour nous tous. Et pire, Olivier serait en prison à cette heure-ci.

*

Plus que l'extérieur, c'est l'intérieur du jet privé de Ben Gourmann qui impressionne les trois Français et Csilla la Hongroise. C'est un jet spacieux et luxueux. L'émir définit les places de chacun : Léa à côté de lui, Csilla à côté de Jamal, et les trois Français derrière, avec une rangée de libre entre eux et l'émir. Question de tranquillité pendant le vol. Léa se sent véritablement soulagée : d'une part ce retour se concrétise, bien réel, et d'autre part Tayeb ne fait point partie des passagers. Au plus profond de son cerveau elle redoutait une volteface de l'émir en faveur de son fidèle adjoint. Mais au final Khaled respecte les souhaits de sa chérie. Jamal pousse même l'hospitalité en proposant à tous une boisson et des petits fours !

— Sans poison, j'ose l'espérer, grommelle discrètement Grégory à Stéphane et à Olivier.

Dans l'avion entre Beyrouth et Paris, tous les sept installés en première classe, Ben Gourmann invite Stéphane à s'installer à côté de lui, avec Léa et Csilla de l'autre côté de l'allée.

— Vous savez, jeune homme, je tiens à vous dire que j'ai toujours respecté votre femme. Léa représente beaucoup pour moi, bien plus qu'une fille pour passer une bonne nuit.

Je ne lui ai jamais caché qu'elle était – et qu'elle reste – ma préférée parmi les huit. Mais je sais, c'est vous qu'elle aime, et tant mieux pour vous. Un peu dommage pour moi tout de même. Car je lui apporte une aisance, un standing comme on dit aujourd'hui, et surtout une noblesse qu'elle ne peut concevoir – désolé de vous le dire crûment – avec un pêcheur d'huîtres.

— Vous faites erreur, seigneur émir, car il y a beaucoup de noblesse dans l'ostréiculture. Ce n'est pas véritablement un métier, c'est plutôt une vocation. Et ce contact permanent avec la nature n'est pas dénué de noblesse, loin de là. Patientez un peu, et puisque Léa vous a invité à séjourner sur notre merveilleux Bassin, vous constaterez que dans cette profession et chez ceux qui l'exercent, il se dégage, justement, une forme de noblesse.

— Admettons, pourquoi pas. Mais Léa, vous en avez forcément conscience, mérite une grande considération. Elle est belle, elle est également belle de l'intérieur et elle dégage une forme d'intelligence pleine de finesse.

— Oui seigneur émir, oui je sais tout cela. Je sais que j'ai une chance extraordinaire, inouïe. Je ne suis pas un émir, mais je suis un grand privilégié !

— Au moins vous le reconnaissez. Rendez-là heureuse, ce serait folie de ne pas essayer, pour le moins.

— Je vais tout faire pour, avec toute mon énergie, même si ces dernières semaines furent cauchemardesques, au point que mon énergie a été fort entamée. Vous êtes-vous mis une fois, une seule fois, à ma place ?

— Bof… oui et non.

— Songez un instant à notre fabuleux voyage de noces au Maroc, à ce conte de fée pour nous deux, à tout ce bonheur du monde qu'elle et moi nous partagions. Car notre amour est réciproque depuis le premier jour. Et quelques semaines après notre retour, le choc monstrueux : on m'apprend que Léa a disparu et qu'elle est enlevée, sans doute pour ce qu'on appelle la traite des blanches. Alors le ciel me tombe sur la tête.

— Oui c'est très dur, je veux bien vous croire. Mais au moins chez moi, on ne lui a jamais manqué de respect.

— De votre part, peut-être, même si cela reste et restera pénible pour moi de savoir qu'on lui a imposé de coucher avec d'autres hommes. Et je sais également que ce Dimitri a été odieux. Le plus vil des animaux.

— Lui, au moins, ne nuira plus jamais à aucune femme. Grâce à votre cousin. Bref, je comprends que vous puissiez beaucoup m'en vouloir. Mais grâce à Léa je retiens une leçon que je vais transmettre à mes collègues et amis : évitons désormais de faire venir des femmes mariées ou fiancées et qui aiment profondément leurs hommes. Celles qui sont restées à Charjah, quatre d'entre elles pour le moins, ont connu des hommes mais, soit elles les avaient abandonnés, soit eux les avaient quittées. Alors je suis fier de dire que quatre filles au moins, chez moi, ne se sentent pas malheureuses, tant s'en faut.

Avant de reprendre un vol pour Bordeaux, Grégory appelle le Basque qui est ravi d'apprendre l'issue favorable de cette affaire et la bonne arrivée en France de tout le groupe. Et de ce fait il accorde quelques jours de congés à son collaborateur. Puis il lui demande de s'adresser personnellement à Léa. Grégory passe alors son portable à cette dernière :

— Bonjour madame Vercoutre. Alors ? Bien rentrée, satisfaite, et surtout heureuse, je suppose.

— Oh oui monsieur Mombert. Je vous dois un immense merci pour cette maîtrise de l'affaire. Oui, merci à vous, merci à Grégory bien sûr et merci à tous ceux de votre service qui ont su faire aboutir l'enquête.

— Merci beaucoup. Il me reste un point important à obtenir de votre part. Pouvez-vous me confirmer et m'assurer que vous ne souhaitez pas porter plainte ? C'est toujours possible, vous le savez, et ce serait même dans la logique des choses.

— Non monsieur Mombert. Je vous confirme clairement et fermement, et devant Grégory qui m'écoute, que je ne porte pas plainte et que je ne veux plus aucune suite à cette affaire. Elle est réglée, bien réglée, et donc de mon point de vue de victime, on en reste là. Voulez-vous que je vous envoie un écrit ?

— Pour le principe, oui, écrivez cette décharge et donnez-là à Natel qui la classera dans le dossier, ici à Lyon. Madame Vercoutre, je vous souhaite tout le bonheur du monde.

Léa laisse couler une petite larme et repasse l'appareil à Grégory.

Pendant ce temps Stéphane, une nouvelle fois en larmes, appelle ses parents, en larmes également. Thierry s'engage, avec deux amis, à venir les récupérer tous à Mérignac. Et dans le même temps il se charge d'obtenir deux chambres à la villa M. Dont une, la plus belle de la villa, pour l'émir et une jeune femme de Hongrie. Mais que dire de la conversation entre Léa et ses parents : une véritable explosion de bonheur qui se termine par quelques mots avec le gendre. Un gendre porté aux nues, adulé comme jamais.

Ils trouvent un vol pour Bordeaux pour le lendemain matin. Ils passent donc la nuit dans un hôtel de l'aéroport, Léa enfin avec Stéphane, et Csilla avec l'émir. Au départ du dernier vol, tous dégagent un air serein et même radieux. Léa avec tout de même de la retenue. Et Csilla lui glisse :

— Tu sais, cette nuit l'émir m'a proposé de l'appeler par son prénom !

— Cela ne m'étonne pas, Csilla, car c'est aussi mon cas depuis plusieurs jours déjà.

— Tu as dû nager dans le bonheur en retrouvant ton mari pour la nuit, j'imagine ?

— Oh oui, oh que oui ! Mais c'est fou ce qu'il a pu me poser comme questions.

Un peu plus tôt, dans la chambre des amoureux retrouvés :

— Dis-moi Léa, j'ai vraiment l'impression que l'émir est un peu amoureux de toi ?

— Oui c'est vrai, j'ai cette sensation là, moi aussi.

— Cela t'a-t-il gênée, et cela risque-t-il de te gêner encore ?

— Non. Franchement, pas du tout. Le véritable bonheur c'est de te retrouver. En réalité Khaled s'est toujours comporté de façon correcte avec moi. Plein de bons sentiments à mon égard. Certes, Stéphane, il me fallait coucher avec lui, ce qui m'imposait à chaque fois mille moments de honte. Mais, mais comment t'expliquer ? Oui, il est toujours resté sobre.

Rien à voir avec ce phacochère de Dimitri. Merci à Olivier de nous en avoir débarrassé. Je ne le remercierai jamais assez, et toi non plus, j'imagine. La conduite de ce Russe était odieuse et franchement pornographique ! Et je t'avoue avoir eu toutes les peines à éviter la sodomisation. Tu sais, Stéphane, pendant les quelques jours où je fus sous l'emprise de ce monstre, j'ai envisagé le suicide. Oui, vraiment. J'ai su résister en pensant très fort à toi. Mais quel traumatisme ! Un traumatisme, et je me veux honnête avec toi, que je n'ai plus ressenti avec l'émir. Par contre la honte, oui, je l'ai conservée, en me demandant si tu voudrais encore de moi au cas où on parviendrait à se retrouver.

— Oh Léa, je t'en supplie, ne pense pas ça. Nous sommes à nouveau tous les deux. Je t'aime, et plus fort que jamais.

— Ma honte subsiste, malgré tout.

— Léa, laisse-moi t'avouer qu'au niveau honte nous sommes à égalité, car pendant trois ou quatre jours j'ai disjoncté. Oui, je n'en pouvais plus de cette enquête bloquée à Amman. Alors j'ai fui. J'ai fui à Cracovie. Et là, j'ai… j'ai croisé une jolie Polonaise qui en plus, te ressemble un peu. Et, oh ma chérie, quelle honte, j'ai craqué ! Du coup je lui ai tout dit et elle a commencé à prier pour toi. Elle m'a même demandé de l'informer des suites de l'enquête et, pourquoi pas, de venir en France pour te connaître. Mais quelle folie, oui, quelle honte !

— Arrête Stéphane, cette réaction est parfaitement compréhensible et excusable. Maintenant, tout ça c'est du passé. J'aurais bien tort de te reprocher d'avoir craqué. Et si tu as disjoncté, comme tu viens de me le dire, c'est pour moi une preuve supplémentaire que tu tiens à moi et que tu m'aimes. Nous allons savourer tous les deux notre bonheur retrouvé. Et le savourer encore plus qu'avant.

— Merci mon amour, je te sens devenir une sainte !

22

Thierry Vercoutre, son fils aîné Fabrice et un des amis de la famille attendent à Mérignac le petit groupe en provenance des Émirats. Sarah, bien sûr, est de la fête et explose de bonheur devant Léa et Stéphane.

— Léa, jamais je n'aurais cru te revoir. Avec toi, ici, le grand bonheur est de retour.

Les parents de Stéphane et son frère embrassent ensuite Olivier, et abondent en remerciements. Puis c'est au tour de Grégory, qu'ils encensent et remercient. Enfin, ils saluent Csilla avec un grand sourire, et l'émir et Jamal avec un « bienvenue » lâché du bout des lèvres.

Les trois voitures filent alors en direction du Bassin, Stéphane ayant pris place avec l'émir et Jamal. De son côté, avec ses beaux-parents et Csilla, Léa retrouve son merveilleux et lumineux sourire dès que le véhicule atteint la côte, juste après Biganos. Elle a énormément insisté pour emprunter la route côtière plutôt que la voie rapide. Thierry fait alors le petit détour par le port de Larros à Gujan, ce port à valeur symbolique pour lui, pour son fils et pour sa belle-fille. Le beau temps les accompagne. En balade sur le port, Léa s'adresse à Khaled pour lui dire :

— Voici un premier petit aperçu de mon cher Bassin d'Arcachon. Dès demain, puisque mon beau-père nous garantit du beau temps, je vous emmène en visite.

Revenant vers Stéphane, elle lui glisse à l'oreille :

— J'ai intensément rêvé de toi et de notre cher Bassin. Une médecine formidable qui m'a permis de tenir et d'enfouir au plus profond de mon cerveau les idées de suicide qui m'avaient taraudée deux ou trois fois.

Arrivés chez Sarah et Thierry, Léa reçoit un double choc. Une surprise merveilleuse et un constat quelque peu inquiétant. Thierry et sa femme se sont bien gardés de leur dévoiler cette séquence : Léa retrouve ses parents et le petit Maxime chéri, le fils de Fabrice et Camille. Que d'effusions ! Mais très vite elle remarque que sa chère mère a vieilli d'un seul coup. Impossible de ne pas s'en apercevoir. Les parents de Léa « déifient » leur gendre, tout en remerciant tant Olivier que Grégory. L'émir et son adjoint assistent à ces retrouvailles sans piper mot. De quoi culpabiliser un minimum, pour Khaled.

Puisque ses beaux-parents sont présents, Stéphane décide d'emmener l'émir, Csilla et Jamal, sans Léa, jusqu'à la villa M. Dommage pour le grand-père Jean-Marie et pour sa jeune épouse Sandrine qui auraient tant aimé revoir Léa. Ce ne sera que partie remise. Revoir, et revoir heureux le petit-fils, va déjà les combler.

En chemin, Stéphane veille à passer par le port de La Teste, d'autant plus que la marée est plutôt haute. Soudain l'émir semble totalement aimanté par l'alignement des pinasses. Il ne s'était jamais exprimé à propos de bateaux, pourtant l'une de ses passions. Cela d'autant plus qu'il préside aux destinées d'une société de transport qui dispose de pétroliers et de deux porte-conteneurs. Lui-même possède plusieurs voiliers, dont un grand catamaran souvent barré par Tayeb. Stéphane est très surpris d'apprendre tout ça. Jamais l'émir ne s'était montré aussi loquace. Alors il apprend à ce dernier que sa famille possède une pinasse, l'une des pinasses historiques du Bassin : la Pinasse Mauve. Et de ce fait il lui promet une belle balade en pinasse pour le lendemain. L'émir paraît d'un seul coup heureux comme un gosse qui reçoit un cadeau de Noël ! Puis ils repartent en direction de la ville d'hiver, dans Arcachon. Stéphane laissera à Léa le plaisir de faire découvrir à Khaled l'Aiguillon, la ville d'été et leur petit coin chéri du Tir au Vol.

Le quartier de la ville d'hiver séduit autant Csilla que Khaled. Et sans doute Jamal tout autant, qui pétille du regard en découvrant Vincenette, Giroflé, Montesquieu et Alexandre Dumas, pour ne citer que ces bijoux-là. Aussitôt, excitée comme jamais, Csilla reparle de Söprön, du lac Neusiedl et de son invitation qu'elle étend à Ben Gourmann en personne. Ce dernier, séduit lui aussi par toutes ces merveilleuses fofolles, s'affiche en homme nouveau, en homme différent de celui qui porte son costume d'émir. Stéphane s'en rend bien compte et songe pour lui-même :

— Cet homme-là, celui d'aujourd'hui, foutrait Tayeb à la porte sans hésiter une seconde !

Et cet homme neuf découvre la villa M. avec ravissement. Sandrine les accueille et pleure en embrassant Stéphane. Elle excuse Jean-Marie le grand-père, coincé dans le petit salon. Le vieil homme marche de plus en plus difficilement. L'émir est reçu sans chaleur mais dignement. Csilla, elle, adore déjà cette villa. Et que dire lorsqu'ils découvrent, avec le grand-père, la vue sur le Bassin depuis le petit salon. Un peu plus tard Csilla et Khaled prennent possession de leur chambre. Cossue, belle, elle paraît petite à Khaled, bien sûr habitué à des suites de cent mètres carrés voire plus ! Mais il apprécie le confort, le fait que la salle de bains jouxte cette chambre, et la joie de retrouver Csilla pour la nuit.

Stéphane repart pour Gujan après avoir donné rendez-vous aux trois invités sur la jetée Thiers à dix heures le lendemain :

— Sandrine se fera un plaisir de vous y emmener. Ainsi traverserez-vous une partie de la ville dont le parc Mauresque et le cœur de ville, renouvelé et bien joli. À demain, donc.

En arrivant chez ses parents à Gujan, Stéphane reçoit un nouveau choc : Vanessa l'attend, sous le regard un tantinet sombre de Léa. Sarcastique, comme à son habitude, elle lance des propos acidulés à Léa en évoquant les gilets jaunes qui l'attendent avec impatience. Léa lui répond sèchement que vu les circonstances de son enlèvement, elle ne veut plus entendre parler des gilets jaunes, même si ceux du quartier seraient heureux de célébrer son retour saine et sauve. À cet instant Léa reçoit un appel de l'hôpital de Bordeaux pour lui confirmer un rendez-vous pour procéder à divers contrôles de sécurité. Alors, pendant le coup de fil, Vanessa ressasse à son Stéphane qu'elle l'avait prévenu que Léa engendrerait des problèmes pour lui. Et ceux qu'il vient de subir sont pires que ce qu'elle imaginait. Alors, gare aux prochains ! Des mots en guise de reconquête de la part de la grande cousine. Stéphane hausse les épaules et lui répond avec une moue qui simule la résignation :

— C'est ainsi, mais que veux-tu, j'aime Léa. Toi, comme cousine, je t'aime bien, et depuis toujours. Alors, je t'en prie, cesse de te battre pour une cause perdue d'avance. Et tu le sais très bien.

Thierry se rapproche d'eux et donne alors son impression – très personnelle – sur le mouvement des gilets jaunes :

— Je vous parle du mouvement, d'un point de vue général. Pas de nos Gujanais. Tu sais, ma pauvre Léa, nous constatons jour après jour que les gilets jaunes se sont laissé abuser et même polluer par des profiteurs aux intérêts radicalement différents. Des destructeurs, des antitout, qui ne jurent que par la violence et par le fric à prendre, n'importe où et n'importe comment. Je pense sincèrement que c'est terrible pour ce mouvement de s'être fait phagocyter à ce point. Alors, va à leur rencontre si tu veux, pour leur prouver que tu es bien de retour et en bonne santé. Mais arrête-toi là.

— Oui père, c'est bien mon intention.

Le lendemain, Stéphane, Léa et Grégory embarquent à bord de la pinasse mauve pour s'amarrer sur la jetée de la place Thiers, à Arcachon. Stéphane aperçoit Sandrine avec les trois invités. Une Sandrine radieuse à la vue de Léa qui lui fait signe. Le ciel est merveilleusement bleu et d'emblée Khaled semble subjugué par la pinasse de la famille et, une fois à bord, il déclare :

— Deux choses : d'abord ces quartiers sont merveilleux et ce casino Mauresque a dû être sublime. Ensuite, vous m'avez convaincu : je veux absolument commander une pinasse, la même que celle-ci, mais de couleur verte. Et son nom sera Léa.

Il rit alors comme un gamin, ce qui fait aussitôt rire Jamal. Ils sont tous ravis, le tour du Bassin en pinasse est d'une beauté déconcertante. L'émir semble à mille lieues des préoccupations de son émirat, et même de son harem… D'abord la dune et le banc d'Arguin, qui lui rappellent certains paysages, puis la vue sur Gujan, sur Biganos, Audenge et Andernos, avant de rejoindre l'île aux oiseaux et le Cap Ferret.

— Je dois te remercier Léa, reconnait Khaled, c'est vraiment grâce à toi que je découvre ces sites uniques.

— Oh oui, merci, embraye Csilla, quel paradis ! Alors, plus que jamais, je souhaite vous accueillir tous à Söprön et au lac Neusiedl, vous allez adorer !

La matinée s'écoule à une vitesse insensée et il est déjà treize heures lorsque la pinasse accoste à Gujan. Léa a tant de choses à leur montrer dans l'après-midi, sur la terre ferme, cette fois. Mais alors qu'ils pénètrent dans la maison de Sarah et Thierry, Stéphane a une nouvelle fois l'impression que le ciel lui tombe sur la tête : Wanda, oui, Wanda la Polonaise de Cracovie, leur a réservé cette surprise. La bouche un peu coincée, Stéphane fait les présentations. Alors Léa se charge de calmer son mari très nerveux, et elle embrasse Wanda. Khaled Ben Gourmann l'embrasse à son tour, et un peu plus tard, il glisse à Stéphane :

— Je ne peux pas ne pas remarquer qu'elle affiche un petit air de Léa, ne trouvez-vous pas ?

— Oh oui, je le sais trop bien…

Wanda s'attarde avec Léa pour lui confier qu'elle a pensé à elle et prié pour elle tous les jours depuis la visite de Stéphane. Et elle ajoute :

— Je suis tellement heureuse pour vous deux. Et j'ose espérer, Léa, que tu ne m'en veux pas trop.

— Non Wanda, que les choses soient claires entre nous. Comme tu le sais, Stéphane m'a tout avoué, et très vite. Et je considère, avec un peu de recul, que tu lui as fait du bien au moment où il en avait le plus besoin. Alors, comment t'en vouloir ? Tu viendrais ici avec pour but de le récupérer, je n'accepterais pas, tu l'imagines. Mais ce n'est pas le cas.

— Ah franchement pas, rassure-toi !

Khaled ne quitte plus Wanda des yeux et il songe, pour lui-même :

— Elle a un petit nom formidable, elle ressemble à Léa et elle est plutôt blond-châtain. Quel bonheur ! Mais… mais, est-elle libre ? Il me faut tout savoir sur elle.

Du coup, l'après-midi, le petit groupe compte une invitée de plus. Mais un membre en moins puisqu'Olivier les abandonne pour partir en Vendée sur un chantier qui l'attend. Des adieux touchants, vraiment, de la part de tous. Léa emprunte la voiture de ses parents et Stéphane celle des siens. Bien sûr, Léa prend avec elle Khaled, Csilla et Jamal, et Stéphane, Wanda et Grégory. Tout sourire, Léa déclare à ce dernier :

— Je compte sur toi pour surveiller nos deux lascars !

Les visites s'enchaînent, enthousiasmant tous les nouveaux venus sur le Bassin. Tous, sans exception. Le petit port de Biganos, Audenge, Taussat, Andernos, Arès, Claouey et sa butte magique, la Pointe aux Chevaux, le Canon, l'Herbe et la Pointe du Ferret… À chaque arrêt il devient patent que l'émir s'intéresse à Wanda. Il commence même à lui parler en privé. Une situation qui, dans un sens, soulage Stéphane qui culpabilise toujours un peu. Au retour, Khaled ne cesse de remercier Léa :

— La pinasse mauve est un bijou, j'en commande une. Sais-tu où je peux faire ça ?

— Oui, à Gujan, justement. Demandez à Stéphane il saura vous indiquer le meilleur chantier.

Merci bien. Maintenant, approche ! Oui, approche.

Il lui parle à l'oreille, et Léa ouvre des yeux gros comme des soucoupes.

— Oui, oui, Léa, je t'assure, Wanda va m'accompagner à Charjah. Encore un succès que je te dois.

— Mais surtout ne lui imposez pas de rester dans votre Émirat. Et savez-vous au moins si elle est célibataire ?

— Oui, oui, je sais tout d'elle, et je sais que je peux l'emmener à Charjah. Elle m'a fixé ses critères de liberté, que j'ai acceptés. Bon, c'est certain que Tayeb va me prendre pour plus fou que jamais. Tu vois, Léa, je te perds, et incidemment je perds Csilla, mais je gagne – toujours grâce à toi – une femme libre et consentante, et bientôt une pinasse nommée Léa. La vie est belle, merci Allah ! Et je t'avoue que sans cette arrivée inespérée de Wanda, je n'étais absolument pas décidé à quitter le Bassin. À cause de la beauté des lieux, bien sûr, mais plus encore à cause de toi, et un peu de Csilla. Léa, je le répète, tu vas terriblement me manquer. Et j'ose croire que Wanda saura réduire ma tristesse de… de vingt à trente pour cent !

Léa parvient à s'entretenir en tête à tête avec Wanda. Cette dernière lui confirme tous les propos de Khaled :

— Je lui ai accordé de l'accompagner, et sa demande correspond à une invitation. Jc pourrai repartir quand bon me semblera car la chose la plus chère au monde pour moi, c'est ma liberté. Et je lui ai déjà bien rabâché. Aujourd'hui je me sens d'autant plus disponible qu'aucun homme ne m'attend, ni à Cracovie, ni ailleurs.

— Bon, fais comme tu l'entends. Je te conseille malgré tout de laisser une information détaillée à la police. Nous pouvons nous charger de déposer ton pli à Bordeaux qui transmettra à Lyon, et Interpol Lyon à la police de Cracovie.

— Tu as des craintes à ce point ? Mais l'émir n'a qu'une parole, non ?

— Je crois en l'émir, mais pas du tout en son premier adjoint.

— Jamal ?

— Non, non. Un certain Tayeb, la pourriture faite homme.

— Merci Léa pour cette information. Je saurai me montrer vigilante et me protéger de ce triste individu.

Arrive alors le jour du départ pour Khaled, Jamal et Wanda. Khaled ne résiste pas à l'envie de serrer Léa dans ses bras, de l'embrasser et de la câliner. Il lui parle à l'oreille :

— Léa, crois-moi, désormais tous les vendredis au moins, en priant Allah dans ma mosquée, je prierai pour toi. Impossible de t'oublier, impossible !

— Priez aussi pour Csilla et pour toutes les autres.

— À l'occasion, oui, bien sûr, tu as raison. Mais pour toi ce sera systématique.

Puis Wanda embrasse Stéphane et Léa en les remerciant pour l'accueil chaleureux et pour les bons moments. Et, ô surprise, Jamal à son tour les remercie, en s'adressant à eux en français ! Un français approximatif, mais compréhensible malgré tout.

— Merci, merci. Tout trop beau, ici. Toi Léa, si belle, et toi Csilla aussi. Moi triste. Moi aime bien Martina, Ewa et autres, mais Léa et Csilla plus… plus gentilles. Adieu.

Khaled sourit et confirme aux filles que Jamal a véritablement une préférence pour elles deux.

Dès le lendemain, Csilla les quitte à son tour. Elle est parvenue à joindre les siens et a précisé que son fiancé a hurlé de bonheur. Alors, plus question de le faire languir. Elle donne ses coordonnées, prend celles de Léa et Stéphane et leur fait jurer de venir à Söprön au plus vite.

Lorsque c'est au tour de Grégory de partir, les amoureux retrouvés – en grande partie grâce à lui – pleurent tous les deux. À tel point que le jeune policier ne peut s'empêcher de laisser couler quelques larmes.

— Grégory, lui précise Stéphane, tu es ici chez toi. Tu viens quand tu veux et le temps que tu veux.

— Oui, poursuit Léa. Au même titre qu'Olivier, tu fais partie de la famille. Alors, reviens-nous vite.

— Merci à vous deux. De vous avoir connus m'encourage sacrément pour mon job. Et donc, oui, entre deux enquêtes, je reviendrai volontiers pour recharger mes batteries en votre compagnie.

Léa l'embrasse, et Stéphane en fait autant, en concluant :

J'ai désormais un ami, un vrai. Un formidable policier enquêteur qui, en plus, sait faire preuve d'une sacrée dose d'humour.

— Oh tiens, Stéphane, une dernière petite note dans ce sens. Que je n'osais pas trop prononcer avant le dénouement complet de cette affaire. En observant l'attitude de Ben Gourmann envers Léa, bien sûr, mais également envers Csilla et plus récemment envers Wanda, je l'ai surnommé dans ma tête : Ben Gourmand ! Ben Gourmand de femmes, bien sûr !

— Cela me fait penser, rajoute Stéphane en rigolant, salue et remercie bien le Basque pour nous deux !

Léa et Stéphane sont enfin seuls, en couple. Après tous ces départs, Léa ressent un petit coup de cafard. Stéphane le remarque et lui glisse :

— Ma chérie nous sommes tous les deux en phase de reconstruction et de reconquête de la vie. Je sais bien que l'oubli est impossible. Mais depuis le premier jour de ton enlèvement je sais que tu as fait preuve d'une formidable force de caractère. Je t'avoue que je n'imaginais pas une telle vigueur de ta part. Et j'en suis fier, vraiment. Aujourd'hui nous pouvons et nous allons reprendre goût à la vie. Cela a déjà débuté avec ce fameux jour à Charjah.

— Oui Stéphane, tu as raison, mais mon corps spolié…

— Quoi ton corps ? Sincèrement, combien de jeunes filles doivent rêver de posséder ton corps d'aujourd'hui ? Tu es belle, tu es saine et le contrôle prévu à l'hôpital de Bordeaux va confirmer tout ça. Et tu sais quoi ? Très bientôt tu vas nous faire un petit, un beau petit à ton image.

Stéphane ne peut, hélas, jouir bien longtemps d'un répit guérisseur car il constate que son père, éreinté, s'impatiente de voir son fils reprendre le flambeau ostréicole à sa place. Oui, le papa ne rêve plus que de retraite. Léa encourage son chéri et même parfois elle décide de l'accompagner sur les parcs. Mais également, elle se découvre une autre passion, toute nouvelle pour elle : l'écriture. Écrire pour oublier et écrire pour revivre. Quoi de plus merveilleux que d'écrire dans ce cadre idyllique du Bassin d'Arcachon ? Cela mérite de dire merci au bon Dieu !

Alors qu'elle s'installe pour écrire sa lettre au bon Dieu, son époux rentre des parcs passablement fatigué. Malgré tout, il insiste pour dire à Léa :

— Tu le sais bien, ma chérie, je dois beaucoup bosser pour espérer rendre un peu de ce que mon père a dépensé pour moi pendant plus d'un mois. Mais cela valait tellement la peine, il me l'a encore répété ce matin. Et c'est vrai que la conclusion géniale est que tu es là, à nouveau avec moi, ma belle gujanaise.

Lettre de Léa au bon Dieu

Mon cher Dieu,

Cela fait bien longtemps que je souhaite vous écrire, mais vous savez ce que c'est, la paresse, le manque de temps et l'esprit ailleurs. Et ces derniers temps j'ai été servie ! Bref, mon envie remonte à très loin, elle remonte à l'été 1209, à la guerre contre les Cathares et au massacre de Béziers. Et donc à cette décision infâme d'Arnaut Amaury, légat du pape et abbé de Fontfroide, excusez du peu, qui soi-disant, agissait en votre nom. Il a lancé à Simon de Monfort et aux troupes de ce dernier : « Tuez-les tous, Dieu reconnaîtra les siens. » Au fait, les avez-vous reconnus ? Avez-vous effectué un tri ? J'en doute, mais j'attendrai votre courrier. Car vous allez me répondre, n'est-ce pas ? Pour en revenir au forfait d'Amaury, c'est inimaginable ce que les hommes peuvent perpétrer en votre nom. Odieux… devrais-je dire. La liste est sans fin, j'en ai peur. Mais en réalité, vous ne cautionnez rien de tout cela, n'est-ce pas ? Que vous soyez habillé en Yahvé, en Dieu le père ou en Allah… Laissez-moi vous dire que votre idée de vous transformer au gré de vos fantaisies, en Yahvé, en Allah ou en Dieu, pour ne citer que ces trois noms, ne me paraît pas… divine. Ou alors vos motivations sont insondables. Du massacre de Béziers jusqu'au 11 septembre 2000, pour ne citer que ces deux tragédies, pourquoi fourrez-vous le genre humain dans un tel pétrin ?

Maintenant, permettez-moi de mentionner mon petit cas personnel. Avec enlèvement et viols. Lourd à porter et lourd à admettre, vous savez. De quels péchés serais-je coupable pour avoir mérité une telle punition ? Moi, née à Gujan Mestras, heureuse de vivre en France dans un petit paradis – sûrement conçu par vous – mariée devant vous à un homme formidable, je suis sûre que vous vous en souvenez, vous avez fait tomber votre ciel sur ma tête d'un seul coup. J'ai plus ou moins réussi à me consoler et à entretenir l'espoir en songeant que vous auriez pu me faire naître à Dacca ou à Gaza par exemple, où ma seule préoccupation eut été de de survivre en priant Allah – vous-même, donc – pour que la marée ou les inondations n'emportent pas la décharge sur laquelle je vivotais bien mal.

Je suis une fille très simple, vous savez, et je préférerais mille fois que vous existiez. Pas en pensant à mon futur, mais bien à mon présent. Cela me serait apaisant de vous savoir authentique, et quelque part cela donnerait une forme d'excuse à Khaled Ben Gourmann, que vous auriez donc laissé agir. Et incidemment, dans votre réponse, je vous remercie de bien vouloir m'expliquer pourquoi, par exemple, les pires cyclones touchent toujours les gens les plus démunis de notre planète ?

J'en termine. Protégez bien mon chéri. Mon Dieu, s'il vous plaît, garantissez-nous ce bonheur retrouvé, pendant une bonne cinquantaine d'années voire plus. À vous lire.

Léa Vercoutre,
qui vous est toujours fidèle.

Imprimé en France
978-2-310-05180-4
Dépôt légal : 4e trimestre 2021

Imprimé en France
FRHW010852150422
30539FR00008B/47

9 782310 051804